U0903086

深夜寂静

L'avancée de la nuit

Jakuta Alikavazovic

[法] 雅居塔・艾利卡瓦佐维克 著

何欣怡 译

西南师范大学出版社

国家一级出版社 全国百佳图书出版单位

图书在版编目(CIP)数据

深夜寂静 / (法) 雅居塔·艾利卡瓦佐维克 (Jakuta Alikavazovic) 著 ; 何欣怡译. — 重庆 : 西南师范大学出版社, 2019.6

(法国新锐作家畅销作品译丛)

ISBN 978-7-5621-9743-0

Ⅰ. ①深… Ⅱ. ①雅… ②何… Ⅲ. ①长篇小说-法国-现代 Ⅳ. ①I565.45

中国版本图书馆CIP数据核字(2019)第092110号

深夜寂静

SHENYE JIJING

[法] 雅居塔·艾利卡瓦佐维克 著　何欣怡 译

出 品 人:米加德
总 策 划:卢　旭　闫青华
责任编辑:曹园妹
特约编辑:赵　静
责任校对:程　晋
装帧设计:夏玮玮
出版发行:西南师范大学出版社
重庆市北碚区天生路2号　邮编:400715
http://www.xscbs.com
市场营销部电话:023-68868624
印　　刷:重庆紫石东南印务有限公司
成品幅面尺寸:148mm×210mm
印　　张:9.875
字　　数:204千字
版　　次:2019年8月第1版
印　　次:2019年8月第1次
著作权合同登记号:版贸核渝字(2019)第090号
书　　号:ISBN 978-7-5621-9743-0
定　　价:50.00元

目 录
CONTENTS

她住在旅店

保罗得知阿梅利亚·德尔的近况时,他正与西尔维娅在一起。西尔维娅就躺在他的身边,不知道是正在小憩还是假寐。朦胧的光亮从外面、从观光游览船上透进来,将他们包裹起来,漫不经心地拂过他们的身体、床单还有天花板。保罗自言自语地说他们也许会消失在这里,消失在这样美丽的假象里;保罗还说这也许是幸福,或者是幸福离他最近的时候。保罗想,这是一个巨大的伪装。

保罗之前接到过一个电话,是阿梅利亚·德尔打来的。保罗觉得她正面临着生死抉择,而脱身之路也已明朗,因为阿梅利亚·德尔从不是一个会让自己身陷困局的女人。不过,这个挂虑表达了抑或是泄露了阿梅利亚·德尔经历的或是已经经历的状态——

脆弱、无力。这种状态并没有体现在她在做某件事的时候,而是体现在她弄糟了某件事上。她言语中的模糊不定与她本人一点儿也不相符。在保罗看来,这种模糊不定证实了阿梅利亚·德尔在宣泄自我的时候,已经不是以前的那个阿梅利亚·德尔了。她也不再是阿梅利亚·德尔了。另一种可能,或另一种解释就是,她身上的某一因素还在挣扎着求生,拒绝死亡。真正的阿梅利亚·德尔正是保罗所认识的、喜爱的、渴望的、怨恨的:她正在与死亡进行着抗争。她是一个失败者,她失去了一切。这是保罗无法接受的。他宁愿自言自语,从很久之前开始,这个即将走向死亡的女人就不再是曾经的那个阿梅利亚·德尔了,她与阿梅利亚·德尔,那个已经死去的阿梅利亚·德尔没有任何一丝关系。阿梅利亚·德尔就像是一片落叶,这个不确定的关联将她这片落叶与母体的大树联系起来。保罗觉得,现在的阿梅利亚·德尔已陷入了疯狂。二十岁的阿梅利亚曾那么光芒四射、思维灵敏、想象力丰富。她属于这样的人:当她躺在草地上的时候,就仿佛化身成了草地的延伸,更甚的是,她的表情与温情,似乎便是草地的智慧与灵魂。在保罗最后一次看到阿梅利亚·德尔的时候,他就震惊于她的不修边幅,或者,那是一种比不修边幅更加糟糕的魂不守舍,比魂不守舍更加糟糕的死气沉沉。她察觉到有人监视她。她让保罗到自己家里来,并且还要求他与自己一道去楼下的院子里,为了让保罗向她证实,当她在楼上的办公室时,楼下没有人可以看到她的身影,因为阿梅利亚·德尔完全信任保罗。其实保罗不太明白为什么阿梅利亚会这样做。他也情愿自己不甚理解，甚至试图轻率地、玩笑式地对待各种事物，或是老练地、慵懒地，抑或是既老练又慵懒地对待各种事物。保罗如是建议："在这种情况下，你应该先坐在那里，然后我会告诉你别人是不是可以看到你，这样会比较简单。"阿梅利亚·德尔用一种绝非盲目的目光凝视着他，或者不能这么形容，但是在她的眼中并没有保罗的身影。她的眼睛凝视着除了保罗之外的事物。她凝视着保罗脖颈的凹陷处，仿佛他就存在于这个空无之中。保罗觉得自己的精神，或是自己的人格，抑或是自己的灵魂游移到了别处；他觉得他偏离了原来的方向，或是说试图偏离原来的方向，飞到了那个他并不存在的地方，并且他也不可能存在的地方，但是那个地方却是阿梅利亚·德尔的目光之所在。这就是阿梅利亚·德尔在保罗身上施加的影响。她迅速地抓住保罗的手，但在他的自尊心迫使他咽下自己想说的话之前，她就放开了他的手。她说："不，保罗，我要你告诉我，假如我现在就在办公室，你会不会看到我。保罗，你必须告诉我，求你了。"

阿梅利亚·德尔属于毁掉了一切却又将其称之为艺术的那类人。

那时，人们都觉得一个年轻的女孩，一个女学生住在旅店是

一件不可思议的事情。这家旅店一点儿也不奢华，恰恰相反，它只是一个美国连锁旅店在海外开设的一家分店。但是，那句简单的“她住在旅店”本身就是一种夸张、一种骚动。一个十八岁的女孩住在一家美国连锁旅店里。所有人都认为她应该是个作家，所有人，除了她自己。事实上，她的母亲是一位作家，即便她的母亲已去世多年也改变不了这个事实。而她本人，阿梅利亚·德尔，则是个人物，并且根据人们所看到的，她必然也依旧会是个人物。不过，她这个人物究竟是存在于自己的作品中，还是存在于他人的作品中，这是一件无法确定的事情，也是一件有待决定的事情。

旅店的夜

les nuits d'hôtel

1

保罗不相信她就住在旅店里。不管怎样,他还是知道了,但之后又忘了。学校里人人都对她议论纷纷,在没有见到她真人之前,保罗就已经听说过一些有关她的流言蜚语了。不过保罗并不在意,他感兴趣的只有女孩、女人以及她们的红唇和肌肤。保罗十八岁了,过着两种或三种生活。白天,他在学校里上课,全神贯注地盯着巨大的黑板或是白板,也会逃课,还会核对自己与其他同学的笔记。让人感到奇怪的是,同学们有时候会觉得自己与保罗上的并非同一节课,随后,当他们在笔记中看到一两句一样的内容时,才证明他们确实听的是同一位老师的课。但是从这些中心要素中,我们发现,这一个个抄本的意义再次出现了偏离:那些对笔记理解得最好的学生恰恰是那些对课程根本不能领会,但是又出于对自己无知的恐惧而将所有内容统统记录下来的学生。

同学们会成群结队地坐在咖啡厅里消磨好几个小时的光阴，保罗也在其中。姑娘们的指尖轻柔地划过他的发间，白嫩的手指玩弄着他的卷发，探索着他脑袋的轮廓，如同识别盲文一般。她们纤细的手指拂过他的后脑，寻找着好像来自另一个时空的秘密，寻找着他脑后的隆起。这些倾靠在他身上的姑娘们会借此猜测存在于他个性和灵魂中的秘密。这些隆起预示着淫乱、掠夺、善良与忠诚，还会让人们联想到那些信誉扫地的神秘学。她们自身的欲望，对年轻男子保罗特殊的欲望，普通的欲望，自身的淫荡、掠夺、善良与忠诚(她们又会在哪一方面保持忠诚呢?)，就是这群年方十八、如此轻佻地触碰保罗身体的姑娘们力求探索的奥秘。他们这群年轻人都有寻欢作乐的性格，异常健谈，烟瘾夸张，狂饮咖啡以至于引发心悸，他们呼出的气息在寒冷的空气中凝成小片云雾。私底下，他们却如同容易受到惊吓的小鹿一般，甚至连男孩子也是如此，他们很少会同别人开诚布公地接触，更不用提面对面地亲密交谈了。不过，他们这个小团体内部的关系十分亲密，只要一个人患上感冒，一群人都会跟着遭殃，这也许是因为他们懒得经常洗手。

不过，在晚会、深夜或是令人陶醉的长假里，保罗会故意抛开他的朋友们，原因很简单，他那如同游泳运动员般强壮的胸膛、长长的睫毛很容易让人为他沉迷。总会有人将倒满各种珠光琥珀色酒水的酒杯放入他的手中。有时候，这些酒精会使得他的行动异常迟缓，就好像是在水下活动一般，他的每个动作都会差上一分。他会在屋顶、地下室、小旅店甚至是废弃的地铁站度过烟雾缭绕的夜晚。在这样的夜色中，他会寻找先前被他抛弃的朋友们，但是有时候，他找到的朋友其实就是自己的影子。为了将保罗送回家、安顿在床上，朋友们到处寻找他，但是每次都徒劳而返。每当这时，性欲会紧紧纠缠着保罗，因为那时候保罗会被一个诅咒或是一种巫术操控，他无法摆脱自己的童子之身，不是他看上的姑娘凭空消失，就是他必须要离开，要么就是突然有外人出现，再不然就是他们要转换场所。更奇怪的是，当他在做爱的时候，无论是理论的定义还是实际的行动，与他翻云覆雨的对象要么是合法妓女，要么就是非法从事性交易的卖淫女。不过，即便是他进入对方的身体里，或是无法自制地颤抖着达到欢愉的巅峰，抑或是一切都尘埃落定时，他会对自己说，终于褪去了童子之身。但是，隔天或是几天之后，他又会觉得似乎之前什么都没有发生，他又变成了处男，这让他很是绝望。保罗认为这是他的一场噩梦。

虽然保罗的睡眠时间不是很长，但是质量很好。无论是在学校，还是在咖啡馆、陌生人家里或是自己家中，绝大部分时间，保罗的活动场所都是不到十米的空间。无论电视中播放的是杀人越货的场面，还是调查取证、葬礼、哭泣、崩溃、逃亡等画面，他都无动于衷，并且可以睡得很香甜。但是，这一切都发生在遇到阿梅利亚·德尔之前。他们是在旅店门口相遇的。

那时的保罗很缺钱。他的父亲直言不讳地告诉他，家里只会承担他上学的费用，而剩下的一切费用都需要保罗自行解决。他心不在焉地接下了别人给他提供的第一份工作，他甚至不知道自己想要从中得到些什么。他对一切都表现得无所谓，做事马马虎虎，他的注意力也放在其他一些事情上，这就是他的生活。他的工作是在旅店里做守夜人，更准确地说是在旅店里值夜班。他觉得这份工作很无聊。但是他会在女士们毫不知情的情况下尾随她们，甚至有时候他还会寻找她们。他会寻找女士，并且找到她们。有时候，他也会跟丢自己尾随的女人。不过，这一切都是他自娱自乐的游戏，被尾随的女士并不知情，其中就包括阿梅利亚·德尔。她从房间出来后便凭空消失了，仿佛蒸发了一般。随后，她出现在另一个让人意想不到的地方。魔法定格，她拾阶而上，路过一扇又一扇小窗户。旅店里安放了九个摄像头，在保罗的监视屏幕上也会出现九个小格。他会假装自己被别人突然发现，也会假装自己突然发现自己；摄像头的轨迹在一定范围内是可以预测的，当然是在不考虑它们突然停工或者回转的情况下。人们可以看到保罗的身体，但是不知道他的脑子里究竟在想些什么。不过，可以肯定的是，保罗绝对不会去想自己落在房间、床头柜或是浴室里的东西，也不会想一些让他懊悔的事情。保罗最喜欢的时刻是楼梯里的应急灯光不断闪烁之时。而现在他只能看到一扇防火门缓慢而又慵懒地再次闭合。我们不能说保罗热爱自己的工作，因为他觉得他的工作更像是一个意外，甚至是一个小小的事变。更确切地说，保罗认为这只是一个小活计。但是，我们可以确定保罗喜欢观察女人。我们甚至也可以确定保罗喜欢俯视女人，或者是喜欢假装（他自己这么认为）俯视女人，多亏了摄像头的存在，才让保罗有了唯一可能的时机和地点将他那居高临下的目光投向女人，仿佛自己是一个神明。神明，或是一团普通的、停滞在天花板附近的空气。的确，温度较高的空气会向上升，这些空气也许是她们对着电梯里巨大的镜子补妆时呼出的热气，也许是她们轻柔的呼吸，也许仅仅是因为她们闯入了一些通风过好的空间而导致的空气变暖，变暖源是她们的身体。这些上升到天花板的温热气体不断聚集，直至一双眼睛突然出现，这应该是保罗的双眼。他这么幻想着。

当女人们疲于走进走出或是当保罗懒于再看她们的时候，他会将自己的精力用在学习上。保罗喜欢大学，但是他更喜欢自己大学生的身份，这让他沉醉。在这一点上，以他为傲的父亲也是如此。但是这并不能阻止保罗内心深处对自己父亲的一丝怨恨，这一丝微微的怨恨也仅仅只存在于他内心深处，深到都会被他自己忽视，这是一种主动的、断然的忽视，或者说是否认。相比起承认自己的内心，保罗更情愿将它从自己身体当中分离出去。保罗的父亲是一个善良的男人，他以自己的善良为傲，也以自己的儿子为傲。一位善良的父亲是不会去嫉妒自己唯一的儿子的，但当他在工地里劳作的时候，偶尔会想到保罗就读的那所大学，偶尔也会在生石膏里吐痰、小便，就像人们从过去到现在一直做的那样——这种做法并不会对周围的环境和卫生造成不良影响——

其目的是制作黏结剂，改变pH值、酸度与耐性（保罗明白这一点，而他却不明白）；而另一个目的（他知道，保罗却不知道）是在别人的房子里或墙上留下一些自己的痕迹，因为房子是他辛辛苦苦建造的，但他永远也不可能住到里面。说得更隐晦、更深刻一些，他这样做是为了在富人身上获得一丝优越感。他们都是出身贫苦、身无长物之人，当然啦，也没有受到过高等教育。在保罗看来，他们活着，活过，生活不甚稳定，就像在水上一样；保罗当时并没有想到这些，直到很久之后认识了阿梅利亚·德尔。

保罗学习很用功，他在与建筑相关的课程上表现突出，比方说专业知识、时代特征、相关方法论。他已经斩断了，或者说他觉得自己斩断了他与所属社会阶层之间的桥梁。他觉得那不应该称之为阶层，反而更像是一个事变，甚至是一次意外。他前十八年的人生赋予他一副躯体，这副躯体与空间、与他人存在着某种关联；还有一个直觉告诉他这种关联并非他需要的。在保罗刚刚到来的时候，他观察着，模仿着。首先体现在衣着方面，然后是发型，他需要发明一种全新的措辞来描述、要求自己的发型。对保罗而言，这是一个前所未有的挑战，是值得保罗去用心研究、努力征服的挑战。最后，同时也是最棘手的一点，保罗要训练自己开口说话。这让他精疲力竭。住在学校的时候，某些晚上，保罗就待在黑漆漆的房间里，听着从走廊上传来的喧闹声，大学生们的吵吵闹闹使他产生一种晕船的感觉。就算有人敲他的房门，他也不会应声，他惧怕应门会是一个错误或者是好几个错误，他担心这种错误永远不会终止。这样的情况也只持续了两个星期,也有可能是三个星期,不过这已经成为过去时。他觉得学生宿舍的生活就像在自己家一样。他拥有了比以往任何时候都更加亲密的朋友,他狂热地爱着这些朋友,他偶尔会对自己说,他可以帮助他的这些朋友。为了这些朋友,他可以两肋插刀,但是有时候,他也会忘记他们的名字、他们的面孔。有时候,在凌晨三四点,他会意识到,在自己的脑海中只能浮现出朋友们的轮廓。有时候,他还会将他们与自己的倒影混淆。也许,在他内心深处,一部分的自己依旧生活在黑暗之中,依旧没有归位,只能在黑暗中飘荡。更糟糕、更让人忧心的是,这种飘荡与黑暗被人们通俗地称为真实的人生,特别是这样的人生还属于一个年方十八、有着游泳运动员一般的体魄与长长睫毛的男孩子。

对于一个生性敏感的人而言,艾丽斯连锁旅店既是罪恶的场所也是罪恶的工具。如果人们承认真实的生活首先就是失望的话,那么可以说艾丽斯连锁旅店本身就是真实生活的象征。无论如何,文学爱好者与戏剧爱好者们都不会来这里。偶尔,来自另一个年代或是另一个世纪的一两个人会误入这家旅店。保罗仅凭肉眼就可以看出驻扎在他们灵魂中的慌乱,甚至有时候(极为罕见)是绝望。仿佛在深夜的时候,他们会进入与他们境况相似之人的房间;万幸的是,他们也仅仅是路过而已。人们不会因这个地方的美丽或是丑陋而痛苦,带给他们痛苦的可能是冷漠。然而,这也奠定了艾丽斯连锁旅店的大获成功;甚至确切来说,当艾丽斯连锁旅店成为备选的时候,人们都会选择这里。在这里,现代化的起居设备、私密性以及舒适的结构都建立在中立与匿名的基础之上。没有什么与艾丽斯连锁旅店相像,除了另外一家艾丽斯。以此类比,这里的人们认为自己与别人不一样,有着与众不同的样子。这里的窗户完美地呈现出四方形状,不会被打开。空调吹出的风为微生物提供了发酵的土壤,并让它们平均分散开来。这是造成传染的一种方式。在这里,人们很少会是自己,以至于就在现在,会因为别人咳嗽而咳嗽,然而那个人或许已经离开。保罗无聊透了,在独自待了一会儿之后,他轻轻地转动座椅,让自己面向空无一人的监视屏幕,面向冷清的大厅,保罗被麻木迟钝所侵袭,这种麻木迟钝很像是鬼魂附体或是催眠状态。旅店里有一直在喷水的喷泉,但是这个一直喷水的喷泉也无法改变什么。除非将孤独称作某些身体反应的总和,否则他不会因为孤独而痛苦。他认为,孤独更倾向于一个环境而非一种状态,就好像是高度或者深度一样。保罗用力地以另一种方式呼吸,以另一种节奏呼吸。有时候他的耳朵会嗡嗡作响。他在等某个事物的到来;有时候,因为太过隔离与孤独,这个事物虽然最终到来了,但是并不是以他想象中的方式。

在两三个小时的时间里,保罗只能看到通道和来来往往的客人:这种连锁旅店的常客,年轻的或是不太年轻的公职人员,路过的行人,因工作或出差暂居的客人,公司董事会的成员以及参加学术会议的大学生。更加奇怪的是,他们中的某些人看起来还很喜欢这里。保罗对他们不感兴趣,他们对保罗就更加不感兴趣了。即便如此,他们之间还是会进行一些礼貌的交流,偶尔开开玩笑,不过转身之后,他们脸上的微笑就消失不见了,而他们的面孔也从彼此的记忆中褪去。随之而来的就是枯燥无味的寂静。某些夜晚,在好几个小时没有一个人出现在大厅或是监控屏幕中的时候,保罗会毫无意识地用脚跟20度或是30度地转动座椅,当然也不会有人来人往的声音压过喷泉的潺潺水声。这个永不停息的喷泉构成了建筑师们所说的小氛围。某件事情即将发生。保罗并没有注意到这个喷泉,因为他一直在等待会当着他的面发生的事情,这样他就可以成为目击者。然而,这件将要发生的事情却发生在了他的身上。他坐在那里,就坐在监控着空无一人的电梯、毫无生气的楼道的显示屏与播放着不间断新闻消息的屏幕之间。时间一分一秒地流逝,但总是比他希望的速度要慢很多。突然,就在无聊至极的时候,这件事情像闪电一样向他袭来。例如,他感觉到某个移动的身体发出一声叹息,充气门随即被打开,但是,没有任何一个人的身影;或者,他感觉有人刚刚穿过九个监视窗中的其中一个;或者,更确切地说,他看到了一个头发湿漉漉的女人坐在喷泉边,她刚刚在那里洗了头发。他知道她在那里,他也知道门刚刚被打开了，有人进了旅店。她在那里，她和门都在那里，直到他把头抬了起来。水滴从她的发丝落下，落到她的衬衣上。因为水汽太多，她的头发和衣物的颜色看上去要更深，她淡然地看着保罗，保罗也淡然地看着她。保罗完全知道自己将目光放在了何处，但是，当他将头抬起的时候，他没有看到任何人，他从一开始就知道。

这些感觉就像是大脑和他开的玩笑，是疲惫产生的影响，或是投射在某些物体表面的人造光线的效果，保罗将这些感觉驱除。他并没有把这些短暂的瞬间、这些疏忽视为一些不得了的大事。他在等待。旅店大门在某个时间关闭后，他要等待那些晚归的客人按响门铃，让他给他们开门。在监视屏上，保罗发现阿梅利亚·德尔在街上等待着。她的出现让保罗感到惊慌。他从来没有在凌晨两三点的时候在这里，就在他工作的地方看到她的身影。

然而，保罗承认，他对阿梅利亚·德尔的出现没有太大的感觉。他甚至觉得阿梅利亚·德尔有点儿可笑，或者说别人谈论的与她有关的事情有点儿可笑。但这对于保罗而言，对于一个从来没有与阿梅利亚·德尔说过一句话，也找不到任何理由与她搭话的保罗而言，是同一回事。在学校里，别人口中的她与她的所作所为完全属于另一个世界，是一个个青春的幻象：他们说她有着让人为之倾倒的美貌与邪恶的灵魂——当她进入一个房间后就会有人哭着跑出来；有人说她的父亲很富有，也有人说她的父亲已经去世了,还有人说她的父亲很富有但是已经去世了;有人说她是一位继承人,继承了艾丽斯连锁旅店,她还有好几十个情人。人们对她的说法不一,不过都是一些老生常谈罢了。这导致保罗第一次见到她的时候并没有留下深刻的印象,他甚至不可避免地发现阿梅利亚·德尔要比他想象中的娇小。第一次见面是在一家快餐厅里,保罗的朋友把阿梅利亚·德尔指给他看。那时候阿梅利亚·德尔刚刚走进快餐厅,她目光扫视了一周,像是在寻找什么人,或者,更确切地说她似乎在寻找快餐厅的安全出口。她的身材比想象中要更加娇小,体型也没有那么匀称,模样也没有传说中那么美丽。保罗不知道自己在渴望着什么,但是绝对不会是这样一个阿梅利亚·德尔,一个有着红棕色头发的女人。在逆光中,她的头发相互亲吻着。保罗心想,把她逼到他身边,或许她只是一个万不得已而选择的人、一个代替品;在我们想要知道如何抓住一只狐狸,如何赤手空拳将其逮住并藏在大衣里的时候就会这样做。保罗觉得这样的想法简直太有趣了,带着太多阴暗的色情色彩。他想,如果这个女孩有着如此这般名声的话,那是因为那些喜欢她的人,那些喜欢她头发的人都是一些喜欢某种危险的人,因为这某种“生动的”危险,他们会对她大献殷勤,但随后,他们就会抱怨自己被她所伤害。“这就是阿梅利亚·德尔吗?”保罗自问,他撇了一下嘴,不太相信的样子。保罗的怀疑让餐桌上的一些人因为满意而战栗,因为满意也因为害怕,或者说几乎是因为害怕,就好像他让一件与阿梅利亚·德尔的存在相比更能引起热烈讨论的事情再次受到质疑。保罗刚刚动摇了一件在这之前看似是事实的事情——阿梅利亚·德尔值得被瞩目。那些人害怕这种动摇会四散开来传染其他事物,而他们完全有理由更想要这些事物保持稳定的状态,保持它们从前的样子。

现在,阿梅利亚·德尔又一次来到了保罗所在的门口;但是,这一次与上一次在校园里面的情形不一样,上一次保罗占据着主动权,在他的朋友与同伙身边,他觉得自己有很强的存在感。现在,保罗是一个人,阿梅利亚·德尔也是一个人;她在外面,他在里面。事实就是如此,所有的一切都很真实,阿梅利亚·德尔就住在旅店里。保罗的心怦怦直跳,他不打算给阿梅利亚·德尔开门,打算将她关在门外一整夜。是的,一整夜,如果有必要的话。阿梅利亚·德尔再次按响门铃,保罗最终还是打开了玻璃门,让阿梅利亚·德尔进来。与此同时,保罗做了一件迄今为止没有做过的事情——他躲了起来。他悄悄地沿着地面滑过去,就像空空的衣服滑到地上一样。他蜷缩在办公桌下面。他听到了阿梅利亚·德尔的脚步落在石板地面的声音。人们的影子会倒映在这墨绿色的大理石地板表面,就仿佛倒映在一片青绿色的水湾。保罗听到阿梅利亚·德尔在经过接待前台的时候停了下来,犹豫片刻之后,才走向电梯。而在这一段时间里,保罗一直躲在办公桌下面。他隐隐约约地意识到在阿梅利亚·德尔居住的地方工作对他而言是一种耻辱,他觉得这是在提醒他,自己是为阿梅利亚·德尔工作。这是他的自尊所不能接受的,不,不能,他的自尊像一个身体器官,或者更明确地说,像生殖器官一样真实。保罗觉得自己的生殖器官会在阿梅利亚·德尔目光的压迫下炸裂。这一切都可以理解,它建立在一个错误、一个曲解之上,因为如果耻辱真的存在,那它也应该是属于住在别人工作地方的那些人,属于阿梅利亚·德尔。说实话,阿梅利亚·德尔并没有轻视保罗,可是保罗却不这么想,他对自己的贫困很不满意,甚至还会因为贫困而感到罪恶,他因为自己缺少的一切而异常羞愧。当然啦,在阿梅利亚·德尔视线所不及的地方,保罗什么也不缺;这也就解释了为什么保罗情愿将自己折成两截或四截藏在柜台下,而不愿意出现在自己的岗位上,不愿意将自己暴露在阿梅利亚·德尔目光的注视下,饱受贫困与耻辱的折磨与啮噬。

因此,在保罗与阿梅利亚之间开始了一支奇怪的相互回避的华尔兹,或是说保罗与监视屏上的阿梅利亚之间的华尔兹,抑或是保罗与存在于他脑海中的阿梅利亚之间的华尔兹。归根结底,除去几个没被领会的手势与昂贵的服装之外,或者是保罗认为的昂贵服装之外,这个想象中的阿梅利亚与真实的阿梅利亚之间没有什么相同之处。那些男人,那些来来往往的男人,那些年轻的以及不太年轻的男人,他们在楼下等待阿梅利亚·德尔的到来,他们会坐在接待前台对面的软垫长椅上,坐在保罗的面前。而保罗则会看着阿梅利亚不急不忙地从自己的房间出来、下楼,有时候她也会任由自己那修剪整齐的玉手划过墙壁,仿佛她是在闲逛一般。保罗看着她走进电梯,她会用一种令人吃惊的、甚至是粗暴的方式为自己补妆。前几次，保罗并不明白她在做什么，站在镜子前的阿梅利亚咬咬嘴唇，捏捏颧颊，但是在黑白色的监视屏幕上，人们是看不出来什么的，不过，她的动作会让血液自然而然地涌向脸庞，让脸上的皮肤呈现出玫瑰色，从而看起来健康而又充满生机，阿梅利亚认为自己脸色苍白是一个缺陷。但是，当电梯间的门开启的那一瞬间，在阿梅利亚离他五米远的时候，保罗就在附属建筑物那里给自己找点儿事情来做，或者是专心地与一两个同事热烈地交谈，他希望从表面上看起来如此。保罗使用的最简单但是也相当粗鲁的办法就是，在阿梅利亚穿过前厅、与她的骑士（保罗纳闷自己到底是怎么想到这个词的，这些男人可以是形形色色的人，但是绝对不可能是骑士）打招呼、与她的同伴一起走出旅店大门或是乘电梯上楼的时候，保罗会转身背对着她。如果阿梅利亚与男伴共乘电梯上楼、进入房间、锁上房门的话，保罗随之会花更长的时间来监视四楼那空空荡荡的楼梯，但是他本不想这样做，他等待着某个不会从阿梅利亚的房间出来，或是说永远不会从她房间出来的身影。保罗在离开工作岗位时自言自语地说着，也许他们都在阿梅利亚的房间里，也许当人们进入了一间房间后就再也不会从那里出来。

保罗有时候会看到阿梅利亚出现在地下一层的体育馆；有时候，她也会坐在空无一人的餐厅里，让自己陷入幽暗的光线中。保罗很好奇阿梅利亚在做什么。在那里，或是在那些死气沉沉的会议室里，保罗看到过阿梅利亚尝试着用手推开一扇又一扇门，想看看哪一个房门是开着的。不过，总有一间的房门没有被锁上，因为旅店的职员们总是很粗心，与其说他们很粗心，不如说他们很忙，他们会忘记在公司董事会、工业研讨会以及各种在会议室里举行的无聊到要死的活动结束之后将会议室的房门锁上。甚至当保罗走进地下室的时候，在监视屏幕前没有人会看他做了些什么，因为他，保罗，他本人正在地下室里，我们可以认为他走进地下室是为了将房门锁上。在他值夜的晚上，他总会留下其中一间会议室的房门不将其锁起，因为他掌握着旅店的一把万能钥匙，这样阿梅利亚·德尔就可以进入这间会议室，在这个夜晚，她就可以选择躲在这间会议室中。

有那么一两次，阿梅利亚·德尔在旅店里与其他人大吵大闹，在房间里举办喧哗的聚会，甚至还触发了烟雾报警器；还有那么一两次，从她的房间里传出过尖叫声。“我不清楚隔壁发生了什么，”一位保罗从不知道其名字的女客人焦虑地说道，“我不知道发生了什么，但是，我们听到了东西碎裂的声音，以及支离破碎的叫声，对此，我非常确定。也许是家具，也许是骨骼。”对于女客人的一番说辞，保罗表现得临危不惧。那天夜里，保罗别无选择，只能送这位穿着高跟鞋的女士上楼，又轻轻地敲响阿梅利亚·德尔的房门。尽管在走廊上他听不到屋内的任何声响，尽管因为羞愧或是其他别的事情，保罗的心脏跳得飞快，他还是轻轻敲响了阿梅利亚·德尔的房门，随后又加重了敲门的力道，最后阿梅利亚·德尔将她的房门打开，她有一点儿喘，不过目光却十分平和。保罗心想,她的嘴唇看上去好像刚刚被咬过,而且是被别人咬的。没有经过任何商量,他们两人便心照不宣,就像预先谋划罪行的同伙一般,表现出一副彼此之间并不认识,甚至从来没有见过的样子。“小姐,您这里一切都还好吗?”保罗问道。阿梅利亚回答:“先生,谢谢您,我这里一切都好。”但是,她的眼中没有丝毫笑意。保罗试图向她身后看去,想要看看房间里究竟发生了什么。但是,什么都没有,除了一张被弄乱的床与一盏略微倾斜的灯罩。

在彼此毫无关联之后,在成为朋友、情人(或者是情人、朋友)之前,保罗与阿梅利亚一直都在竞争。这是一个隐秘、但难以消除的竞争。阿梅利亚取得了胜利,对于当时的保罗而言,败给阿梅利亚就是一个悲剧。但是,随着时间的推移,保罗的败北变成了上帝给予他的一个恩典。毋庸置疑,在那个时候,他们大学里的偶像,抑或是所有大学(他们认为如此)里的偶像是安东·阿尔博斯。好多人会在黎明、距离上课还有很长时间的时候等在阶梯教室门口,他们这么做只是为了保证自己可以占到一个座位。后来,保罗说等待成了上课的一部分;而阿梅利亚则认为等待就是上课。但是保罗一点儿都不认同阿梅利亚的说法,他认为自己是在安东·阿尔博斯的支持下才变成了这副模样。很显然,阿梅利亚并非如此,她那时已经就是这副模样了。在那时,这对于保罗而言,仿佛便是上帝的恩赐,但随着时间的流逝,这却成了他的悲剧。既然阿梅利亚已经是这副模样了,那么对于她而言,就只剩下了摆脱这副模样。

安东·阿尔博斯堪称国际偶像,但是保罗不认识她。必须要说明的是,在保罗刚进入大学的时候,他对所有的事情一概不知,他迷失在路途、走廊与自己的思想之中。他花了足足15天才找到阿尔博斯授课的阶梯教室,然而,在他刚刚迈入这间教室的时候他就立刻退了出来,因为教室里已经坐满了,一些学生堵住了所有安全逃生通道,甚至还有学生就坐在教室的过道、台阶上,或是靠在门上听一个女人讲课。然而,很显然,保罗一直以为自己要找的老师是一位男性。这也说明了一开始的保罗是多么无知:他不清楚安东·阿尔博斯其实是一个女人。这是一个很不起眼的女人,人们很难猜出她的年龄,但其实她对此并未隐瞒:“二战”刚刚结束的时候,她在布宜诺斯艾利斯出生了,她的父亲是一位工程师,同时也是纳粹支持者,与建筑师阿尔伯特·施佩尔[①],还有受到美国热烈欢迎的火箭之父沃纳·冯·布劳恩[②]保持着书信联络。“二战”后,阿尔博斯一家选择去了阿根廷,安东尼娅·阿尔博斯就在那里长大,她在未成年的时候就只身一人离开阿根廷去了墨西哥,随后又去了美国。她从来不使用“离家出走”这个词,尽管事

① 阿尔伯特·施佩尔(Albert Speer),德国的纳粹建筑师。——译者注

② 沃纳·冯·布劳恩(Wernher Von Braun),德裔火箭专家。——译者注

实就是如此。在提到她的童年时,虽然她只使用一些模糊的、笼统的词汇,却营造出一种熟悉的感觉——一位父亲、一位母亲、倾洒在露天平台上的阳光,还有一条狗。因为家庭的过去并不光彩,所以她换掉了自己的名字,不过只是去掉了本名中的两个字,也就是一个表示女性的后缀。从此,安东尼娅变成了安东。那个时候,罕见的几张照片展现了一个身材纤弱、发丝细软、嘴唇薄凉的年轻男性。这是不是意味着,对于阿尔博斯女士而言,与身为纳粹的过去相比,拥有一个女性化的当下、一个作为女人的当下是一件更难的事呢?这是人们经常会对她提出的问题之一。对此,她从未给出过答复。她总是这样说:“我让你们自己去思考,从而得出自己的结论。”对于她模棱两可的言辞以及拒绝表态的行为,一些人很是赞赏。保罗觉得,她的做法就像是在激励人们表现出自主性。但是,很少有人拥有真正思考的能力。另一些人却唾弃她,认为她卑鄙懦弱,让人无法忍受。总之,她就是一个罪人。她的履历模糊不清、漏洞百出:她曾在美国和欧洲求学,看上去永远都是一个女生;她的官方履历还显示,她利用夜晚的时间完成了一篇历史学论文、一篇经济学论文以及一篇城市规划论文。但是,除非这三篇论文内容相同,不然无法解释为什么她一直拒绝将她的论文公之于众;随后,当她拥有了现在的偶像身份之后,她既得到了阿谀奉承也遭到了贬低诋毁,而这些内容也从加利福尼亚大学伯克利分校的档案室中消失不见了。平时,当别人跟阿尔博斯提及此事的时候,她会面带微笑,耸耸肩膀,带着调皮。她不是一个没有魅力的女人,她的美是一种年轻之美。从30岁起,阿尔博斯就已经是保罗在阶梯教室中看到的那般模样了,狡黠调皮,看不出性别与年龄,她就像女隐士和修女一样。阿尔博斯不再装扮成男人的具体时间已经不可考证了,也许是在她攻读博士的时候,也许还要更晚一些。20世纪60年代,在美国的荒漠中,她经常会去拜访一些艺术家,而这片荒漠是属于那些在尘埃里挖掘巨大坑穴,并将其称之为艺术的人;属于那些买下火山口,在那里观察天空,并将其称之为艺术的人;不过,除了一些特例,这些人的结局都很悲惨。无论是阿尔博斯的亲朋好友,还是那些仅仅短暂陪伴过她的人,对于他们来说,悲惨的结局就是恒定的命运。让所有人都感到惊讶的是,她有过一个女儿,她的女儿出生较晚,也没能活下来,没有人知道孩子的生父究竟是谁。那个时候,她的研究方向已经发生了偏移,转到了城市哲学、城市的未来上,用她的话说,也就是世界的未来上。正是从那个时候开始,她的职业生涯脱离了传统大学的轨道,迎来了腾飞;她的事业变成了另一番模样,变成了一种哲学、一个展望。她在世界各地到处讲学,她畅谈着民族、国家与掠夺者的消亡,经济危机,还有过去、现在以及未来的界限。她也会谈到图坦卡蒙陵墓①上的雕刻——一个存在了3000多个年头的装饰性花束。20世纪80年代末,在回答一个关于欧洲建筑的问题时,她断言说,没有什么

① 图坦卡蒙陵墓(Tombe de Toutankhamon),埃及最著名的法老之一图坦卡蒙的墓地,是埃及古文明的重要象征。——译者注

形容能比一座被围困的城池可以更好地描述未来的欧洲。当人们问她如何看待21世纪时,她操着一口不能更准确的法文回答道:"在21世纪,我们所有人都将会处于安全的环境中。"但是,记者却用双引号来修饰她所提到的"安全"。这个曲解给安东·阿尔博斯带来了灵感,她在声明人们还有十年的工程要完成时,嘴角处挂着她那永恒的无人可以破解其含义的微笑。

实际上,她上课讲的内容很离奇,也相当慑服人心,她讲话的方式是她所特有的,既清楚明晰又晦涩难懂。听她的课更像是看一个人在预测未来,是的,就好像是在看一些电视节目,在那些节目上,某个巫师,某个通灵者,或是某个精通读心术的人与逝去的灵魂联络。不过,阿尔博斯所连通的似乎是未来的西方、未来的资本主义与未来的工业。保罗一边听着阿尔博斯的课一边想着,那些人毫无例外都应该是一些招摇撞骗的家伙。阿尔博斯这学期给他们上的课程名称是"明日之城",但是她似乎一直在讲恐惧。利用每个星期的每节课,她构建了一个与恐惧这个情感相关的故事。随着深秋的到来,一场冰冷的秋雨敲打在阶梯教室的圆形玻璃窗户上,阿尔博斯还未曾提到过一次"城市"甚至是"明日"这两个词汇,上课的学生越来越少,他们放弃了阿尔博斯的课程,而保罗还在继续上课。对他而言,这并不像是上课,而是像参加一个秘密的仪式。保罗每时每刻都觉得阿尔博斯句里话间的含义要比她讲的内容多得多,但是,保罗却一直无法抓住这个多出的含义。这个隐藏的内容,它一直在躲避着保罗,就仿佛一个即将脱口而出的想法,就仿佛找不到一个词来解释白天、黑夜与背叛。没有人知道自己是否能够背叛,但是不久之后,人们却需要通过背叛来试图生存下去。

阿尔博斯讲述着那些如今已经消失不见的城市,这些城市有着一堵、两堵或三堵护城墙,人们在护城墙下挖凿了可以掩护一队百位骑兵的坑道。她给学生们认真地读着用古法语写成的议定书,这些议定书与在日落之时关闭城门有关,与将不幸在天色渐晚之时出现在城门口的旅人隔离起来有关,这些旅人只要待在石室里等待黎明的到来即可,石室介于两个空间之间,其中一个是监狱,另一个则是悬念。随后,她又讲到了狼的恐惧与土耳其人的恐惧,还描绘了城墙的俯瞰图与恐惧传播的简图。她的讲述与描绘坚持从近到远的方式,她想借助这种方式来讲述城市与未来,讲述未来的城市,但是她所想讲述的一直都不明确。不过,第一次考试的形式是一个问题:一座城市会因为恐惧而消亡吗?

听课的学生还在减少,但是很少出现在学校里的阿梅利亚·德尔却一次不落地来听阿尔博斯的课,保罗也是如此。第二个学期,当学生们需要注册选修课程的时候,阿梅利亚和保罗是最早将自己的名字写在安东·阿尔博斯卡片上的学生。安东·阿尔博斯还不认识他们,她没有表现出丝毫满意之色,或者是她比他们想象中的要更了解他们,但是,不管怎样,这都不会让她的表情发生丝毫的改变:这是一种茫然的、漠不关心的满意,一种茫然的、满意的漠不关心,就好像一个女人完全坚信自己就在自己本应所在的位置，一个女人完全坚信自己慢慢地在做自己应做的事情。阿梅利亚和保罗之间是一种竞争的关系，就好像一群光芒四射的、骄傲的、迷恋自己聪明才智的年轻人那样。他们两人之所以发现这一点，是因为只有阿尔博斯自己才会审视竞争的价值。他们必须跟在阿尔博斯身后，进入那些如果没有阿尔博斯陪同他们根本不会去的领域探险。不久之后，他们又去了那些危险的领域，在探索这些领域的时候，他们会因为从这个世界中学到的东西，或是从这个世界中预感到的事情而感到恐惧，但让他们尤其感到恐惧的是，在话语或是想法的拐角处遇到自己智力上的极限，这会让他们陷入一种属于中世纪的恐惧之中。那个时候的人们认为地球是平的，他们一边寻找着地球的边缘，一边却又惧怕将其找到。阿梅利亚和保罗基本很少说话，他们通过借阅图书馆里层层叠叠堆放的书籍来交流，好像谁看书看得多一些，就是看过了所有的书。对于保罗来说，每一本消失在书架上的书都是对他的一种冒犯，是阿梅利亚存在的一个证明，也是她可能高人一等的一个证明。实际上，这所有的一切都再平常不过了。他们之间还存在另一个潜在的竞争阵地，或许这根本不能被称为一个阵地，而是一片不稳定的、阴暗的海洋：那就是在面对阿尔博斯的时候，保罗与阿梅利亚处于一种竞争之中，因为只有两个没有母亲的孤儿，也只有他们两个人会这样。从这一点来看，结果毋庸置疑，阿梅利亚取得了胜利，这差点儿让保罗的心碎了一地，但是，他却败得心甘情愿，仿佛保罗从一开始就料想到了自己会伤心欲绝。阿尔博斯和阿梅利亚看起来很亲密，在课堂上的时候，保罗就因此而恼火，不过，他表面上依旧装出一副无所谓的样子。但是，这个女孩，这个如此引人注目的女孩，这个如此非凡卓越的女孩究竟有什么呢？他内心狂怒地想着（答案就是灾祸的直觉与灾难的本性）。后来，在二月假期的一个晚上，保罗认为所有人都出发了，要么去滑雪，要么与家人团聚，要么与家人一起去滑雪，而他则留在了城里，留在了一座冰冷又潮湿的城里，仅仅为了赚几个小钱。因为被抛弃、忧伤与潮湿所侵袭，他的心情变得很糟糕，他发现了自己喜爱的老师与阿梅利亚·德尔之间的关系是多么的亲密，实话实说，这对于保罗而言着实是难挨的一个月。金钱对他来说是一个难题，为此他在一家临时工中介公司做了注册，并找到了一些巡逻员的工作。他在仓库、停车场，在黑暗中踩着自己脚步的回音走来走去。那些制服，也只有那些制服，才是一种语义上的结果，是一种语言，它们从国有安保公司的装备中得到灵感，散发出某种军事元素，或是某种准军事化的元素；但是，这些制服彼此间应该有所区分。所有的一切都可以让人联想起军队，一支来到城市中的私人军队，并且，又同时与军队划清了界限。保罗从来没有比现在更加不幸，他脚上蹬着系带很高的长靴，身上穿着加厚的尼龙外衣，警棍敲打着他的髋部，他在仓库、停车场走来走去。

就是在其中的一个停车场，保罗看到了她们。这个停车场好像一座倒置的塔楼，一个地下螺旋，它深深地扎进距离城市的私密核心处不远的位置。保罗先是在监控屏幕上看到了她们,随后恐惧摄制了保罗。这是一辆德国小汽车,阿尔博斯坐在副驾驶上,她的黑色平齐头发很容易被辨认出来,不过,那个时候,她的头发已经开始变白了——在监视屏幕上人们是什么都看不出来的。一个高出她一头的高挑的女孩关上了驾驶座旁的车门,她们组成了一个颇具喜剧色彩的组合:身材高挑的年轻少女与身材矮小的年老女性就好像是一对猫鼠的组合,一对狐狸与鸟的组合。当保罗看到这两个女人向出口走来,向他走来的时候,他就被一种恐惧所摄制。保罗从来不好奇阿尔博斯在空闲的时间,在一周中除去上课的两个小时之外的其他时间里会做些什么。在课堂上,她会用平缓的语气给保罗讲述自己的恐惧,讲述那些存在于她内心深处的、无法告人的恐惧,通过这些恐惧,阿尔博斯慢慢地,慢慢地将保罗吸引,直到将他重新拽回男性的小集团。阿尔博斯让保罗明白了保罗曾认为只属于自己的、唯一的、不正常的、可耻的想法是所有人都会有的,是一个合理合法的思想客体。比方说,惧怕黑暗,惧怕他人,深入骨髓的关于可怕的瘟疫与巨大的肃清的阴暗且不可想象的记忆,还有一些关于自己并不清楚的事情的记忆——他就是来自这些事情之中。一些人蜷缩在黑暗之中,一种相同的恐惧借助肢体的触碰在他们之间传播开来,比方说,肩碰肩,手心对着手心,手捂着嘴巴:这是一大群人所共有的恐惧。无论如何,保罗从来都不曾想到阿尔博斯会带给他灵感,阿尔博斯勾勒出了情感的系谱。在看到她们之前,保罗就已经听到了她们的脚步声，她们似乎永远不应该过来，就像一部恐怖片缺失了较为恐怖的元素。一切还没有结束。

这两个女人在讲话，阿梅利亚抱着一个硬纸壳箱子，就是那种可以装下5令纸，也就是说可以装下2500张白纸的箱子。她似乎在等待着某种感觉的到来，或者并非如此；她似乎有些失望，但是也可能不是这样；有一些老师会把他们上课用到的材料、小册子、油印讲义放进这样的纸盒子里。保罗突然有一种欲望，想要从阿梅利亚手中将这个纸箱抢过来，并拿着它离开，似乎分析箱子里面装的东西可以给予他的未来一些征兆，若没有这些征兆，未来或许会有严重的残缺。保罗躲在岗亭中。“怎么又是这样？”保罗自言自语道。等了很久，直到他的双腿酥麻，他这样做只是为了充分确定她们两人已经走远。谢天谢地，她们没有看见他。但是，当天晚上，有点儿晚但是也不算很晚，大概10点，或者大概11点，服务前台的电话响起，是阿梅利亚·德尔打来的，她邀请保罗上楼与她一同共进晚餐。保罗什么都没有说，他甚至想把阿梅利亚的电话挂掉。随后，他找了个合适的托词，他说自己不能离开工作岗位并对此表示抱歉。阿梅利亚非常客气地回答“这是当然”，但是，她并没有被保罗的托词所欺骗，事实上，她知道保罗会找到一个非常小的借口，甚至不去找借口就离开自己的工作岗位，并且一向如此。随后，阿梅利亚说：“这样的话，那我下楼好了。”就这样，保罗与阿梅利亚成了朋友——如果他们确实成了朋友的话。

2

从此之后，保罗期待在地下停车场再次看到阿梅利亚开的那辆德国车。当阿梅利亚再次出现在那里的时候，保罗觉得这是他的愿望、他的渴求起到了作用，这是他第一次被震惊到。阿梅利亚·德尔在车里待了很久，甚至有些太久了，监视摄像头的角度使得保罗观察不到车里的具体情况，但是他觉得阿梅利亚在哭泣。他觉得阿梅利亚在敲打着方向盘，他觉得她在自我挣扎，他觉得她在试图摆脱某种人们无法摆脱的事情。面对着那个小小的监视屏，面对着那辆无人上下的小汽车，保罗感受到一种恐惧，他本以为自己对这种恐惧已经有所防备，他也本以为自己对这种恐惧已经有所免疫。这种孩童才会有的恐惧如同血液一般涌上他的头部，同时，这也是所有的可能与不可能激发出来的恐惧，阿梅利亚·德尔一直没有离开那个长方形的车内世界，不过，她最终还是会从车里出来。车内是一部还未上演的影像,而在车外,恐惧也将保罗狂热地控制起来。当车门被打开,更确切地说,是被微微打开的时候,保罗觉得自己已无法逃脱。他知道自己决不能看到即将从车里下来的那个女孩,这个女孩也许是他的阿梅利亚·德尔,也许不是他的阿梅利亚·德尔,也许是另一种状态下的阿梅利亚·德尔;他也知道自己决计不能将视线转移开来,这样,除了看着阿梅利亚·德尔,同时又不看着她之外,他没有其他的选择。保罗想:我的心脏快要爆炸了,我的眼睛也快要爆炸了。阿梅利亚·德尔从车里走了出来,先是一条大长腿迈了出来,随后另一条大长腿也迈了出来。什么都没有发生。在她的脸上,保罗没有发现任何异常,她的表情让人捉摸不透,还有些郁郁寡欢,正是保罗所熟识的。但是,在那一刻,保罗觉得她这样的表情很让人讨厌。这一次,他没有逃离,他留在了自己的工作岗位上。阿梅利亚并没有看他,保罗觉得她是特意不往自己这边看的,他还觉得阿梅利亚的这种漠不关心很是做作。保罗模仿着她的做法。但是,当保罗再次在旅店里见到阿梅利亚的时候,阿梅利亚又变回了原本的自己,而保罗认为,这样的阿梅利亚才更符合她的天性(或者是更符合保罗自己的欲望),他们会在一起边吃爆米花边看新闻快讯,他们会一直看到新闻简报重播第二次、第三次,一直看到可以将新闻简报熟记于心,然后凭着记忆复述出来。关于地下停车场的事情,阿梅利亚没有主动说起,而保罗也不会主动过问。

在课堂上,阿尔博斯继续着她离题万里的课程。——“离题就是阿尔博斯的课堂,这就好比图案就是地毯本身一样”。后来,保罗红着双眼在阿尔博斯的葬礼上说出了这样一番话。那并不是严格意义上的葬礼,而是一种仪式,是人们给予她和其他人(不包括阿梅利亚)的词语,词语的主体取代了不再存在的血肉之躯。存在于阿尔博斯那错综复杂的思想道路中的明日之城最终通过下述观点浮出水面:空间不会再无限扩张,黑夜将在城市蔓延开来,使其重叠,使其增多,城市数量的增加与功能的增加成正比。保罗为之激动不已。他是阿尔博斯的忠实信徒,也是她的一个使徒,他在18岁的时候就可以非常简单地,但是又无懈可击地看明白未来30年、40年、50年间发生的事情。他是阿尔博斯观点的虔诚支持者。他也许会成为一位黑夜建筑师,成为黑夜的光明使者。他毕生的辛苦研究可能会成为页面下方的一个脚注,或是他的老师的论文中缺少的那一份附录。他或许会成为一道光线。他相信黑夜,而他也同时发现,黑夜亦对他信任有加。

在课堂上,每个人都会抓住某些可以激起他们内心最深处的顽念的回响,不过这种回响只是对于她或他而言,每个人心中的顽念都不尽相同;对于保罗来说,这种顽念就是沉浸在黑暗之中的城市,确切来讲,这种黑暗在城市中已经不复存在,它就如同一个概念、一个反衬一样。他几近贪婪地听着他的老师——阿尔博斯关于黑夜的离题课程,并且当他需要做一个课堂展示的时候,向来不曾在公共场合讲话的他做了一个与黑夜、与城市照明有关的展示,例如,与犯罪行为进行斗争的主要工具——路灯的迅猛发展，无论它们烧的是煤气，还是后来以电力为支撑。同时，保罗还指出，物质不平等一直都是一个顽疾。区域照明设施的统一可能永远都不会实现。20世纪90年代，在他出生的那座城市里安设了蓝色的灯光照明设施，这些设施预示着即将到来的新世纪和未来，但是，这是一个过去的、老旧的、过时的未来，是一个被时间与发展遗忘的可能性。这种可能性就像所有与这座城市、这个试图重振昔日辉煌却一直失败的旧工业中心有关的事物一般陷入了绝境。这是一座城市的传奇，而保罗对此记忆深刻，这也许就是他对类似的问题感兴趣的原因了。这个传奇告诉人们，当瘾君子们卷起袖子为自己注射毒品时，城市中心蓝色的光线让他们找不到自己的血管：因为他们的皮肤会在灯光下泛着蓝色。该如何整顿一个街区？光线就是一种没有任何文字，只有肢体才能领会的语言。保罗说，人类腹部所有的神经元与猫的皮层中含有的神经元一样多；也许，他想通过这一点来说明腹中的智慧，这是一个老生常谈的话题，而科学也刚刚开始证实它的真实性，就好像那些最为过时的陈腔滥调实际上也可以变成一些透过表象触碰到事物最私密内里的装备。针对保罗的这些言论，学生间发出了几声大笑，但是保罗觉察到阿尔博斯看向他的目光中带着亲切的善意，他知道阿尔博斯理解了他表述的一切，这是陶醉的一种表现形式。坐在第一排最边上的阿梅利亚·德尔没有笑。她双眼盯着保罗，似乎是在计算如果两人短兵相接的话，彼此的胜算分别是多少。

阿梅利亚的性格要更为倔强，或者是说，她借助一种更加别扭、更加痛苦的方式将自己的热情表现出来。她从来不会逃掉任何一节课，从来不会错过阿尔博斯说出的任何一句话，但是，她不会任凭别人影响自己，也拒绝自己被别人影响：她对阿尔博斯的热情就好像一个逆流而上的游泳者所表现出来的那样。她的反抗就是她理解了的信号。以下是她的理解：恐惧在城市中蔓延，使城市增多；城市因对抗恐惧而诞生，恐惧也随之渗入城市；此外，城市变成了一个远离城墙的场所。保罗反击："在未来的城市中将不再有恐惧，恐惧将会被消灭，就像人们将黑暗消灭那样。自19世纪起，黑暗不复存在。"阿梅利亚说："恐惧会随机应变。"在她口齿清楚地将这句话说了一遍之后，便没有再重复第二遍；或许因为自负，她拒绝重复自己说过的话，或许因为她也不确定自己的断言是否正确。保罗应该明白，尽管阿梅利亚总是很激烈，但她有一个私密的愿望，就是希望自己意识到错误。阿梅利亚总是很懊悔自己的正确判断。

不久之后，在没有经过商量的情况下，他们两人在上课时坐在了一起，但他们不会看向彼此，只会相互传递纸笔。因为缺钱，保罗无法买齐所有的书籍，因此他会和阿梅利亚一起看一本书，保罗负责翻书，就好像在为一位音乐家服务，他的直觉会告诉他阿梅利亚是否已经读完了一页。最开始的时候就是这样，别无其他意味。有一天，在保罗的朋友们——保罗当时正在脱离这些朋友——的见证之下，阿梅利亚将自己的大衣搭在了保罗的肩头，然而她并没有转过头来看他，也丝毫没有表现出对他的强烈关心，就更不用提什么罗曼蒂克了，不过，对于有着宽阔后背的保罗来说，阿梅利亚的衣服着实太小了。虽然阿梅利亚看上去没有关注保罗，但是她知道保罗有些冷。至于保罗，他虽然什么话都没有说，也没有看向阿梅利亚，但是，他心满意足地用阿梅利亚外套的袖子围在自己的颈部，他认可了这种直觉，甚至都没有对她表示感谢——这种冰冷、盲目的关怀就是一个正在成形的情欲。在公共场所他们不曾有任何的肢体接触，但是这种生硬的警惕有着近乎猥琐、近乎色情的效力，而这种警惕存在于那些相互触碰彼此身体的年轻人之间，但他们自己对此毫无意识。当然，这些年轻人通过一种完全相反的方式体会着生硬的警惕，这是因为他们为羞怯所震慑。在一个经验比较丰富的人看来，保罗和阿梅利亚是一对天设地造的情人，比如说阿尔博斯，不过，她本人从不会对此发表任何细微的看法。同时，这个经验更加丰富的人，阿尔博斯或者是另一个人，都可以从中预感到一丝令人担忧的气息，一种近乎机械的无法避免的快乐，有时候，对于他们两人而言，或者至少对于其中一人而言，这种快乐如同噩梦一般。

不过，在旅店里又是另一番情形了。对他们来说，旅店是一个私密的场所，在这里，他们可以粗暴地、傲慢地相互凝视，彼此靠近，直至感受到对方肌肤散发出来的炙热，这种感受也可能出现在他们真正触碰到对方之前。甚至在看到彼此之前，他们就迫不及待地渴求着对方的爱抚。最早的时候，是阿梅利亚下楼找保罗，他们会分别占据接待前台的一端就餐。保罗坐在小木凳上，假装没看到她。他们会盯着监控屏幕，或是浏览大堂屏幕上滚动播放的新闻。过了一段时间，也许是几个星期，也许是一两个月，沉醉在爱情中的保罗最终还是上楼来到了阿梅利亚的房间。保罗终于看到了这个房间真实的模样，在这之前，他只能想象。这里曾经传出过东西碎裂的声音，这里也让保罗不得安宁。但是，当阿梅利亚最终为保罗打开了自己的房门时，保罗发现这里的一切都很正常，所有物品都在它们原本应在的位置上。房间里的窗帘放了下来，床罩散发着阿梅利亚（她此时正直直地躺在床上，两肘支着身体，目光打量着保罗，保罗不清楚阿梅利亚是在撩拨自己，还是尚未睡醒）所声称的醉人的化学气味，据她所说，这是因为旅店为了预防火灾而将阻燃剂喷到了她的床上。保罗没说什么，只是点了点头，然而他从来没有听说过旅店会这样做。他们讨论着。讨论的主题就像一个个同心圆，从最远的到最近的，从最普遍的到最私密的，但奇怪的是，普遍和私密会对换彼此的属性，关于苏打水、电影和喜爱歌曲的问题会被发现有着极其重要的作用。到处都有标记，保罗需要学会解读它们。面对这“仪式”，这晦涩的语言，保罗唯一要做的就是接近它们。保罗和阿梅利亚躺在床上，也许，他们在那个时候就已经握住了彼此的手，也许，他们的腿只是简单地触碰在一起：这些刻意制造的偶然的、美妙的肢体接触还不能被当作爱抚，但已经是他们做出的很有勇气的事情了。电视机被关掉了，他们默不作声，大脑一片空白，唯一能感受到的只有对方身体的热度——他们完全忘记了时间的流逝。一时间,整个世界为了他们而停止运转,或者说只是看上去停止了运转:或出于一片善心,或像一头将要一跃而出的猛虎。很快,他们中的一个人,要么是保罗,要么是阿梅利亚,先从床上支起身来亲吻对方,直到用作支撑的手臂失去知觉。亲吻仍在继续,直到身体发出抗议,无力倒下;不过现下,他们都投入其中,时间似乎也停滞不前。在那里,只有在那里,才是一个突如其来的降福,他们在等待中克制住了自己,仿若蛰伏的小动物。一切都已静止。这是他们第一次摆脱了万物无休无止的运转,摆脱了一切不幸的运转,然而不幸已经渗入所有角落,已经触及每个事物的核心。

他们彼此相爱。这像是保罗说的话,也确实是他说的,在他的世界里,虚构文化是不存在的。他的家里没有人读书,保罗也没有接触过小说,因此他不会像其他年轻人那样在小说中寻找现实的影子。但是,保罗并不缺乏想象力,也不缺少想象的天性。不过,确切地讲,保罗在这一方面并没有开窍,他的想象还是野蛮的、强烈的。他看待事物的方式与伟大的文学作品不甚相同,这也就解释了为什么20岁的保罗可以与阿梅利亚·德尔旗鼓相当,或者说他觉得自己与阿梅利亚·德尔旗鼓相当。他们各自的"领地"是晦暗不明的。阿梅利亚·德尔躲在自己传奇的光环中,躲在自己如同小说故事般的光芒中,她是人们惯常谈论的对象,谈资无非是关于她过世的母亲、不见踪影的父亲以及她拥有的财富。这些财富往往是书籍的真正主体和隐藏主体:财富隐藏在字里行间,人们缺少财富,又觊觎财富;同时,财富还可以将文字印在纸张上。早前,若没有财富傍身,阿梅利亚会被人们看作是一个疯女人。是的,早前,以另一种语气。

保罗不觉得阿梅利亚是个疯子,因为,从某种方式上来看,他们的想法十分相似,这并不是说他们的想法得到的结果很相似,也不是说他们遣词造句的方式很相似:对于保罗而言,遣词造句是一件很困难的事情,他像别的年轻人一样发现自己常常词不达意,可他又不知道其他的表达方式。对于阿梅利亚而言,遣词造句是一件非常容易的事情,这要缘于她所受到的完美教育,这样的教育启发她在面对任何事物时都嗤之以鼻。因此,甚至是在她结束思考之前,她都可以完美且高雅地说出自己想说的话:即时、完美与典雅是她话语的三个特点。此外,话语的意义与形式也没有分离。保罗很欣赏她,所有人都很欣赏她。而阿梅利亚本人则从中发现了一种暴力、一种挑唆,这是对她精神的一种羞辱。她有时会说自己是一只小猴子,一只学识渊博的小猴子。这样的说法让保罗忍俊不禁,每当这时,阿梅利亚会一边发出一些含糊不清的、细小的叫声,一边轻盈地跳到床上。她发出的声音是语言出现之前就已存在的语言,但是保罗可以明白她的意思。

他们彼此相爱。对他们而言,其他的人都消失不见了,至少,在旅店里就是如此。保罗抛弃了自己的朋友,最早的那一群朋友,就像是脱掉了一件变得太小以至于不合身的衣服,或是一件因在倾盆大雨中不停奔跑而变得沉重的衣物;所有人都知道这件衣服再也无法变干。衣服的纤维被深深地腐蚀掉了,奔跑的路程如此之长,以至于在到达终点之前霉斑就开始渗入衣物。保罗就这样抛弃了他们,这之后,他如释重负。阿梅利亚自责于自己的驯服和屈从,但在保罗看来,驯服与屈从存在于各个角落,唯独不会出现在阿梅利亚身上。

现在诅咒已被解除,噩梦结束了。保罗认为自己不再是处男了。他对于性的欲望进入了一个新的时期,这让他颇为满意。原因十分简单:直到那时保罗都没有机会懂得何为爱一个女人,尤其是爱上阿梅利亚这样的女人,也不知道自己爱的究竟是什么;那时的保罗认为第二点是次要的,但它可能带来更多的东西。他们不停地做爱,阿梅利亚不说“做爱”这个词而说“亲吻”,而保罗则一言不发,他只是用一种阿梅利亚能够明白的方式凝视着她。他们没有任何的羞耻心,或者,也许他们唯一的羞耻心就是时代的羞耻心,是属于他们那个时代的羞耻心,可他们自己并未察觉到这一点。但是,在某一个角落一直都存在着一个监视屏,一个被打开的监视屏。保罗压在阿梅利亚身上睡觉,或者是在她的身上、肚子上、胸上享受高潮的快感;接着,保罗会将阿梅利亚放进浴缸,虔诚而认真地为她清洗身体;保罗在自己的动作中感受到了诚意与信仰,这会再次激起他的欲望,每当这个时候,要么阿梅利亚会笑着亲吻他,要么他和阿梅利亚一起浸入水中。他们之间只存在着一种关系,那就是性关系,即便是当他们肩并肩、面对面一起读书的时候,即便是保罗在夜里工作,在仓库、停车场或是阴暗的商店里走来走去巡逻的时候,而那时,阿梅利亚在与她那常常不见踪影的父亲共进晚餐,这位父亲除了会偶尔出现在阿梅利亚的嘴边之外,没有别的存在方式,似乎"父亲"就只是从她为了出席某个场合而涂了口红的嘴边蹦出的一个音节而已。之后,他们会再次聚到一起。保罗既疲惫又伤心,这时候,阿梅利亚就会宽慰他,她再次亲吻他,然后用自己那涂满口红的嘴唇舔舐保罗值过夜的身体。保罗暗自寻思,她的口红还是不是前一天晚上出门时涂的那一款,她在参加晚会的时候有没有补过妆,凌晨的时候她是当着谁的面、借着哪一处反光的平面补妆的。

老师们(阿尔博斯除外)都在指责阿梅利亚的一切,称其是一个故意找茬、总是旷课、喜欢讽刺、冷淡、脾气倔强的女孩。在学校里的阿梅利亚可能确实如此,但是,在旅店里的她完全像是另一个人。在旅店里(对保罗而言意味着在私底下),阿梅利亚是一个热情、认真、有趣的女孩。同时,她也有些内向孤僻。虽然说阿梅利亚需要一个人清净一下,但是,就像所有的独生子女们经常会做的那样,她贪婪且心存感激地接待来访的朋友们。直到他们厌烦了,直到他们觉得是时候离开了,直到他们觉得是时候离开他人的视线范围了,他们就会离开。对于保罗而言,这一切都不是问题,因为阿梅利亚从来都不会给保罗出难题。

阿梅利亚把自己所有的书都藏在床底,因为这是清洁工常常忽略的地方;不过,保罗清楚,那些打扫房间的女工并没有忽略这个地方,可保罗也从来没有撞见她们乱翻这些东西。阿梅利亚让教授们变得很失控,他们严厉地批评阿梅利亚:因为,她在面对任何事物的时候都可以发现这个事物身上的不再本我,以及它们即将变成另一种状态、进入另一个领域的方面。阿梅利亚会推翻事物固有的概念,就像打翻桌子上的一杯水一样。保罗知道,或者是相信自己知道,阿梅利亚的意图是单纯的,不过,这种单纯不是笨手笨脚,而是另外一种事物,一个与界限和缺陷有关的天性,一种对不稳定的渴求。只有阿尔博斯知道这是一种暗含毁灭的行为,一种灾难性的激情。一个接一个的丑闻堆砌起了阿梅利亚那短暂的高等教育学习经历,比方说在谈到文物古迹的时候,阿梅利亚从她的床底翻出了一些苏联照片的影印件,这些照片通过一些灵活的技巧将某些人的身影模糊化或者用墙、树木隐藏起来。这些影印件便是物证,证明了阿梅利亚多次将它们当作未来的文物古迹展示出来:这是一种指责,一种无视,或是一种经过决然计划而构建起来的遗忘。人们会消失在历史中,同时人们也会将历史抹去。这就是建筑物的真实尺寸,它们的基底、铸像还有它们的纪念牌掩盖了我们。这就是应该引起人们兴趣的建筑物。这不是权利变得显而易见的方式,而是它变得不可见的方式。

在这个名为“玫瑰里的宇航员与树林里的权利”的报告中，阿梅利亚在第一部分展示了那些经过修改的照片，并且在保罗最喜欢的那张照片上稍作停留，那张照片拍摄于1960年，是在苏联空间计划先行者选拔结束之后，为祝贺经过激烈角逐被选出来的七位候选人而拍摄的。阿梅利亚的发丝在幻灯机营造出来的逆光中熠熠生辉，她坚称照片上有七个人，但是，在这张集体合影中，其他人只看到了六个人的身影。这张照片上影影绰绰的金字塔结构与青春期到来之前在学校拍摄的照片的结构，或是与运动队在赢得胜利之前拍摄的照片的结构一样。但是，这个柔和的、没有尖顶的三角构造暗示了飞行员职业的本质：这一职位与“攀登巴比伦其中一座古老的金字塔，即那些有着数不清台阶与平面的通灵塔，即那些高耸陡峭的非凡文物古迹（沃尔夫，1982年）”十分相似。在这张有着六个索契男人的照片中，还有一处十分朴实的楼梯。这处楼梯无关紧要，因为在阿梅利亚看来，就建筑物本身而言，楼梯从来都不是重点；另一方面，一个男人应该占据了这处楼梯所在的位置。当然，他最后消失了，化为乌有。人们花费了十五年的时间去确认他的身份：这个消失的男人名叫格里高利·奈尼乌博威（Grigori Nelioubov），他本来大有希望成为进入太空飞行的宇航员，但是，在进入空间基地之后，他最终因一次醉酒闹事被发配到了西伯利亚地区，他的名字也被完完全全地从第一梯队的宇航员中除去了。非物质化的微妙艺术符合苏联建筑对于不朽性（达到平衡，阿梅利亚如是说）的要求。在对同一张照片的另一种解读中,这个不受欢迎的奈尼乌博威变成了一株玫瑰。“我们可以想象一下,”阿梅利亚说道,“而想象这个简单的词语使得在场的所有人不寒而栗,因为在大学里,这是不被接受的。我们可以想象一下,第二个编造事实的人喜欢花朵更胜于喜欢楼梯,他也许喜欢奈尼乌博威,也许喜欢诗句,也许两者都喜欢。我们可以想象一下,在遵循命令的同时,在将奈尼乌博威这位宇航员的形象模糊化的同时,第二位捏造事实的人进行了反抗,他通过选择用龙萨[①]那最忧伤、最倔强(阿梅利亚用糟糕来代替倔强)的一行诗句来替代从这张照片上消失的人:无论活着或是死去,你的身体都灿若玫瑰。”

阿梅利亚做了一个戏剧般的停顿,然后又开始直接引出下一张照片,这张照片是她在万塞讷(Vincennes)树林拍摄的,保罗记得很清楚,那是他们某次在那里散步的时候拍摄下来的。阿梅利亚说,树和草就是自由大学和秋天所留下来的,也是另一种思维方式所留下来的。但同时又什么都没留下:它们想要将我们关在一个唯一存在但又绝不会存在的地方,它们想要把所有的可能性都抹去。但往往是自食恶果:实际上,自由大学的摧毁就是它的胜利。1980年的时候,自由大学放弃了以另一种方式存在的尝试,放弃以另一种方式了解这个世界的尝试,对它来说就是胜利;这种胜利也是一种计谋,更是一个秘密。现在我们只能在树丛中再次找到自由大学的身影。这里是一些橡木,那里是一棵雪松。

① 龙萨(Ronsard,1524—1585),法国著名的爱情诗人。——译者注

人们在这张照片里可以看到的是树木野蛮的生长应该顺应这个趋势,因为只有它们才能将我们解放出来。在不久的将来,树林就要走向我们的精神;不久之后,树林还会走向我们。随后,阿梅利亚离开教室。留下的学生们都不知道该做些什么。他们什么都没有做,只是重新打开教室里的灯,阿梅利亚留在墙上的照片阴魂不散,尽管灯光使得照片变得模糊、苍白,但是学生们依旧可以感受到它的存在。

在一次口试中,阿梅利亚只是流利地背出了一长串汽车炸弹袭击事件,因此,她的那门口试没有通过。对她而言,这只是一件无关痛痒的小事,不会引起任何波澜,她跟保罗不一样,她既不想拿到学位证书,也不想学到什么知识,更不需要稳定的生活。她无须向任何人证明自己的合法性,也没有任何金钱的顾虑,更不用改善自己今后和将来的生活。而保罗则有些孤注一掷,他遵循游戏规则,并坚持要赢;在这一点上,阿梅利亚从来没有指责过他。保罗实在是太年轻了,他还不会思考这些小小的反抗究竟是针对谁的,组成了哪一种电码。消失的古迹、着火的车子、话语,还有那些由羞怯的动作拼出来的诗作,还尚且不能被称之为大事件。

他们彼此相爱，不过，随着时间的流逝，某些看起来不太可能发生的事情就这样真实地发生了：在没有任何征兆，甚至都不知道经历了什么的情况下，保罗慢慢变成了流言蜚语的中心人物。在相同的情况下，这可能会引得保罗大笑一场，也可能会迎合了他的虚荣心，但事实上，保罗根本没有意识到自己已然成了故事的主角。流言蜚语最早是从旅店里面开始的，因为所有人都知道他不停地在313房间与自己的工作岗位之间来来回回，尽管人们的记忆有些破碎，有些短暂，但是保罗的这些举动还是被人们记了下来；一开始的时候，是旅店的临时工最先关心保罗在接待前台与旅店三楼之间在谋划什么。完全沉浸在初恋中的保罗并没有意识到，现在的环境、他的处境是多么具有煽动性，多么岌岌可危；保罗没有意识到，或者是对此嗤之以鼻。旅店守夜人与女住客，这两个成年人之间达成了一种共识，但带着童年的某种光彩。人们（保罗的同事们）跟他说话的方式变了，就好像保罗与他们生活在不同的时空；保罗不太理解他们使用的词汇，在那一年，那些词汇已经超越了旅店中使用词汇的范围。然而，事情的后续发展也只会加速那些流言蜚语的传播：一个规避问题的职员不愿意与一位常住旅店的女客人一起离开，或是不愿意让她离开，这个职员不在"此地"，也不在"此刻"。在流言蜚语中，他一直处于隐身状态，当人们看向他所在的方向时，他已经在别处了，而且他从来不会在人们认为他该出现的时候出现。

随着时间的推移,另一件事发生了:保罗和阿尔博斯之间的关系发生了变化。保罗接受了这件事,并把它当作自己对阿梅利亚的挚爱以及自己对暧昧的热爱而产生的不可避免的后果。最终,保罗将它视为一个理论、一种实践。准确地说,这个“最终”指的是这件事将被从精神与政治领域清除的时候。保罗会与阿梅利亚一起去他们的教授阿尔博斯家里吃饭,这是保罗之前都不敢想象的事情,他从来没有想过自己会与阿尔博斯建立这样一种关系,一种新式的教与学的关系。为了与保罗贴面问好(他们的脸一半相互触碰,一半暴露在空气中),阿尔博斯需要踮起脚尖,随后,她翻出一摞摞的书,并用几个准确而有趣的词汇介绍它们,这些词汇刺激了保罗和阿梅利亚想要阅读的欲望,同时也让他们觉得这些书阿尔博斯都看过。阿尔博斯给他们斟上葡萄酒,还因阿梅利亚的玩笑而开怀大笑,也许她不应该这样做,也许不久之后她就会为自己的行为感到后悔。而惧怕权威的保罗,或者更确切地说是惧怕阿尔博斯的保罗则对阿尔博斯心存感激,自认对她也算是尊敬;保罗发现在阿梅利亚列举了一系列汽车炸弹袭击事件之后,阿尔博斯并没有斥责她,也没有丝毫的警告,似乎阿梅利亚在考试前就已经将自己的诡计告诉了阿尔博斯,而阿尔博斯也只是微笑着摇了摇头,她看上去甚至还有些愉快。那天,阿梅利亚穿着一件浅色的蓝色刺绣长裙,十分夺目耀眼,她带给保罗,这个知晓她每一寸纹理肌肤的男人一种感觉:她虽然穿着衣服,但是比赤裸着身体的时候更有魅惑力;她就在那里,卓越而非凡,活泼又敏感,她一边笑着,一边说出汽车炸弹袭击事件的名单,这让她的考官很是痛苦。1880年12月24日,圣·尼凯斯街发生了袭击事件,其目标是波拿巴将军;1927年,一位名叫安德鲁·凯赫(Andrew Kehoe)的农民炸毁了巴斯市(密歇根州)的一所小学;1947年1月,在海法(Haïfa),有人用炸弹袭击了斯特恩集团的卡车;而在阿尔及利亚,有人用炸弹袭击了民族解放阵线的卡车,随后,反对阿尔及利亚独立的军事化地下组织开始了暴力行为;在20世纪50年代的越南,人们用炸弹袭击了摩托车;1970年8月,一台厢式货车在威斯康星大学物理系校区爆炸,其目标是军队数学研究中心。“差不多就在我讲到这里的时候,他们把我打断了。”阿梅利亚解释道。阿梅利亚脱去鞋子,将脚放到了保罗的两腿间,就在大腿的下方距离性器官不远的地方,阿梅利亚的举动使他的私处明显地抖动了一下。

那天晚上,在离开阿尔博斯家之前,他们进入她的卧室取回自己的外衣,保罗穿了一件粗呢大衣,阿梅利亚穿了一件暗红色的直款风衣,因此,当他们走在街上的时候,保罗觉得热,而阿梅利亚则觉得冷。阿梅利亚在黑暗中磨蹭了一会儿,她看到在阿尔博斯的床头挂着一幅女人与鸟的摄影作品:女人将小鸟送至唇边轻轻一吻。这幅摄影作品是一位艺术家送给阿尔博斯的,绝无别的复本,也就是说,只有在那时,在阿尔博斯家里才能看到这幅作品。这是一幅怪异又轻柔的图片,也许,仔细欣赏后,还会觉得有些可怕。阿梅利亚微笑着说:“你不觉得很像你和我吗?”但是她没有说明他们两人到底谁是那个女人,谁是那只小鸟。阿梅利亚的想法都很荒谬,也许她那天的想法是最荒谬的,没有之一。后来的某一天,阿尔博斯将那幅作品赠给了保罗。不过,那天晚上,保罗几乎没有来得及思考阿梅利亚说的话,阿梅利亚就已经转身走向了由绿色大理石砌成的壁炉,这个壁炉的颜色有些不正常,保罗很不喜欢。阿梅利亚用她纤细的、修剪整齐的食指指着一张有点儿过度曝光的照片,顺着她手指的方向,保罗看到了一幅老照片。它被镶在一个年代可能更加久远的相框中,相框的年龄甚至比照片上的人物还要大。在这张照片上,有一位穿着无尾礼服的“男士”和一位穿着粉色军服的女士;但是照片上的“男士”不是别人,正是阿尔博斯,而另一位女士,“那是我的母亲”,阿梅利亚波澜不惊地说道。

保罗的母亲也已经去世了,他产生了一个原始的、强大的想法,觉得这完全是关于已逝母亲的故事。不过,他没有把这种想法看作他私人独有的,他也不认为人们可以独自享有任何事情。因为,保罗知道,或早或晚,这会发生在每一位母亲的身上。总会有那么一天,每一位母亲都会离开人世,只存在于出租屋的年轻情人讲述的故事之中。但是,阿梅利亚·德尔并没有选择与保罗一样的开始,因为,与保罗相比,阿梅利亚在讲自己的故事时要更加谨慎,或者说更具有艺术感,又或者说是更加敏感,更易受到伤害。“所有的一切就是一个充满误会的故事。”阿梅利亚说道,那时,她正躺在床上,保罗蜷缩着身体,将阿梅利亚拥在怀里,形成了一个侧面的保护姿势。我们不知道,他们两人到底是谁在支撑着谁。保罗自言自语:“也许我们都疯了吧。”他已经做好准备接受这个想法了。对于保罗来说,这个共享的空间就像是床的延伸,是另一种方式的延伸。但是,在失去阿梅利亚之后,保罗差点儿就失去了理智。不过,那天晚上,躺在那块不知是否被喷上阻燃剂的床单上的保罗对此一无所知。阿梅利亚说,所有的误会都是一个悲剧;保罗的手指在阿梅利亚身上穿的那件长裙上游移,长裙上有着蓝色手工刺绣装饰,看起来十分精致与复杂。保罗试图将这些刺绣装饰换算成工时,他想象着那些工人拿针的手指变得麻木,眼睛变得昏花看不清事物,肌肉因劳作过度而疲惫不堪。保罗想:人们是不是就是因为要为像阿梅利亚这样的女人缝制衣物,眼睛才会变得近视,甚至是瞎了呢?不过,保罗并没有算清楚制作这样一件衣物需要花费多长时间。刺绣装饰顺着阿梅利亚的锁骨、手臂延展开来,却避开了胸脯,因为阿梅利亚那藏在白到几近透明的衣料中的胸部线条已经足以引发保罗的遐想了。最终,保罗将这些线条转化成伴随阿梅利亚悦耳嗓音的奇异画面,即使他将眼睛闭紧,这些强烈而美好的画面也无法从他的脑海中消失。那一刻,阿梅利亚衣服上的蓝色绣花装饰似乎已经深深地印刻在他的眼中。

粉色的军服是海军上将蒙巴顿的创造,是在第二次世界大战中出现的,它的出现满足了一些战略性目的的需求,因为蒙巴顿将军很关心伪装技术，他认为这个颜色可以帮助英国皇家海军避开德军的侦查，特别是在清晨和日暮这种微妙的时刻。从帮助士兵躲过德军侦查这一层面来看，这一创造相对来说还算成功。然而，英国军舰看起来就显得更加脆弱了。再说，这些军服呈现出了天然的粉色。阿梅利亚告诉保罗，她的母亲与阿尔博斯曾计划研究这个问题，但是后来失败了。她们也有可能成功了，或者是她们其中一人成功了，另一人却失败了。不过，无论如何，她们还是朋友，甚至是朋友以上的关系。保罗有些失落，他的些许失落是因为听到了阿梅利亚的这一番话。但在当时，他无法立刻解释自己的失落，这是一种感觉自己被他人背叛了的情感，他的身体更加亲密地圈起了自己最爱的阿梅利亚。不久之后他就明白了，他自己明白了那些对于他而言是何等古怪，但对阿梅利亚·德尔而言是多么新颖的想法，比如说死亡，比如说未来建筑。明白这些究竟对他造成了多么大的伤害；与此同时，这也属于一种遗产。他也懂得了他在这个世界上是多么孤独，他的父亲没有给他留下一丝一毫，无论是财富，还是思想，甚至连对于美好时光的模糊怀念都没有给他留下。在很久之后，保罗才明白了自己得到的遗产究竟是什么。那天夜里，阿梅利亚把故事的后续讲给保罗听，上至那些被修改的苏联照片，下到那些藏在床底下的书籍纸张。他们两个人躲在被窝里，躲在阿梅利亚居住的特殊世界的中心，但是，保罗并没有真正发觉到这个世界的存在，保罗听阿梅利亚讲述着她母亲的故事。

3

十几年前，也就是20世纪末，阿梅利亚的母亲曾经试图阻止一场战争的发生，随后，又试图结束这场战争，而她也为这场战争献出了自己的生命。讲到这里，阿梅利亚本应该停下来，她也差点儿就这么做了，这句话就可以将全部的内容解释清楚；从各个角度来看，无论是从语法角度还是从叙述事实的角度，这句话都没有任何错误；但同时，这句话似乎将一切都做了说明，又似乎什么都没有说清楚。阿梅利亚没有使用她惯常使用的表达方式，也没有使用人们教给她的说话方式。阿梅利亚将她母亲的经历讲给保罗听。后来，保罗想，人们会不会为一个故事所感染？在语言的魔力之下，会不会存在一些可以让人窒息的故事？它们通过小小的火花使人慢慢窒息，就像一个神奇的武术招式，表面上只是一个简单的触碰或者是一个按压，一年之后，人们的心脏骤然停止跳动,如同保罗那样。这简直就是一个完美的谋杀。

这个女人,也就是阿梅利亚的母亲,为了和平事业而奋斗:这是她的社会身份,也可能是她的神圣使命,而这给她个人的失败披上了一层贞洁的面纱,她经历了一个完完全全的失败,一个彻头彻尾的失败。她看到了千千万万的人死去、失踪,看到了一个在四年间经历了战火洗礼和轰炸的城市,看到了一群站在屋顶上的狙击手,看到了满是血迹的道路。而在战争结束的十年之后,满眼望去只有遍布于体育场和公园的坟墓,留在城市里的也只有坟墓与没有愈合的伤口,或者说是愈合得很奇怪的伤口,那些经历过战争的儿童即便已经长大成人,也不能接受开窗睡觉,还有的人则不能接受关上窗户睡觉。这些经历了战争洗礼的孩子的孩子将会学到一些奇怪的仪式,即便他们没有亲历过战争,没有尝过被围困的滋味,没有冒着生命危险在大街小巷穿梭的经验,偶尔,他们也会趴在墙头,抬起头寻找自己并不知道的东西——他们寻找的应该就是那些埋伏的射手,可是,他们并不知道这些人究竟是谁。这种经历,精准的射击,迫击炮发射的炮弹,战区的封锁,拧开之后没有水流的水龙头……以一种奇怪的方式代代相传。不过,人们不曾证实一代人对某一时代的恐惧是否会影响他们的下一代;也不曾证实这种恐惧是否会像蛇一般一直萦绕在人们记忆的最深处,萦绕在这个“我”并不存在的地方,或者是“我”基本不存在的地方,抑或是在这里,“我”像是一个危险的个体、一个被饥饿吞噬的个体、一个渴求继续生存下去并且最终存活的个体。保罗想,“我”是一个术语,是一连串的故事,这些故事像病毒或是抗体一样带有传染性,从人们说出来的或是没有说出来的话语中传播出去。保罗将身体蜷缩起来环抱着阿梅利亚,他有一种感觉,阿梅利亚读懂了他脑中的想法,或者更准确地来说,是阿梅利亚预感到了他的想法,并且赋予这些想法以形式和内容。

那时候,欧盟刚刚成立,但是从某种形式上来看,欧盟已经走向末路,向那些想要看到的人——或者说除了看着别无他法的人——揭露了一个充满讽刺的闹剧:软弱、争论、诡论巧辩。这是不是一场内战呢?或者说在这场内战中到底存不存在种族屠杀呢?英国人知晓这一切,但是他们什么都没有做;法国人参与了进来,但是他们对此一无所知。要么情况完全相反,一无所知的英国人参与了战争,而知晓一切的法国人却袖手旁观。一系列可以相互转移的责任就像没有正反、只有一面的条带一般,强势和弱势殊途同归,这就是文字的丰功伟绩。只是简单提到“美国人”这三个字,就会有人因为希望或是恐惧而浑身颤抖,同时,还会流露出病态的目光。那个时候,对那些在不同程度上都受到这场战争的波及,或是认为自己受到了这场战争波及的人们而言,他们需要学会读手语,学习隐藏在一种语言之下的另一种语言,读懂征兆、幻觉与病理学。

从某种方式来看,这是一本故事书,若换一种方式来看,这又是一部与幻想有关的作品,这是一个贴切合理的形容。1969年,阿梅利亚的母亲与阿尔博斯都生活在墨西哥。在那里,她们有没有与一个男人错身而过呢？这个男人挪动着镜子的位置，并将此称为艺术，他将这些镜子埋进土里只留一半在地面上，或是将这些镜子放在树上，从而折射出天空与树叶的样子。阿尔博斯从这种艺术表现中看出了一个古怪的意图，她认为艺术家试图修复美国人在尤卡坦半岛的所作所为。这是白魔法的一种形式，它希望可以拿回那些被偷走的东西，比方说，寺庙、纯真与目光。她的母亲在丛林里完成了这本书的创作，这本书也是一个宣言，讲述了美国人不满足于将玛雅古城拆成一块一块送至美洲东海岸——那里是正在建设中的世界中心，在长达一个世纪的时间里，古城留下的黑洞吞没了一切——的劣迹，他们于1840年抵达墨西哥，其中有一个医生，或者只是一个自炫医术了得的普通人，他觉得那些印第安人在道德上受到了令人绝望的忽视，因此为他们进行手术，矫正他们的斜视。这本书就像一篇新闻报道，或是一篇随笔，但是它与新闻报道或是随笔不同的地方就在于，它不会让读者置身事外，正相反，它会将读者带入其中。人们可以感受到医生手中的手术刀片，还可以感受到手术刀片在患者的眼睛上来来回回（阿梅利亚的母亲没有提到过这位医生是否使用了麻醉剂）；随着文章的深入，内容也变得让人无法忍受，这是一种肉体上的无法忍受，因为整个文章的内容都沐浴在血水之中。无论是从手术实施者的角度来看，还是从接受手术者的角度来看，这都是一个噩梦：对于手术实施者而言，这是一个血水浴；而对于接受手术者而言，这是一种最原始的恐惧。这就是阿梅利亚的母亲认为的信息理论。

“难道她真的认为自己引发了新闻界的变革吗？这是阿尔博斯的观点，但我对此持怀疑态度，或者说，她——我的母亲——疯了，她是疯了才会把这样的故事串联在一起。我并不认为这样做是对的。至少，在书的最开始不可以这样写，至于这本书的结尾我不是很清楚。在精神的世界里，她就是一个谜。尽管阿尔博斯声称我的母亲很有眼界，但她从不曾实现梦想。”

当战争在南斯拉夫打响的时候，阿梅利亚的母亲就住在萨拉热窝市的艾丽斯连锁旅店中（保罗心想，天啊，这是他生平第一次发现自己什么都没有理解，或者说，他刚刚才开始理解，他为自己的无知而感到羞愧）。如果想要概述一下就是：武装冲突是从萨拉热窝市的艾丽斯连锁旅店开始的。两个埋伏在旅店天台的枪手向一群主张进行和平游行的人士开了火。艾丽斯连锁旅店成了国际新闻界与像纳迪亚·德尔这样的知识分子的司令部，这些知识分子认为他们的岗位就在那里，在艾丽斯连锁旅店里，屠杀既可以实现20世纪的一切理想，同时也可以实现20世纪的现实政治。但是，这是一个漫长的杀戮。一时间，南斯拉夫就成了最暴力血腥的场所之一，人们的尸体在喷泉前、在市场上炸裂开来，这样残忍的行径一直在持续。“战争让我的母亲变得疯狂，”阿梅利亚说道，“因为她认为应该找到合适的词语来叙说这场战争。一旦她找到了，终止战争的方式似乎就只剩下了这一种。我的母亲需要找到一种终止战争的方式，这样一来，被人们称之为国际观点的星星点点的内容就会从眼前飘落。此外，她还认为这是自己的职责所在，这也是诗歌的职责所在，她需要找到一种可以将发生在南斯拉夫的战争现实传播到其他地方的方式。她希望这场战争可以冲破界限，传播到西方世界的中心地带，传播到每个阅读她所写下的文字的人们的心里，这些人在读过她的文字之后，会感觉自己切身经历了这场战争，并永远不会将其遗忘。她开始了写作。有时候，她会跟其他人一起吃饭，例如记者和知识分子。他们偶尔也会找到意大利面做餐饭，对他们而言，可以吃到意大利面就像过节一般。偶尔，她也会给我打电话，在电话这头的我就会放声大哭。但是我的母亲却不会哭泣，她要写作。她坚信，如果和平进程失败，那便是她的失败，也是她写下的诗歌的失败，诗歌就是她的全部。三年之后，我的母亲终于知道了，自己想要展示的东西，整个世界已经知晓。并且，从一开始，整个世界就已经知道了这场发生在南斯拉夫的战争，但是，它没有把这场战争放在眼里。这不是词语的失误，也不是用这些词语写作的人的失误；这要归咎于人的天性，归咎于那些拒绝倾听的人。我猜想，就是从那个时候起，我的母亲就疯了。她停止了写作，也不再给我打电话，至于她做了些什么，我也不清楚，我猜想她大概是在挖掘隧道吧，我指的就是挖掘隧道的本意，或者也是它的引申义，我猜想她应该投入了黑市交易中，她全身心地致力于食品与武器的非法交易，她这样做是为了帮助被困在城市中的居民。没有人知道她究竟遇到了什么事情。人们也没能找到她的尸体。战争结束之后,作为她的继承人,我得到了她留下来的一个盒子。就是一个普通的硬纸盒子,跟其他装着打印纸的盒子一样。这个盒子里满是我母亲留下的残余篇章,满是她试图用文献诗歌取代新闻报道的意图,满是她的失败。这是我从我母亲那里继承的全部遗产。确切地说,这是我所知道的一切。”

阿梅利亚继续说道:“这个纸盒子,我只打开过一次。我从所有的文稿中随意地抽出了一首诗作。这首诗作与一个饱受折磨的男人有关,人们将一只鸽子塞进他的嘴里折磨他。一只活的鸽子。男人不想受到如此酷刑,他咬紧牙关,他的身体使得他咬紧牙关。有人笑了,但是我们不知道究竟是一个人在笑,还是两个人在笑,抑或是所有人都在笑。当我将诗作再次放回盒子里的时候,我发现自己也笑了。”

保罗一时哑口无言,之后,他十分震惊,再过了一会儿,他也开始笑起来。这是一种无法控制的干笑,就像是发出的一阵咳嗽:这是一种来自身体的反抗。保罗无法停止自己的笑声,这简直是一场噩梦。

“事实的确如此。”阿梅利亚说道。

阿梅利亚将这个硬纸盒子卖给了出价最高的人。阿尔博斯也给予她一定的帮助。仍有一些人能记得起纳迪亚·德尔,在某个特定的环境,在某个特定的时间,仍有一些人承认纳迪亚·德尔曾占有一席之位。因此,阿梅利亚很轻松地就把那个硬纸盒子卖了出去，她得到了一笔为数不小的财富，比她想象中的还要多。然而，阿梅利亚这样做并不是因为金钱的诱惑，而是为了保护自己不受硬纸盒子里赤裸裸的事实的侵扰。此外，她这么做也是为了报复那个抛弃她的母亲。阿梅利亚从不知道母亲在将近四年的战争里究竟写下了些什么；不过，她觉得是一些让人无法忍受的内容。阿梅利亚无法忍受这些内容。她坚信卖掉母亲留给她的硬纸箱子是一个明智的做法，同时也是一种报复行为和怨恨心理。阿梅利亚觉得这样做就可以赎回自己的性命。

然而，阿梅利亚开始怀疑这样做对不对。

在战争期间，在那些年月中，她的母亲与其他几个人，例如苏珊·桑塔格（Susan Sontag）和胡安·戈伊蒂索洛（Juan Goytisolo），一道进入被围困的城市中，进入无人想要听到其声音的地狱中。当时，她的母亲或是将自己潦草写下的字句丢进硬纸箱子里，或是照料伤员，或是沿着机场跑道用白布将一具具尸体遮盖起来。他们无视禁运规定，在什么都没有觉察到或是装作什么都没有觉察到的维和官兵的眼皮底下，将偷运进来的武器裹起来。那慢慢将白布染成红色的鲜血成了通告伤员或是死亡人员的国际准则，这是一种表意完全的语言，一种所有人都可以领会的语言。在战争的年月里，阿梅利亚的母亲开始逐渐停下自己的写作，转而投向反对战争的行动中去，正因为如此，头部中弹的她可能会倒在某一处战壕中。那么，在那个时候，有着长长的头发，开始换牙的年幼的阿梅利亚又在哪里呢？她很少跟自己的父亲住在一起，他们之间的关系一直都很紧张。她的父亲是一个没有耐心的男人，也无法忍受距离的折磨。阿梅利亚吐露："我很爱我的父亲，但是我爱不爱他对他来说又有什么用呢？他没有对我尽到抚养的义务，这样一来，他就可以将我变成他的女人。"这句话异常清楚地铭刻在了保罗的记忆中，一直到很多年后他有幸认识了阿梅利亚的父亲，他才最终明白了阿梅利亚说的那句话的意思。不过，他还是弄错了，他需要在读过一本小说之后才会明白，从阿梅利亚嘴里说出的词语并不是他试图去理解的含义，她使用的词语甚至并没有那么多的含义。对于自己的父亲，阿梅利亚没有什么好说的，她也不想说任何与她父亲有关的事情。她采用了一个无关紧要的小手段，采用了自己惯用的一个小伎俩——她就是简单地提了一下自己的父亲。

那好吧，可是阿梅利亚那个时候究竟在哪里呢？这是最基本的问题，但是答案却相当复杂。保罗非常清楚那个时候自己在哪里，他一直待在同一个地方，等待着一切结束，策划着完善的逃跑计划，最简单、最可能实现的计划同时也是最让他感到害怕的（学业）。但是，与阿梅利亚一样，单单几个词汇或是保持缄默是不足以将这一切讲述出来的，他需要虚构一些图像来将那些一直四散在各处的事物拼凑在一起。与保罗完全相反，阿梅利亚觉得自己的童年就像是一个传奇故事，其中的某些部分相当重要，阿梅利亚用一种陌生的语言，或是在保罗睡着的时候，将自己童年的重要片段娓娓道来。当阿梅利亚在自己的床上睡觉，或是在朋友家里等待父亲接她回家，或是陷入一张长椅，或是裹入大衣堆成的小窝中的时候，那些简单的因果关系就会流进她的耳朵里。

阿梅利亚想起了那些被人们遗忘的漫长夜晚，想起了那些面对着钢琴、象棋还有拼图游戏的漫长下午，其中拼图游戏是她最讨厌的，在孤单的作用下，这种游戏最终会使阿梅利亚变得异常生气，以至于她会吃掉一两块拼图，仔细地咀嚼着，然后将这些已经变得面目全非的拼图吐在手心里，这样一来，她就可以借口拼图不完整而从游戏中解脱出来。阿梅利亚想起了自己曾经是如此的孤单，每周一去学校上课的时候，她的脑袋都会嗡嗡作响，她觉得自己与其他同学格格不入，她会连声向同学问好，如果同学回应了她的问候，她就会心存感激，甚至还会有些小惊讶。她吃惊地说道："我似乎真的在那里。"那么，新的一周就这样开始了。她的存在感会在每个周五达到顶峰，然后在周末溶解消失，直到她开始怀疑自己是否真实存在。两天之后，一切又周而复始。阿梅利亚是一个独生女。

阿梅利亚是一个生活在成人世界之中的儿童，她存在的意义就是观看并记住那些很久之前就已经消失的事物。她记住了鸟类、哺乳动物、树木的名字，还有星辰、矿藏的名字以及不同矿藏的各自特性。她记住了那些大人不想让她听到的喁喁私语，记住了那些自己几乎完全不明白其含义的诗句、韵文还有整首整首的诗歌。她记住了各色药品的名称还有它们各自的服用禁忌，记住了印在化妆品圆管上的组成成分，记住了那些指代食用色素、防腐剂、酸化剂还有人造香精的编码。她用牙齿将糖果咬成数字与字母的样子。她感到极其无聊，甚至无聊到疯掉，但同时，她又觉得自己一点儿都不无聊。没有任何一种孤寂会比一个被束缚在成人世界之中的孩童的孤寂更为可怕。

阿梅利亚对孩子很是着迷。无论她在哪里，她都想要知道那里是不是有其他孩子，他们是谁，有多少个，他们为人如何。她跟着家人经常拜访一些朋友，这些朋友都住在大大的房子里，她一进门，便会戒备地观察那些孩子，然后追赶他们，她渴望触碰他们的身体，渴望与他们接触，因为他们是属于另一个世界的孩子，与她完全不同。阿梅利亚成了这个不属于她的世界的人质，在这个世界里，门把手太高了，桌子够不着，书籍太重了，杯子太大了。总之，对阿梅利亚来说，这群孩子的目光可以直直射入她的眼底，他们的肌肤与她的一样柔嫩，他们都还不满十岁。“不可思议地，我们会相亲相爱，也会发生争执。在我们之间，一切事物都以一种不可思议的方式展现自己的意义。这些孩子让我很是着迷，他们将我吸引，当必须分别的时刻来临时，我会感到恐惧，就如同一只在迁徙途中被困住的小动物一样。”阿梅利亚说道。

在没有其他孩子只有她孤单一人的时候，一种可怕的迟钝就会裹挟着她，为了与之对抗，她会进入那些因为黑暗或是突然的笑声而变得异常空旷的公寓中去探险。在公寓里，当她进入那些被禁止进入的未知领地时，她会发现一些装着各种首饰的小匣子、收放着床上用品的抽屉，还有在黑暗中闪烁着光芒的纪念品。这一切都很虚幻，是不为人们所知的罪行。在最完美的无辜中，阿梅利亚开始出于本能地吸食毒品，呼吸着丙酮、去污剂、指甲油、记号笔和墨水、石油溶剂油散发出来的气味，直到她的脑袋开始眩晕，她很喜欢石油溶剂油的名字。在艺术家的工作室里，阿梅利亚也会呼吸着油彩的气味，特别是泛着金属光泽的油彩的气味，还有松脂的气味；在物质层面，除去那广阔无垠的孤寂之外，她没有享受到任何的奥义传授。阿梅利亚坐在浴缸冰冷的边沿，水蒸气会在她的脑袋中挖出一些通道和安全出口，沿着这些通道与安全出口，阿梅利亚就可以逃离自己那没有同龄孩子陪伴的童年。

偶尔，阿梅利亚会在浴缸里辨别地板上的光彩。她会试用昂贵的口红，随后，她会努力将葡萄碾碎来擦去嘴唇上昂贵的口红，她相信这样就可以清除所有的痕迹。为了观察温度计中的水银在水池里滚动，阿梅利亚会将许多温度计打碎，然后，她会逃到市中心。她会点燃防腐剂，她会游弋在那些违规的实验室中，并因此深受毒害，她会放任自己沉迷在这种冰冷的快感中，沉迷在这种无人与她一起分享的情色之中，沉迷在那些可以夺去她生命的珐琅表面与镜面，就如同在某个现代化的神话中，神明情人会出现在这些光滑的、坚硬的、没有任何变化的镜面上。“表面上，我的身上依然存在着中性的空间，但是当它与我的灵魂接触后就会变成一种焦虑，一种沉闷的恐惧。”阿梅利亚如是说。这些凌厉的陷阱，存在于人类与非人类之间，抑或是存在于人类与其对立面——这是人类的一个新的发展阶段——之间的爱情果实。但是，突然，一切都消失不见了，只余下一丝隐隐约约的药品的味道与烧焦的味道，还有一个在浴缸中睡熟的八九岁的小女孩。

那么，其他的孩子又在哪里呢？尽管有些人家会在自家套房或是别墅里设置儿童房，但是家里却没有孩子，因此，阿梅利亚只能一个人在儿童房里游荡，因为没有其他孩子，儿童房变成了一个温情而阴暗的背景。玩具们凝视着她，毛绒熊们凝视着她，花样图案的棉被凝视着她，小巧的棉线鞋与洋娃娃的小屋子也凝视着她，特别是那些洋娃娃们，它们似乎想夺取她的生命。聚丙乙烯材质的太阳能系统在阿梅利亚察觉不到的气流中颤抖，它们慢慢地绕轴旋转，直到朱庇特红点——也就是它们的圆形独眼转向阿梅利亚，转向她的前额。阿梅利亚找不到其他孩子，所有的一切都在打量着她，直到她一边后退一边与之对抗。阿梅利亚倒退着离开了那些房间，但她依旧不清楚这些房间到底是只有在晚上才会空下来，还是一直都是空着的，那么，那些孩子到底在哪里呢？他们都神奇地消失了，可是，大人们看起来却完全不担心。她听到他们在放声大笑，在谈论着艺术、箴言、证券市价，对于某些人而言，证券市价就是他们的人生价值。随后，他们的声音会低下来，他们会谈论那些并不太平的国家，他们会谈论那些持不同政见的异端派，他们也会谈论战争。而阿梅利亚则会退回到浴室里面，并让自己从一时的情感中恢复过来。她跪在水池下，将鼻子伸进装有洗涤剂的瓶子中，她为没有其他孩子陪伴而惩罚自己。

最早的争端出现在那年夏天，不到一年之后，这些争端将人们带入了现代西方社会中最长的城市围困。就在那个夏天，阿梅利亚的母亲带着阿梅利亚去到那个战争马上就要爆发的国度度假（对此保有怀疑态度的阿梅利亚坚持认为她母亲是带她去度假），她的母亲马上就接受了战争带来的断裂，除非是战争带来的断裂无法接受她。几个月之后，南斯拉夫就不复之前的模样了。阿梅利亚与母亲一起住在亚得里亚海沿岸，住在一家艾丽斯连锁旅店里，这家旅店的装修风格很符合当时人的品位，旅店的走廊由绿到发黑的大理石铺砌而成，在这样的大理石走廊上至少可以映出三重人影，这就让阿梅利亚非常开心。她们的房间正朝着游泳池，而游泳池正面朝着大海。所有的一切都是一模一样的，艾丽斯连锁旅店就是不停地将一间间的小房间复制出来，这样一来，艾丽斯连锁旅店的房间就只是一个个四周墙壁都很阴沉的空旷正方体，它们不甚完美地相互映衬。

显而易见的是，阿梅利亚的母亲并不是很幸福。阿梅利亚不明白这是为什么，更何况整个旅店里面只住了她们两个人：阿梅利亚隐约觉得是她的父亲为她和母亲租下了整个旅店，作为自己不能陪伴她们而表达的歉意。正午时分，因为阳光太足，阿梅利亚无法外出，她会乘坐电梯来到旅店的最顶层，她会从最后一个房间开始，尝试着拧开最顶层每一个房间的房门，但是，她失败了，房门都被锁了起来，这让她有些失望。她不明白为什么在整个旅店都属于她与母亲两个人的情况下（阿梅利亚这么认为），这些房间却不属于她们，这是一件很神奇的事情。她也弄不明白为什么旅店与旅店中所有空间的总和是两个完全不同的概念。阿梅利亚会一个人待在游泳池中，她会数着那些完全相同的阳台，来弄清楚自己到底住在哪个房间，如果她的母亲不在阳台上出现的话，她就会迷失在那些完全一模一样的阳台之中。到了下午，栏杆扶手的影子会浮现在墙上，随着时间的推移，这些阴影的角度会变得越来越小，影子也会越来越长。她的母亲很少露出微笑。不过，她向阿梅利亚保证有一些小孩子将要来到这里，他们现在还在奔赴旅店的路上。因此，阿梅利亚等待着孩子们的到来，既没有提出异议，也没有丝毫抱怨，她担心万一惹恼了母亲，母亲就会通知那些孩子半路折返不再过来。

那个夏天，纳迪亚·德尔有三条连衣裙，款式相同但颜色不同，一条是粉色的，一条是蓝色的，还有一条是杏仁绿的。她随心替换这几条裙子，有时候她会在上菜的间隙离开饭桌，将女儿无情地留在死气沉沉的空旷餐厅中一人用餐，然后，等她回到餐桌上的时候，早已换上了另一条颜色不同的裙子。这是一种惯例吗？就像海军的旗帜那样。但是，这个惯例是为了谁，是为了什么而制订的？艾丽斯连锁旅店有着超自然的空旷，太阳的影子倒映在水面上。“我的母亲跟我说‘赶紧从泳池中上来，里面全是氯气，你会中毒的’。我们住在艾丽斯连锁旅店并不是一个偶然，我们在等待着某个事物的到来，但我不知道是什么。我在等待着孩子们的到来。因为深受孤寂、烈日、恐惧与沮丧的毒害，我突然开始生气。为了让我平静下来，我的母亲开始用一种温柔的口吻跟我说话，她似乎是在跟我的思想说话，而非在跟我说话，‘耐心一些，那些孩子们很快就会来了。’但是，他们没有过来。母亲皱着眉头将大把大把的时间花在酒店前台的电话机上。她不说话，或者说，她很少说话，她似乎在等待电话另一头的人再次拿起电话。夜幕降临，电话安静地躺在桌子上。”

阿梅利亚发烧了，在她眼中，阳台变得多了起来，阳台上的栏杆却消失了。孩子们一直没有来。她似乎看到孩子们藏在她周围或近或远的地方，或是楼梯上，或是房门后。她的母亲穿着一条三色连衣裙：粉色、蓝色和绿色，但是这三种颜色不是渐次出现，而是融在了一起，她的母亲在和孩子们说话，她告诉那些孩子如何避开阿梅利亚。不止这些，——她的母亲还一边咒骂着，一边将几袋阿司匹林溶解在从水龙头里流出来的水中。阿梅利亚陷入了妄想。她企图从周围读到些什么，比方说，一直变化的阳台的数量、太阳在水面的倒影、母亲的连衣裙和耳环，这里面应该蕴含着一种语言，而非一个意外，但是人们却不让她这样做。“旅店里那一个个空无一人的房间,还有房间里的床铺、枕头、电视机黑漆漆的屏幕,这一切让我感到压抑。我听到了,或者是我相信自己听到了楼下传来的脚步声、笑声还有舞台上的音乐声。”

一天夜里,阿梅利亚从睡梦中惊醒,她是被一些声音吓醒的,也许因为担心她与母亲,他们最终还是来了,但是不要忘了,在夜里,一切都如此糟糕。“那不是做梦,我听见我的母亲的笑声从隔壁的房间里传了出来,这是她在那年夏天,或是在那一周里发出的第一声笑声。高烧一直左右着我,让我混淆了方向,夸大了时间,或者说这仅仅只是童年。”

阿梅利亚的母亲和一个年轻的棕发男人一起笑着,随后,母亲对这个男人为她提供的巨大帮助表示了感谢(她和他说着话,似乎她自己就代表了一个国家),阿梅利亚听不懂年轻男人的回答。母亲表示,“最糟糕的时刻即将来临”。但是,年轻男人并不认同她的说法,他做了一个很轻浮的动作。“我的母亲接着说,‘下一次?不会再有下一次了,你和我一起回巴黎。’她说得很有道理,没有下一次了;但是,她也搞错了一件事,男人没有和我们一起回巴黎。清晨,这个年轻男人叫醒我,把我抱在臂弯里,走上阳台。我试图记住他的模样,但是我失败了。不过好在我从他的相貌中看到了自己的影子,看到了我母亲的影子,他的相貌依稀跟我们家族成员有些相似。不要说话,不要吓到他们,我这么想着,我觉得那些孩子已经来了。太阳还没有升起,天空依然是灰蒙蒙的,不过空气却很清新,这是那个星期或是那个夏天的第一次。

旅店楼下有一头母鹿和一头梅花鹿，它们棕色的皮毛带有一点儿淡粉色，这个颜色几近砂岩质地的石板，它们低着头，愉快地、专注地喝着游泳池中的水，一想到它们就要因为喝了被氯毒化了的水，被我毒化了的水而死掉，我的心就开始抽搐。因为这个夏天，除我之外没人在泳池里待过。”

那一天，他们来了，更确切地说，他们开始陆陆续续抵达旅店。那是一些难民，是一些妇女和儿童，他们因为在北部发生的某起事件而被迫迁移至此。艾丽斯连锁旅店被征用了，这就是战争。阿梅利亚认定自己在门角处、在楼梯里看到的就是战争。战争就躺在空荡荡的床上。

最后一天，阿梅利亚的母亲终于开始游戏了。她拖着阿梅利亚从上到下把所有的房间都整理了一遍。一些房门被打开，而另一些则依旧紧锁：战争仅仅刚刚开始。在那些已被打开的房间里，阿梅利亚看到一些匆忙中收拾出来的行李箱摆在床上，她还看到一些目光空洞、举止迟钝的女人，她们似乎突然患上了遗忘症，揣测着眼前的这个东西（衣架）究竟有什么用处。而那些面色不快的孩子们并没有看向阿梅利亚。母亲拽着她的胳膊到处寻找前一天晚上就来到这里的年轻男人，那个给予了她巨大帮助的年轻男人，那个她为其买了一张机票的年轻男人。她们从那些难民的身边走过——这个由难民组成的小团体可能不久之后就将不复存在，或许早已不复存在——阿梅利亚对此嗤之以鼻，她想看一看那些孩子们。而孩子们似乎全都扎进了游泳池，他们穿着各式各样的短裤,在水面激起一阵阵水花,他们没有真正的泳衣,不过这个时间也不是让他们游泳的。十个、二十个、五十个孩子如同一群在本能的驱动下自杀的小鸟一般跳进了水里,这种本能操纵了他们,又把他们聚集在一起,然后,他们会从游泳池中出来,再次跳入水中。他们的动作是如此猛烈,以至于水花溢出了泳池边缘。这些孩子中有男孩也有女孩,年龄各不相同,他们只是一个接着一个,不停地跳入水中,没有特别的欢喜,他们的身体带来的冲击被泳池中的水平息,大量的水花飞溅到玫瑰色的砂岩地板上,就如同被水浸湿的皮肤上出现了一道血迹。阿梅利亚的母亲推开一间一间的房门,就像孩子们一个一个跳入水中那样,只为寻找一个她再也没能看见的年轻男人。母亲将正当季节穿出来的连衣裙卷好放进行李箱,但是,阿梅利亚什么都不想知道,她只想把自己的游泳装备翻出来,因为一直等待的孩子们终于到了,现在,她迫切地想要加入他们的行列,趁着泳池还有水。若没有水,她就只能远远地站在一旁,将自己永远地与他们隔离开来。但是,她的母亲已经穿上了海军长裤和双色鞋子——这是她旅行时的装扮,将她拿在手中的泳衣与浴巾一把夺了过去。

负责监管艾丽斯连锁旅店的官员挺直脊背,屈膝向阿梅利亚的母亲致以问候,对此,阿梅利亚的母亲只是翻了个白眼,因为,在一切结束之前,在人们看到世界形势之前,没有什么能比战争初期的辉煌藻饰更能激怒她的母亲。总之,艾丽斯连锁旅店就是一个充斥着轻率和无尽暴行的所在。这个官员觉得(也许他这么想是有道理的)那些孩子们在泳池里发出的声音激怒了阿梅利亚的母亲。因此,这位官员开口说道:“今天晚上我会清空泳池,反正大海离这里不远。”阿梅利亚的母亲嘴里重复着“大海离这里不远”,但是脑子里却在想着那个男人。他应该是追着母鹿跑走了吧,这跟设想的可不一样。“她在公路上寻找他,在机场寻找他,她一直在寻找这个年轻的男人,尽管她从未提到过他的名字,但是我清楚地知道,我的母亲只看到了年轻男人的消失。”

阿梅利亚的母亲曾试图在机场给某个人打电话,但是所有的电话线都无法接通,也有可能是所有的电话线都被切断了。她们登上了那架开往法国的飞机,飞机上空空荡荡,只有她和她的母亲两位乘客。阿梅利亚不敢转身,她无法忍受这些空着的座位。纳迪亚再也没有看到那个年轻的男人,而阿梅利亚也再没有看到那些孩子。“我都没跟他们说过话,在我们之间,一直横亘着一个阳台或者是一扇玻璃。”阿梅利亚说道。她觉得她永远都无法原谅自己的母亲,随后,她又找出了自己对母亲的其他一些更加尖锐的不满。

当她们回到法国的时候,阿梅利亚的父亲暴跳如雷,他雇了一些律师,其中一些律师知道自己要做些什么,而另一些律师则专司商业诉讼,他们努力处理着家庭权利纠纷,就如同处理阿梅利亚的父亲推销到国外的那些旅店、商业中心与新兴城市一般。他将阿梅利亚锁在了一间屋子里,甚至都不让她那不称职的母亲跟她道别。阿梅利亚说:“母亲已经下定决心再次前往南斯拉夫,而父亲原本以为她想要把我一起带走，但是他没有料到，母亲从不曾开口提过这个想法。她什么都不想要，真的，什么都不要。”那年秋天，阿梅利亚的母亲又一次返回了正处于内战中的南斯拉夫，而阿梅利亚则被父亲送到了山里的一所寄宿学校，学校位于瑞士或是一个与它相似的国家。那里的学生都是跟阿梅利亚情况相似的年轻女孩，她们会在一个地方打网球，也会在另一个地方将自己的灵魂出卖给魔鬼，不过对于魔鬼而言，阿梅利亚的年纪还太小，魔鬼是不会对她感兴趣的，而她也不会对魔鬼感兴趣。后来，阿梅利亚发现自己十一岁时的照片会影响到自己的名誉，因为照片上的她总是穿着紧身舞蹈服，因此，她毁掉了这些照片。这是阿梅利亚在一时冲动的情况下做出来的事情，她并没有想到这会导致她个人资料的缺失。她也不止一次地考虑要限制这些照片的使用，然而她的这种做法无异于一个尚不知道自己即将消亡的正在运行的系统。不过，人们没有再次翻印阿梅利亚童年时候的照片，阿梅利亚也为照片的消失做出了自己的贡献。之后，她很难说服任何一个人接受并认可她的存在。

阿梅利亚对山上那所寄宿学校没有太多记忆，而且她喜欢将仅有的一些记忆与一部著名的恐怖电影混淆，尽管那部电影一点儿也不恐怖。她的父亲决定让她远离这所寄宿学校，她并不认为父亲这样做是出于便利或者出于厌恶。但是，她也同样不确定父亲这样做是不是因为作为父亲的责任和对她的父爱。她再也没有见到母亲，她也只是偶而与父亲一起生活。有时候，阿梅利亚觉得自己不属于任何人，但是她从来没有冒出过不再想做他们的女儿的念头。有时候，她的父母反而不太可靠，他们消失，然后又出现。家庭观念在她的思想里已不再是恒定的电流。阿梅利亚继续道："父亲想把我藏起来或是掩饰我的存在，为此，他不择手段。他将我送到瑞士或是某个与它相似的国家，一所寄宿学校，让我穿带有臂章的小外套。这些让我明白了，我的父亲无法抗拒他自身的标签。"保罗好奇，阿梅利亚的父亲到底有多少钱，他来自何方，他如何取得了今天的成就，他当下又在哪里。保罗会这样想完全是因为现在他只能看到阿梅利亚的父亲留下的痕迹，而无法见到本人。阿梅利亚觉得自己当年是很乐意去那所寄宿学校的，在她离开学校时也没有心存不满。因为一些复杂的原因，阿梅利亚被开除了，其中一个原因就是阿梅利亚违反规定，接受了一个男性的陪伴。对此，她的父亲反驳说，她只有十一岁。阿梅利亚的父亲真正想表达的意思是，阿梅利亚年纪还太小了，因此她不会对魔鬼感兴趣，或者是魔鬼不会对她感兴趣。但是她父亲的话并没有起到任何作用，阿梅利亚不得不离开山上的那些小伙伴们。她回想起了她的兴奋与冲动，那是一种几乎不正常的癔症和中邪现象，她回忆起自己最终融入那些小伙伴之中，融入那些与她很相似的小姑娘之中，最后，她终于有了很多玩伴。但是，阿梅利亚并不相信自己会如此幸运，她不再睡觉。"我陷入一种前所未有的兴奋之中，在这群孩子中间，我像是一颗被投入水中的阿司匹林,它开始反应,开始冒泡,最终消失不见。”阿梅利亚继续讲述她的故事。

她杜撰了一个男友,这也是她被学校开除的原因。这个假想出来的男友才是阿梅利亚最缺少、最渴望得到的。阿梅利亚对保罗说:“如果你愿意,那我们就叫他保罗吧。”不久之后,保罗心想阿梅利亚究竟要将这个故事讲述多少遍,就像现在这样,在床上,在浴室中。保罗也会想,根据情境的不同,阿梅利亚究竟给这个根本不存在的男人换过多少名字。另一个保罗(第一个保罗,保罗不甚真实地思考着)出现在火车站,这个保罗比阿梅利亚要年长一些,他是一个真正的年轻男人,火车的运行与他的担忧让这个独自旅行的小女孩具有了某些必不可少的特点。这个保罗很强壮,也很和气;跟他在一起的时候,所有危险都变成了游戏。阿梅利亚相信这个保罗是自己一点一滴创造出来的,他就像很多被假想出来的朋友一样,但是,阿梅利亚很依赖他,他也很依赖阿梅利亚。这个保罗一直留在阿梅利亚身边。阿梅利亚每天都会跟他相遇两三次,不会更多了。阿梅利亚将这个保罗告诉了她的新朋友们,这个保罗有着棕色的头发,她给她们讲述这个保罗的事迹,他会滑雪,会射击,有一次他还救下了一只小动物。随后,她的朋友们都喜欢上了这个保罗,她们让阿梅利亚不停地讲述着这个传奇男人的故事;而阿梅利亚很喜欢惊讶错愕的朋友们围坐在她的左右,她们的衣着一模一样,都穿着百褶裙、白衬衣、长筒袜(阿梅利亚傻傻地想着,如果我的父亲过来的话,他或许认不出我，他或许也不知道自己带走了哪个女孩，我在这里是安全的）。为了回应朋友们的请求，为了满足她们贪得无厌的欲望，阿梅利亚竭尽全力将故事融入当下，这些不被喜爱的小姑娘们的日常生活有了新鲜的内容。“保罗解决了一道几何难题，他离我们很近，他就在那里，你刚刚错过了与他的相遇——然而，这只是幼稚的把戏，一种愉快的消磨时间的方式。一天晚上，发生了一件奇怪的事情。米连娜穿着一件异常宽大的T恤衫走进宿舍，这件T恤衫应该是奥运会的纪念品，就是前几年在南斯拉夫举办的冬季奥运会的纪念品，而我的母亲也正是为那个国家的和平事业而奔走。这件T恤衫就像一条裙子，差不多垂到了米连娜的膝盖，米连娜坦诚地说，这件T恤衫是保罗送给她的。”

阿梅利亚给了保罗一记缠绵的拥吻，这个保罗是真实存在的保罗（也可能是阿梅利亚幻想出来的那个保罗，怎么才能弄清楚呢？保罗琢磨着）。阿梅利亚说道：“就这样，所有人都趁着我不在的时候围观保罗，躲在他的背后盯着他看。她们都将这个身材高大的棕发男孩视为自己的意中人，她们根据自己的需求将保罗的故事演绎成自己的版本。米兰达是一个很早熟的女孩，十二岁的她看起来已经十五岁了，她说她在廊厅那里拥吻了保罗，她在门口转身拥吻着保罗，不进来也不出去。十二岁的卡洛塔生活在男人与文胸给她带来的恐惧之中，因此，她把这件事情报告给了寄宿学校的女校长。女校长四处做着调查，一个男人悄无声息地出现在由她庇护着的小姑娘之中，这件事情让她惊恐万分。这个男人还可以来去自如,门锁与窗户上的小栏杆完全无法对他构成障碍,他还对夜间的巡逻队与各种各样的安保措施熟视无睹。”“这件事情很奇怪,”阿梅利亚的父亲责怪女校长,“您应该很清楚,这完全就是小姑娘们编造出来的故事。”不过,他并没有说服她。女校长异常担心魔鬼会对学生们造成伤害,并从她们身上得到好处。在这样的情况下,事情的进展变得非常糟糕,阿梅利亚必须永远离开她的小伙伴们,回到巴黎。这段时光变成了阿梅利亚的作业簿,上面有一道几何题,一道有些忧郁的几何题,解答这道题的人不是阿梅利亚本人,因为那不是她的笔迹。如果不是间隔了这么多年,她或许不会将一切看得那么明白。至少与那个时候相比,她现在更加清楚当时是怎么回事:那就是她的笔迹,那是她假装自己以后想要成为的人的笔迹,上面的草书字体并不算笨拙,充满了力量与她那时缺乏的速度。除此之外,阿梅利亚还觉得,最后的字迹就像是一幅自画像一样,可以与照片媲美。

将阿梅利亚送到山上寄宿学校的做法惨遭滑铁卢,之后,阿梅利亚的父亲将她送到了美国。阿梅利亚一直没有弄明白为什么父亲会气得要把她远远送走。阿尔博斯在纽约州接到了阿梅利亚,当时,她开着一辆1970年制造的福特雷鸟汽车,对那些安全标识熟视无睹。倘若没有遇到危险,阿尔博斯不会想到恩泽。她带着阿梅利亚参观了尼亚加拉大瀑布,当时瀑布的一部分已经被大雪覆盖。从那时候起,阿尔博斯就不再将自己打扮得像男人一样,她更像是一位颠覆了一切的真正艺术家,只需借助一个简单的衣料绞拧,她就可以将身上的任意一件衣物变得风度翩翩。

在前往美国的航班上,阿梅利亚没有说出自己的真实姓名,也没有说出真正的目的地以及来美国的真正原因。她不曾再见到自己的母亲,而父亲则将她视为一个讨厌的家伙。不过,阿梅利亚没有考虑这些,完全没有。当然,她也没有对自己的邻座说些什么,这都是些微不足道的小事。阿梅利亚在高空上,在完全虚构的故事的陪伴下度过了一个夜晚。

阿梅利亚很想念自己的母亲,她偶尔也会跟母亲通电话,她们两人之间隔着非常遥远的距离,在阿梅利亚看来,这样的距离根本无法跨越,造成这种情况的罪魁祸首就是她们之间缺少联系。电话线的信号总是很糟糕,阿梅利亚不太记得发生在她们之间的对话,不过她还记得随着她们之间的距离越来越远,她们之间的分歧与隔阂越来越大,也就更容易断开与彼此的联系;她还记得在听筒里听到过的金属撞击声,就像是一系列的击打声,或者按下一连串摩斯电码发出的声音,这些声音将她们之间的对话覆盖起来。“每当这时,母亲喜欢开个玩笑,这个玩笑也就变得如同一个仪式一般,她会这么说:‘啊,早安,听筒先生们。’日复一日,她的嗓音开始慢慢变得干涩,仿佛灵魂已经离开了她的身体。噪音如同断头台上铡刀落下的声音一般,从电话中、从网络信号中传过来,之前不曾有过这样的问题:距离、电能以及对‘任何进步都会引发自身机能障碍’这个当代现实情况的思考。自始至终,秩序与直接性都只是一个短暂的幻象。从每一个解决方案中都会衍生出至少两个无法预见的困难。”

阿梅利亚从来都不相信她与母亲的对话会被人窃听，一如她从来都不相信自己的母亲会投身间谍活动，但是，她似乎错了。不过，阿梅利亚经常会回想起那些噪声，它们阻挠阿梅利亚与母亲，不让她们听清彼此在说些什么。她也经常回想起一些突然出现在她们之间的抽象事情，它们就像是人们敲击墙壁后出现的幽灵一般，有时候敲击三次也看不到一个幽灵，有时候只消敲击一下许多幽灵便一涌而出，就像铺设在海底的长长电缆。

在阿尔博斯家，阿梅利亚学会了英文，也是在那里，她长成了一个少女。不过阿梅利亚始终觉得自己比实际年龄年轻一些，北美洲的严寒似乎减缓了她的成长速度，那种年幼的感觉一直跟随着她。在大雪纷飞的北美洲，最初对阿梅利亚而言的陌生语言很快就变得不再陌生。远方，战争还在继续，不过，也许这场战争最终还是会走向结束。

阿梅利亚继续说道：“阿尔博斯对我讲着雪花、电话线、她与我的母亲在巴黎的相遇还有催泪瓦斯。她还跟我提到了建筑学，我们一边驱车赶往布法罗，一边想象着向外突出的、仿佛附着着生命机体的房屋。有一点我没有说出来，我看到了一间高大的房屋，它如同我幻想出来的、从未拥有过的男朋友一般。为了补偿安安静静坐在一边的我，阿尔博斯主动讲了一些与科学、艺术、世界有关的知识——世界或者所有结果近乎完全相同的事物。那时阿尔博斯的言语就相当居高临下了，但是对我而言，这就是中性语言,会让我感到宽慰。随后,在那里,我开始不那么严苛地控制自己,开始做我自己。时至今日,那些神秘的通道,那些铺设在海底的长长的电缆依旧留在海底深处,保证着绝大多数国际交流的通畅。这些遥远的距离与海洋的重量并没有感受到我们之间的交流,它们是如何做到这一点的呢?海底地震与鲨鱼的啃咬会造成电缆的损毁。我们不清楚为了实现几块大陆之间的沟通,这些电缆需要经历怎样荒凉的冒险,它们又是如何生存下来的。这些电缆究竟会浮现在海岸上,还是会直接与那些被安全保护起来的建筑物接通呢?它们是如何传输我们平庸的对话的呢?我相信阿尔博斯谈起的这些事情有着一个首要目的,就是在一个看起来不会有任何联系的地方建立起一些关联。在深深的海底,我闭上了双眼,沿着那些海底电缆回到自己家里,钻进电话线里,进入父母的客厅里,进入父母曾经的客厅里,进入我曾经的家里。

“我将剩余的时间花费在寻找女孩子们上,我在这块新大陆上找寻着与我年纪相仿的女孩子,她们即将成为我的朋友,甚或闺密、姐妹。在这个与加拿大接壤的美国联邦州里,人们已经习惯了严寒漫长的冬季。可是,这里的女孩子们却都消失了,仿佛一种大出血在这里肆虐,不是这样,少女们凭空蒸发的事件在这里大肆横行。晚上她们还睡在自己的床上,但是第二天她们却不见了,她们消失了。偶尔,人们会发现一扇大开的窗户,这样一来,皑皑白雪就侵入了玫瑰色与白色交织的少女闺房中。这是人们发现的第一件事情,是那些失踪少女的母亲们发现的。这个夹杂在内外部之间的杂乱虽然带有致命性,但是看起来却美丽诱人——我说的是出现在地毯上的皑皑白雪。那些失踪的女孩似乎幻化成白色的雪花。然而,与此同时雪花也将所有的痕迹掩盖起来。政府为此颁布了宵禁令,不过,这对于我在阿尔博斯家的生活没有造成什么太大的影响。但是在罗切斯特、布法罗,还有整个纽约州北部地区,很多女孩都凭空消失了,这也许是一个蔓延开来的梦游症,也有可能是有人诱拐少女,不过,前一种可能性占了上风。然而,让人感到奇怪的是,这些失踪的少女并没有带走自己的私人物品,只拿走了一件大衣。差不多所有的女孩在离家出走的时候,身上只穿了一件大衣。"

茫茫大雪淹没了小城的边缘区域,过一会儿,行人就会发现脚下的道路向着一片白茫茫的、无边无际的宽阔地带延伸开来,在那里,人们看不到方圆十米之外的事物。冬季成了一个地理区域,成了一片片未知的土地。在抽象的世界中,最毫无新意的场景摇摇晃晃着,如同那些正在被人们遗忘的城市一般。大雪厚到能将人们膝盖以下的部位全部淹没,因此,阿梅利亚穿上了护膝,套上了镶了毛里子的短靴。她从未经历过如此严寒,也从未如此孤寂,她没有朋友。不过,与此同时,她也从未有过如此平和的感受,阿梅利亚觉得与阿尔博斯共同生活的这几个月是她人生中最安全的一段时光,这段时光朦胧、漫长。流言蜚语将城里的其他居民吓得不轻,甚至闹得鸡犬不宁,它仿佛可以脆化他们的房屋地基,打薄房屋墙壁。这个流言蜚语就是:一个或几个男人会趁着少女们睡着的时候观察她们。但是阿梅利亚没有受到任何影响,这要归功于她的形单影只,以及阿尔博斯的理性。就算阿梅利亚想到了这个流言,她也一定会这么说:“那是我的男朋友,那是我的男朋友,他来找我了。”这个流言成了高中生们的唯一话题,他们就此展开热烈的讨论,直到幻觉出现。女邻居们跟阿梅利亚提到过这件事情,她们的金发的芳邻们就住在街尾,她们的说法就是:的确如此,是有一个男人,有时候会出现在屋外,有时候会出现在屋内,似乎没有人能够发现他走入房间,他就待在那里,他什么都不做,他看着你睡着,然后消失不见。当然,阿梅利亚不相信她们的说法。

阿梅利亚一直都在等待这个人到来,但是鲜有人来她那里,即便有人来了,她也早已安然入睡了。

春天的时候,人们找到了那些离家出走的女孩。绝大部分女孩来到了波特兰和丹佛,而那些最怕冷的、行事也最为果断的女孩则去了加利福尼亚,她们完全适应了加州的阳光、甜美的生活与美妙的软毒品。不过另一些女孩并没有离开很远,她们在雪夜里穿过了长长的街道,来到了城市的边缘,最终倒在了或是睡在了一片奇怪的广袤土地上。人们在春回大地的时候发现了她们,那时,她们已经变成一个个沉睡的金黄色小冰球,她们的双腿蜷起,膝盖紧紧抵在胸口,好像受到了一股内部力量的强迫,好像需要忘却自我、自我抵消。人类的苛求看起来会显得很残酷,这些苛求还要求一部分人自行消失:那一年,几个美国女孩在洁白的冰雪中脱离自我，离开了这个世界，她们的身体和精神都很健康，不过她们的性格可能过于安静。皑皑白雪让这一大片土地变得酷寒。在这里，这件事情变得人尽皆知；在这里，大自然对空无极为恐惧，因为在空无中人们什么都看不见，有时候空无还会被疯狂的念头、缄默却血腥的想法填满。阿梅利亚暗自思量，要么是她自己将“逃跑”带到了这里；要么就是因为她停止了逃跑才引发了那些女孩的逃跑行为，逃跑的行为需要继续；要么就是那些女孩也是一场战争的无辜受害者，然而这场战争发生在一个遥远的国度，一个她们也许从来都没有听说过的国度。阿梅利亚说：“一种最为奇怪的方式将我们相互连接起来，此外，由于这个世界过于广袤，我们无法从中逃脱。”

4

时光一分一秒地流逝，保罗与阿梅利亚都爱着彼此。保罗希望拥有阿梅利亚的一切，她的精神、她的身体还有从她身体散发出来的热量，甚至在几厘米之外都可以感受到。如果我们将注意力集中在这种从她身体散发出来的光芒上，或者密切地感受到了这种光芒，我们就会发现这种光芒值得我们绞尽脑汁去触碰。这样一来，孤独、陪伴、分离与纠缠都成了虚假的界限，成了简易的事物。阿梅利亚一直与保罗在一起。保罗希望可以融入阿梅利亚的生活，走进她的内心，也希望可以看到她所看到的一切，知道她所知道的全部。在保罗的要求下，他们一起参观博物馆，去参观那些保罗感到陌生的而阿梅利亚感到熟稔的文化场所。阿梅利亚是一个很棒的向导，因为她对每一件挂在墙壁上的艺术品都了如指掌，就像了解自己的手掌与见过的儿童房一样；不过她这个向导也非常糟糕，因为她很不耐烦，她会飞快地穿过展厅，不会去细细观赏挂在墙上的艺术品，她一边往前走一边为保罗做着解说。当他们看到一些杰出的艺术作品时，保罗很想知道为什么它们如此杰出，因为这不是他马上就可以明白的事情，他也不确定是否能够看到或者看明白它们最杰出的所在。不过，阿梅利亚有一个怪癖，就是一直不停地提及那些没有被陈列的画作，保罗无法看到的那些作品。比方说，当保罗试着欣赏塞尚的作品时，阿梅利亚却会跟他提到一个美国人及其描摹的《圣·维克多山》，这个美国人凭借其记忆力复制大师的名画并以此为己任，在描摹名画的时候，他会紧闭双眼，赤手空拳，只借助炭笔，在30秒之内就可以完成描摹。这是一种倒退，一种盲目、混乱的回流，一种原始的回归，一种判断艺术以何种方式铭刻在人们脑海中、成为人们身体记忆的方式，但是人们对于艺术的记忆总不会非常完美。同时，这也是一种幼稚且原始的尝试，以至于当保罗驻足欣赏一幅画作的时候，他会被阿梅利亚要求欣赏另一幅画作。

阿梅利亚陪在保罗身边，她翻着白眼，将自己的保留意见表达出来。“保罗，为什么你要把时间都浪费在这些老掉牙的东西上？你比这些画家要优秀很多，”阿梅利亚对他说，“你的身上有着原始的聪慧，你是我认识的唯一一头猎豹。我因为有你这样的床伴而感到十分幸运。”阿梅利亚将嘴唇贴到保罗的嘴唇上，不断轻咬，对他反复说：“如果可以变得像你一样，我愿意付出任何代价；如果可以变得像你一样，我愿意付出任何代价……”但是，保罗很清楚，在忘记某件自己熟知的事情和根本就不知道这件事情之间存在着不同。保罗为自己的无知而头疼。实际上，对保罗而言，他的初恋就像一种痛苦和悲伤，就像对他不知道的以及不知道缺乏的事物的一种尖锐哀悼。保罗被伤感吞噬，但是阿梅利亚却无法理解他。阿梅利亚继续我行我素，可是她并不知道，那时候年方二十的两人都没有意识到阿梅利亚的人生就是偏离正常的生活，或者是，这些偏离正常的生活组成了阿梅利亚的人生，实际上，这是阿梅利亚的命运，而非一系列的断裂。更确切地说，这些断裂组成了一条无法规避的直线，它无情地将阿梅利亚引向了失败，带向了终极堕落，不久之后，她又被堕落送回人间，最后住在五楼的套房中。

保罗从来没有提起过自己的出身，当人们开始借助自己的现在与过往来自我评定时，保罗不知所措，他不知道应该说些什么，不知道应该使用什么词语或者说原本应该使用什么词语来说明自己的出身。保罗借助地理坐标、居民平均收入、失业率，用贫乏的话语来定义故乡。是的，那里有他的故事，比如，夜晚照明设施的故事，在苍白的蓝色灯光下，人们无法找到自己的血管；此外，还有一些故事，比如，保罗的父亲以及他那谨慎的，也可被称为狡猾的决定——他决定在可以改名的时候，将名字改得更具法国特色。保罗，这个决定既狡猾又天真，就好像除了这个名字之外，不存在其他任何可以构建出身的方式；就好像这个决定不曾铭刻在他那黑中带蓝的发丝、发卷中，也不曾铭刻在他那长长的浓密睫毛中，更不曾铭刻在他那稠密的、一直延伸至太阳穴的眉毛与从中漫溢出来的和谐的思想之中。还有一些人们看不到的故事，比如，存在于机器中的一滴血、螺旋基因、电视屏幕上出现的线条与斜纹。然而，大部分故事被保罗遗忘了，也没有人将这些事情讲给保罗听。这样的话，他又能给别人讲些什么呢？特别是阿梅利亚，一个像阿梅利亚的女人，她游历了全世界，而非一座小小的城市。保罗的故乡经常被人们当作城市灾难的典型，每当他听到这样的评论时，他完全不会感到诧异，因为他对城市灾难的丑陋、危险与机能障碍有着切身体会。然而，无论如何，那里都是他的家，是他长大的地方，而不是一个随随便便的地方，那是他的故乡，就这么简单明了。保罗苦恼自己的出身，可与出身相比，苦恼本身更让保罗感到羞愧。这样看来，出身问题已经不再困扰保罗，而是已经消失在了他的视野之中，成为画在地图上的一道纬线。保罗将一切都集中在自己身上，比如走路方式以及面对各种感知到的威胁时——无论是真实的还是想象出来的——的应对方式。在威胁与恐惧中成长起来的保罗花了好长时间才弄清楚，在巴黎，恐惧只是他自己唤醒的产物。因此，当保罗意识到他在学校的快餐厅中做了一个简单的动作以表达情感的时候，他感到非常诧异,也非常羞愧,仿佛他流露出的是一种滑稽可笑的真实情感,仿佛他在一只专用于洗手的碗中喝水一样。

因此,每当他的故乡出现在电视屏幕上的时候,他就会一言不发,因为他并不把那座城市当作自己的故乡。他会将注意力放在电视新闻上,然后陷入沉思。一个看上去年纪比他还要小的男孩死了,因为警察的追踪,男孩躲进变电站,遭到了电击,男孩惧怕警察,这仅仅是出于他的惧怕。保罗已经不是第一次看到这样的新闻了,但这也不会是最后一次。男孩触电身亡,就在片刻的时间里,可能就是在他死去的那个瞬间,整座城市陷入了黑暗,所有的事情都停了下来,这种停止仅仅是暂时的,除了这个男孩的生命与他的家庭之外……保罗继续思索着,坐在艾丽斯连锁旅店313房间的床沿上,看着电视屏幕上的图像,陷入了冥想。阿梅利亚从他的身后抱住他,把下巴放在保罗的肩头,双腿缠在他的腰间,双臂环住他的胸膛。他们一言不发、安安静静地待在那里,但是某些事情在他们之间往来涌动,与电视屏幕上的图像、阿梅利亚无关。这些事情来自保罗的内心深处,来自阴暗且秘密的场所,比方说,记忆,保罗攀爬城墙的记忆,他还记得他蜷缩成一团,屏住呼吸,担心自己会因为某些简单的、无形的又无法避免的小事而露出马脚,例如呼出的气息;再比方说,一种人们无法领会却能察觉到的情感:流走在少年身体中的电流、被烧焦的皮肤、紧紧咬合甚至都能将牙齿咬碎的上下颌,事实上他确实咬碎了自己的牙齿。保罗自言自语着,这个噩梦好像是从纳迪亚·德尔的硬纸盒子中跑出来的，它本应出现在纳迪亚·德尔的文献诗歌中。也许在感受到她依旧爱着的那副躯体，或者是她认为自己依旧爱着的那副躯体，抑或是她声称自己依旧爱着的那副躯体紧绷起来的时候，阿梅利亚也会想到相同的事情。也许，就是在这个时刻，阿梅利亚极度的恐惧终于形成了：虽然阿梅利亚一直没有打开那个她母亲留给她的硬纸盒子，但是看上去，盒子中的一切——所有的暴行与不公——都开始从那里逃逸出来。阿梅利亚·德尔认为母亲留给她的这个硬纸盒子就是当代世界乃至整个世界的起源，并且它还将整个世界包裹起来。阿梅利亚坚信自己已经摆脱了那个硬纸盒子：这个硬纸盒子里承载着这个世界的方方面面。

阿梅利亚想去参加游行示威，人们不会像捕狗一样地将青少年们抓捕起来。她这突如其来的天真与幼稚让保罗变得疯狂，唤醒了保罗身上最糟糕的一面，因为保罗认为阿梅利亚无一不知、无一不晓。保罗禁止阿梅利亚去参加任何游行示威活动。他的原话是这样的："我严令禁止你去参加游行示威。"保罗既与自己置气，也与阿梅利亚置气，他气阿梅利亚说要去参加游行之类的话。但是，阿梅利亚不屑于与保罗辩驳，她看向保罗，露出了一个隐约的微笑，这甚至都不能被称为蔑视，这应该是一种调侃。当然，阿梅利亚最终还是参加了游行示威，她被警察拘捕了。当她回到旅店的时候，保罗发现在她的太阳穴与脸颊上出现了好大一块青色瘀斑，这让保罗气到发狂，因为当他一想到有人将手举起冲着阿梅利亚扇过去的时候，他就无法忍受；也是因为一想到他希望避开的事物——比如病态的蓝色照明与冷淡丑陋的夜晚——侵袭了阿梅利亚,他就无法忍受。保罗之所以会选择阿梅利亚,就是因为阿梅利亚站在了一切事物的对立面,但是现在,保罗的出身——那个让他厌恶的、想要逃避的出身——出现在了阿梅利亚的面庞上。这是保罗最讨厌的事情,因此在愤怒与他不愿意承认的恐惧的作用下,保罗感到苦恼。

尽管有着那么多的不和谐,却鲜有证据可以证明。不久之后,在清楚地意识到回溯的目光会将过去变成埋灰场之后,保罗才看到了那些不和谐。这种回溯的目光只存在于他们二人之间,存在于旅店中,或者是阿尔博斯家中。阿梅利亚最后决定放弃大学学业,那么她平常都会做些什么呢?也许,她什么都不做。保罗为了他们两个人而生活。313房间前的灯泡不停地被烧坏,保罗没有换掉。有一次,也是唯一的一次,保罗碰见了阿梅利亚的父亲。阿梅利亚的父亲来旅店找她,惊恐地看着周围的环境,当保罗出现的时候,他也惊恐地看着保罗。他与保罗的父亲没有任何相似之处。他有着一双绿色的眼睛,穿着一件山羊绒外套,他差点儿与保罗失之交臂。还有一次,保罗遇到了阿梅利亚以前的朋友,至少根据阿梅利亚的说法,那是她认识的一些人,这些人出现在她支离破碎的童年生活中,与她相识在瑞士寄宿学校、模范高中、网球场与游泳池,阿梅利亚在游泳池里畅游,还会假装溺水。保罗对阿梅利亚的这段生活毫无所知,也无法想象,在书本中、在电视上、在电影屏幕上都不曾见过。阿梅利亚所属的这个阶层以审慎和矜持为傲,无须通过观众来获得存在感:整个世界都属于它。

这个阶层的人士拥有偌大的房子:巨大的玻璃门,铺着镶木地板,长长的走廊迂回曲折……他们有独特的行为方式与衣着方式,保罗对此十分好奇,他的好奇心要远远大于他所受到的震撼。他觉得自己只不过是艾丽斯连锁旅店里一个默默无闻的小人物,会成为别人的错误目标,他穿着符合身份的衬衣,抽着符合身份的香烟。但是,站在厨房旁边的一个家伙却清楚地称呼他为门房,此话一出,便引得人们开怀大笑。保罗觉得自己成了别人的关注目标,同时,保罗也觉得自己被发现,随后又被忘却了。保罗自言自语地说,他的身份被揭穿了。一种冷漠的惊慌震慑了保罗,因为他不知道,也不明白人们到底通过哪一点发现了他的真实身份,到底是他身上的哪一点出卖了他。

在艾丽斯连锁旅店将要关门(保罗并不知道旅店将要被关闭)的时候,阿梅利亚坚持要去一家规模更大的酒店,那家豪华的酒店与艾丽斯集团下属的旅店没有丝毫相似。阿梅利亚露出了一个保罗偶尔会看到的调皮表情,保罗很爱这个表情。那个大酒店经历了历史的洗礼,单单听到它的名字就会让人浮想联篇。在很长一段时间里,管理者都拒绝关闭艾丽斯连锁旅店,但是这一天最终还是到来了,管理者决定对艾丽斯内部进行翻修,工程将持续好几个月的时间。在关门之前,某个专司公共关系的员工提出了一个可以带来收益的推销方案:在建筑施工队伍到来之前,精选一群年轻、富有、美貌之人，且绝大多数是白人，让他们待在旅店里，鼓励他们随意喝香槟，以此减轻压力、自我发泄、拆毁高档房间与总统套房、用大铁锤敲毁墙壁、揭去壁纸与墙饰、捅破床垫。保罗还记得第一次看到阿梅利亚怒火中烧的样子，这也是他第一次觉得阿梅利亚将其忧郁表现了出来，他觉得阿梅利亚的动作只表达了90%的忧郁，剩下的10%是毁坏。阿梅利亚扯掉了流苏挂式分枝吊灯，将或空或满的酒瓶丢向高处的镜面，镜面先是破碎成一块一块，然后又凹陷下去躲避接踵而来的打击，镜面上那些同心圆状的裂缝反射出一张变形的画面，反射出阿梅利亚与保罗的无数个身影，当然也反射出电灯、家具与画作的无数映像，保罗从来不曾看到过这样的阿梅利亚。其他任何事物，甚至是性爱，都不会让阿梅利亚如此激动，如此光彩照人，她似乎在一个适宜的环境中，在自己的家中。这也是保罗第一次对阿梅利亚有些畏惧。

在保罗的记忆里，在那天晚上的聚会中，保罗清楚地认识到自己愚蠢地旁观了一场毁灭性的狂欢。不过，在他的另一些记忆中，他还是以一个旁观者的身份出现，特别是其中的一个记忆没有任何归属，无论如何，这个记忆自由地从他的记忆深处涌出，借助一个让人颤抖的小短片的方式，游走在独特的大脑中枢里。粗鲁的年轻少女因为毒品、酒精以及不受拘束的力量而双眼发亮，在这些年轻少女中，有一个身材高大、行动笨拙、皮肤浅黑的女孩，她看上去有些凶残。即便保罗可以从她的身上看到自己，但是他不会承认，至少不会立刻承认。保罗一脚踹开了房门，拽出了一个红棕色长发女孩，把她按在墙上亲吻，他的一只手滑进了女孩的短裙中。人们看不到他们那如同被封印的交织在一起的脸庞。如果他们现在分开，如果某个事物将他们分开，人们也不清楚他们的面部线条是不是会模糊成一团，是不是会自此融在一起。女孩的手里拿着一件外衣，她脚上高跟鞋的细尖跟在墙上划出一道道痕迹，一种年轻的黄金激情尾随他们进入了一间豪华的顶层公寓，随后爆发出来。现在，这个浅黑皮肤的年轻男孩不再只是亲吻着女孩，这个女孩的一条腿环在男孩的胯部。男孩漫不经心地将胳膊伸向墙壁，摸索着，似乎想要找到一个支撑，男孩看都没看就把一盏壁灯从墙上扯下，他这个本能的举止看起来很是生硬，仿佛来自一个破坏世家。然后，在这个房间里，除去黑暗，我们什么都看不到了。

随后艾丽斯连锁旅店关门，进入整修期。这是一段安静的、利于学习的时间，保罗开始复习功课，应对期中考试。他觉得阿梅利亚完全放弃了学业，她一边吃着薯片，一边看着色情电影（这只是保罗的想法），她空洞的眼神迷失在空无之中，她思考着其他一些事情，可是她究竟在思考些什么，保罗无从得知，也没有时间去想。保罗心想:“等到期中考试结束之后,我会跟她好好谈一下。”保罗再次变得野心勃勃,但同时他惧怕无法通过考试。那几天,保罗不再围着阿梅利亚转,阿梅利亚也应该适应了这个变化(保罗这么认为)。

保罗回到了自己的工作岗位,回到了接待前台,偶尔,所有的事情会乱作一团,他的视线心不在焉地在书本与监视屏幕之间游移,注意力无法集中。但是,保罗有了些进步。阿尔博斯曾经一字一句清楚地告诉保罗,说一点儿都不担心保罗挂科,这让保罗十分得意,同时他也有一点儿痛苦,仿佛阿尔博斯已经将他抛弃了。其实,保罗希望他最喜欢的老师担心他的表现,或者能力。他一直学到思维迟缓,学到麻木。保罗不知道什么时候休息,什么时候清醒,因为所有的一切都混为一体——理论与实践、抽象的课程与直接的经验——现在,在这里,一切都开始分离,开始动摇。

属于另一个世纪的过时建筑难以为继。尽管一直强调它干净的卫生条件,但随着旅店的增加,这一个条件被搁置一旁。所有的艾丽斯连锁旅店一模一样,犹如两只彼此之间没有任何区别的白蚁或是跳蚤。虽然一个种族有着自己的历史,但是单独的个体——人们还能谈论个性吗？——几乎没有属于自己的历史，除了一个可以囊括和超越个体的历史，这个历史是个体们从一块大陆迁徙到另一块大陆的历史，是空调的历史，是门锁现代化——一张白色卡片的历史，保罗手上一动，就可以根据客人的要求给这张白色卡片充磁、重新充磁。客人可以使用这张白色卡片打开房门，乘坐电梯。卡片的使用期限可以无限更新，但是限制一直存在。所有的艾丽斯连锁旅店仿照一个相同的模型而建造，唯一的不同就是楼梯。接待前台位于电梯对面，在进入旅店大门后的左手处，穿过一道自动感应门就可以看到。门桩滑入地下，每当电梯门自动打开的时候，就会发出一声轻微的抽气声。在所有的艾丽斯连锁旅店里都铺设着相同颜色的大理石，这种黑绿色会让人长久地陷入忧伤，让人感到某种玄奥。

当然艾丽斯连锁旅店里的房间数量根据规模的大小而有所变化，但是每一个房间都被刻下了艾丽斯连锁旅店集团的烙印：一张由横写的8字支撑的双人床，它让人很巧妙地联想到了螺旋桨(然而人们对它的起源一无所知)。这个“∞”是一条由很多六角小星星构成的小链条，每一颗小星星都与一个页面脚注、一个缩写字母相对应，它们小到在其他地方都完全无法看到。艾丽斯连锁旅店的口号是“我们的不眠不休是为了让您睡得更好”。这个口号按一定比例被印在房间里，基本上每四个房门上就会出现一句口号。因此，每一个艾丽斯连锁旅店，无论规模如何，都是艾丽斯连锁旅店集团的一个基本构成部分。这个持续快速发展的体系就像一个数学序列、一种严重的疾病。但是,保罗完善了一项才能,也就是将周围现实环境抽象化的才能。此外,保罗觉得所有的一切都不能够触及他。

根据路上的行驶数据来判断,在夜间开车时,每个司机在每个小时里都会在不知情的状况下睡上几分钟。这对司机而言非常重要,就如同监视屏幕之于保罗。仅从字面上来看,保罗不知道自己工作的一大好处就是,他基本上不会失去对车辆的控制,除非他的脑袋就是一辆汽车。保罗的头开始变得沉重,最后落到了他的肩膀上。也许这就是即将发生的事情,保罗觉得自己醒了,但实际上没有,他看到的是他的梦境,或者说他付出代价是为了看到这一切,这个梦境随着时间的流逝分裂成几块,变成碎屑,他没有发现自己的梦境已然变成了另一个平行世界。也许正是因为如此,玛丽娅姆才突然来到他的身边并呼唤着他的名字,更过分的是她还触碰了保罗的身体,她碰了碰他的肩膀。不过在保罗醒来后,玛丽娅姆已经站在了离他两步远的地方,双臂垂放在身体两侧,很明显,她这么做是为了强调一切已经重新步入正轨。只在保罗熟睡时,她才会触碰他。在绝大多数的时间里,保罗都与阿梅利亚睡在一起。

保罗刚醒过来的时候恍惚了一下,他甚至以为自己与玛丽娅姆睡在了一起。但是,他们的工作时间并不一样,玛丽娅姆一大早就开始整理房间,那时保罗还没有上班。保罗非常喜欢玛丽娅姆的手臂,因为她的手臂修长、健美,皮肤也好极了,此外,她的面部线条、双颊、眉毛、眼部的凹陷与鼻梁的弯曲处都散发着柔和的光芒，她熟练的手指为自己的五官增添了珍珠般的光泽。保罗说（这是保罗的说法），他们俩曾经相互吸引，相互轻撩，不过几乎没有对两人的声誉造成什么；他们现在也可以装作什么都没有发生一样。自从保罗与阿梅利亚在一起之后，玛丽娅姆都会在与保罗擦肩而过的时候注视他，似乎想尽力克制笑意。但是，今天有所不同，今天的玛丽娅姆看上去有些担心，或者更确切地说，有些讪讽，她说："保罗，313房间出了点儿问题。"玛丽娅姆从来不称呼阿梅利亚的名字，也许与所有人一样，她不知道313房间的女人叫什么，她用"313房间"来指代阿梅利亚。这是玛丽娅姆唯一说过的带有讽刺意味的话，她一直都非常在意别人的自尊。

保罗有些不知所措，怎么会出问题呢？通常情况下，玛丽娅姆会轻蔑地打量保罗，似乎她马上就会狂笑着离开，似乎她会持续狂笑一辈子，她的狂笑不带有任何情绪。玛丽娅姆穿着一件贴身的白色制服，脚上踩着一双小巧的白色网球鞋，脚步如此轻快。保罗摸了摸脸，揉了揉眼睛，而玛丽娅姆则不停地卖弄风骚，这一次她带了一副隐形眼镜，死气沉沉的绿色隐形眼镜附在了她那双深邃的黑色眼睛上，不过并不稳当，她只要眨眨眼睛，眼镜就会向一旁稍稍滑去。过了一两个小时，当保罗再次看到玛丽娅姆时，她已经拿掉了那副眼镜。那是凌晨四五点钟，保罗又问了一次："怎么会出问题呢？"玛丽娅姆固执地耸了耸肩膀，之后，保罗站了起来。

旅店的房间突然变得让人心神不安，这既正常又让人奇怪。深夜里房门半敞着，走廊上方的照明闪闪烁烁。保罗一边咒骂着313房门前故障不断的灯泡，一边跨过门槛，走进黑暗之中。只需要借助那一道缝隙，人们就可以辨认出完全的昏暗与完美的漆黑。在夜色的掩映下，这两个微妙的颜色距离很近，保罗在313房间门口停了下来，他在这里住了好几个星期、好几个月，在这里，他与阿梅利亚做爱、洗漱、吃饭、看书。保罗被焦虑与不安紧紧束缚着，这种焦虑不安类似于玛丽娅姆刚刚经历过的那种。这让他们想起了那些不曾经历的瞬间，比如，吊死在壁橱中的身体，充满了鲜血的浴缸，还有既离奇又毫无奥秘的可怕的死亡事件，这样的瞬间曾经出现在艾丽斯连锁集团名下的旅店里，出现在与313房间一模一样的房间里。在那些清理房间、擦拭玻璃、清洗床上用品的人们的记忆中，这些瞬间从一个地方传播到另一个地方。它们变得再普通不过，飘荡在空调吹出的空气中，渗入地毯的合成纤维与壁纸中，等待时机再次进入某一具或是某两具身体之中。保罗与玛丽娅姆相互对望着，他们谁都无法解释这个不祥的预感除了来自这个空间本身，到底还会来自何处。

“你想做什么？”玛丽娅姆小声问，然后她将保罗一个人留在了房门半开的313房间门口。不，她并不想大笑，确切来说她还为保罗难过，这个在前台工作的男人将会被牵连，这个曾经背叛了她的男人将要为自己的行为付出代价，他现在就在为他曾经的劣行付出代价，只不过他自己还没有意识到。玛丽娅姆曾经看到保罗洗劫了一间豪华旅店、闯入了一间房间。此外，在一次偶然的情况下，她还看到了保罗将艾丽斯连锁旅店的一位继承人压在墙上做爱，还扯下了一盏流苏壁灯，她看到保罗如同一位上流社会人士一样行事，她还看到保罗如同一头沉醉在血液中的野兽般陶醉在这个梦想之中。在这些颤抖的幻象中，玛丽娅姆推断出保罗希望的样子，但是他永远都不会成为自己希望中的样子，这让她大笑起来，只有被拒绝的女人才会发出这样的笑声。从此之后，玛丽娅姆以观察保罗睡觉为乐，看着胡子剃得乱七八糟的保罗在不自知的情况下睡在一张并不舒服的椅子上，在霓虹光线的照射下，他的黑眼圈、面部线条变得深邃。玛丽娅姆看到了保罗对一个有钱女孩的疯狂爱恋；她也看到了这个有钱的女孩就像她的同胞们一样，在一系列的事物中寻找着被爱的感觉，却求而不得，她遇到了其他困难。玛丽娅姆知道自己是一个疯子，她嘲笑着保罗现在以及将来要面对的一切失败，她放声大笑，但是，不是在那个夜晚，也不是在凌晨四五点的时候，也不是在保罗的面前，因为，在一两分钟之后，保罗的心就会被撕裂。

“阿梅利亚？”保罗音量适中地呼唤着，他用指尖推开了313房间的门。“真像一部恐怖电影，不过这样的情节最不会让人感到恐怖。”玛丽娅姆暗自说着。

“阿梅利亚？”保罗摸索着点亮了房间里的灯光。

313房间空荡荡的。堆放在椅子上的衣物已经不见了，书桌上摆放得乱七八糟的琐碎杂物不见了，床底下的书本也了无踪迹，什么都没有了，房间里面变得干干净净。保罗垂下双臂，站在了青春中最激昂的地方，但是，这里已经没有了最最细微的存在的痕迹，仿佛从来没有人在这里生活过，没有人任凭自己从床上滑落，没有人溜进浴室在莲蓬头下淋浴，没有人在浴缸里依靠着保罗，没有人背靠在保罗的怀抱里，没有人在面向城市做爱的时候在窗户上哈水汽。什么都没有，确切地说，情况要更为糟糕。最后保罗终于找到了一样东西，实际上，就是这个小东西成了罪证。浴室的篮子中塞满了红棕色的丝滑长发，这些头发可能是在一年、两年甚至是五年间积攒下来的，这一大堆头发流水般从保罗的指尖滑落，它们看起来依旧富有生命力，但是，毫无疑问，它们已不再鲜活。

既不寂寞，亦无陪伴

ni seul, ni accompagné

1

保罗是一个非常不幸的人，他只是做了别人都会做的事情，做了别人告诉他在这样的情况下要做的事情；他做了该做的事情，然后又告诉了别人。保罗将一切都毫无保留地说了出来，像逃避伤口一样逃避着自己的记忆，但是他从未成功地在记忆中找到那具陌生的躯体，更不用说将它从这段记忆中取出。保罗将照片全部撕毁，将书籍、衣物都送了出去，他还同所有可能与他一起睡觉的人睡觉。保罗成为一个在光线阴暗的、地面黏糊的酒吧里忏悔人生的狂热男子，这些酒吧的名字都是以为爱而死的漂亮女人的名字命名的，比如卡门酒吧和阿伊达酒吧。这个双眼通红的男人与不认识的人交谈着，他会当着陌生人的面将自己的包清空。一天清晨，他从包里翻出了一把榔头，摆在自己面前，摆在一堆空酒杯之间，然后注视着它，他不知道这把榔头放在这里有什么用，也不知道多久之前这把榔头就被他带在了身上；当然，与他聊天的人就更不清楚了，他们之间出现了一片死寂。清晨，一个胡子拉碴的男人手里握着一把榔头行走在大街小巷。榔头的重量让保罗感到安心，他将它放在自己的枕头底下，以此保护自己不受噩梦侵袭，因为阿梅利亚会出现在他的睡梦中。在梦里，她会在他的耳边喁喁私语，告诉保罗他应该怎么说、应该怎么做。为了将阿梅利亚留下来，梦境中的保罗明白了一切，内心充满了感激与爱意，喜悦与宽慰让他从睡梦中醒来。但是，当保罗试图回忆梦境中的阿梅利亚到底跟他说了些什么的时候，却什么都想不起来了，一片空白在记忆中扩散。

有一天夜里，保罗实在是喝得太多了，他遭遇到了一点儿麻烦事，他用到了随身携带的榔头，一个古怪的想法溜进了保罗疯狂的心跳中，这应该是阿梅利亚在离开时的诀别，她将一把榔头放入保罗的包中，她知道也许有一天保罗会用到它。用榔头自卫之后的保罗回到家中，周身弥漫着暗红色的迷雾，他呕吐了一整夜，外加一整个清晨，就像是他认为自己无法做出这样一件事情，就像是他的一次自我反抗。最后，他躺在地板上睡着了，醒来的时候，保罗冻得浑身冰冷，他已然忘记了阿梅利亚的容貌，仿佛费了好大力气才赶走毒药与导致他不幸的根源。从此以后，一切才慢慢地变得简单起来。保罗将榔头丢进了塞纳河，当他的父亲问起来的时候，他坚称不知道父亲在说些什么。然后，他的父亲又买了一把榔头，这件事情就这么结束了。

保罗将全部的注意力都放在自己优异的学业上，这是他最终极的伪装行为，也是最好的或者说唯一的将自己融入背景装饰的方式。保罗像所有人一样把大把的时间浪费在浏览日益增多的电子产品上，这些电子产品的尺寸越变越小，可以被人们拿在手中或揣进兜里。几年之后，当保罗赚了一些钱（赚了很多钱）以后，他跑去找到了自己的父亲，询问父亲想要去哪里。保罗说："我可以带你出去旅游。"他们从来没有一起去过任何地方。在保罗的认知里，父亲只了解两个地方，一个是他的故乡，他在那里出生，长大而后离开；另一个是他居住的地方，他在那里建立了家庭，生育了保罗。他在第二个地方生活的时间要远远超过他在故乡生活的时间。父亲什么都没有说，只拿起了一小截面包和一小块辛辣刺激的奶酪，但是他的动作却很有分寸，效率极高。保罗发现他在用肌肉、关节、四肢以及整个身体思考，现在父亲的身体短小、精悍、轻盈，如同一个拳击运动员，他也像拳击运动员那样爱惜自己的身体，不过他只是一个工人。他用整个身体在思考，从所有可能的答案中找到一个来回答儿子提出的问题。他思考得越是仔细，保罗就越是不知道他将要怎么回答自己。他安安静静地吃完了面包和奶酪，保罗发现所有他预想的目的地都是他自己想去的，而不是这个看起来强壮、敏锐、掌握所有才能的六十岁男人想去的，他的年龄只突显在位于两道眉毛之间的一道深深的皱纹里，这道皱纹将他的额头一分为二，不仅仅分割了他的肌肤与皮肤表层组织，也将大脑从纵深处分割出来。这道皱纹提醒着保罗，他的母亲已经过世，但是保罗也不太明白这是为什么。保罗对这个坐在他对面吃饭的六十岁男人之前想去的地方，还有现在想去的地方一无所知。也许他哪里都不想去，保罗觉得自己很可笑，并且为自己的提议感到羞愧。我在父亲面前装得像一个城里人一样，保罗想着。他的父亲吃完了第二块奶酪面包，又经过了一阵沉寂。保罗想：实际上，我完全不了解这个男人。

他的父亲吃完了第二块奶酪面包，又精心炮制了第三块，保罗认为父亲不会给他任何答复。但是，他的父亲却将眼睛抬起看向他，用一种他并不熟悉的语气问道："真的吗？我可以去任何我想去的地方吗？"这种语气似是一种羞怯，或者更近似一种谄媚。突然间，保罗离奇地被父亲感动了，他回答说："是的，爸爸，任何你想要去的地方。"那时，他的父亲没有做出任何反应，只是吃完了手里的面包奶酪，保罗长舒了一口气，就像有人刚刚抽走了他的一部分重量。他的父亲，瘦小却强势的男人，站了起来，拿起自己的盘子，把它洗净后擦干，然后又把水槽洗净擦干。保罗暗暗自语："也许是他的故乡，他想要回到自己的家乡；或者是纽约，罗马、那不勒斯、希腊。我这埋头苦干了一辈子的父亲到底想要去哪里呢？"保罗没敢说出假期这个词，而是使用了旅行这个词，他想找到一个给他父亲带来最小冲击的方式向他提出旅行的建议。保罗记得曾经看见过父亲若有所思地观看与动物有关的纪录片，这些纪录片讲述了生命的循环，夕阳西下的热带稀树草原，在热带丛林中放声大笑的大猩猩，以及生活在深水下的长相怪异的生物，它们都有着巨大的下颌骨，散发着惨白的光芒。保罗知道父亲几乎没有什么娱乐活动，他很少去玩牌、掷骰子，偶尔会赌上一局。保罗知道父亲会赌斗鸡和赛狗，但是从来不把钱花在拳击赌博或者与人有关的比赛上——这是他父亲的原话。与此同时，保罗一直在寻思，谁才是或谁最有可能成为最没有人情味的家伙，这样看来，这个表达暗示了没有人情味的家伙的存在。保罗的父亲说，最近这几年已经好了很多，现在的工地与之前的工地完全不同，在之前的工地上永远有干不完的活计，总要去做一些事情。人们一眼就可以看到这一切在进步，是的，进步仿佛刚刚开始，或完全没有。这成为保罗和父亲之间的一句玩笑话，尘土飞扬的、永无止境的工地永远都不会完工。出于一个晦涩难懂的原因，保罗想到了阿梅利亚·德尔，他努力克制自己去想她，犹如一个倾尽全力沿一条陷入黑暗的道路笔直前行的人。这成了一句玩笑话，保罗的父亲勉强同意了这种说法。近几年保罗看到，确切的是，他惊奇地发现在他的前胸后背上出现了一些长长的伤痕与青肿，像是被一头野兽抓伤一样。这些伤痕也会让保罗想起阿梅利亚·德尔，但是，这一次，保罗知道这些伤痕与阿梅利亚一点儿关系都没有。保罗也知道父亲已经年迈，不可能无休止地在永无尽头的工地上辛勤劳动，这也就是为什么保罗会想到和父亲谈论外出旅行。

他也许会去狩猎旅行，哦，不，最有可能的是，他想去乡下，去一个地方，在那里，每天早上小老头儿们都会搬一把椅子放在太阳下，坐下来晒太阳，等到天黑的时候再把椅子搬回屋里，并且心情愉快地将这称之为非常忙碌的一天。抑或，他哪里都不想去。保罗又暗自想道。保罗越是思考这个问题，就越是无法想到除了待在这干净明亮的小套房中，父亲还会想去哪里。保罗无法想象在这个世界上还存在一处比父亲的套房还要狭小、干净、明亮的所在。保罗的父亲在思考了很久之后，说道："我一直想去夏威夷。"他似乎用尽了全部力气才将这句话说了出来。

那个时候，保罗为一家声誉不错的事务所工作，这家极具竞争力的事务所主要处理一些大宗生意，保罗负责窗户的相关事务。他要接听供货商、博物馆、旅店、商业中心、房屋出租者以及某些位于荒漠地带新兴城市的来电，即便城市化不适于荒漠地区，但是无论如何，荒漠地区都会实现城市化：这些来电是为了咨询窗户事务，保罗就代表着窗户。这是一份还不错的工作，不过，保罗知道自己不会在这个事务所里工作很长时间。他知道这一点完全是因为，他愈加频繁地发现当想到某些地方或是身处某些地方的时候，他的注意力会自然而然地转到窗户上去。他会想象，他喜欢想象，他的想象力只源于一样事物——破碎的窗户。他想象着玻璃上的裂缝、命中点、星星裂纹等在阳光下的效果，阳光洒进空间的方式给这些裂痕带来的效果，还有破碎的阴影，就像碎裂在水面的太阳在游泳池底部投下的阴影一样。这也会让保罗想到阿梅利亚·德尔。自从他们在一起之后，保罗真的觉得爱情让他幸福，准确地说，这是因为保罗再也不会真正去爱一个人了。

保罗将所有的出国事务都一手包揽下来,他为父亲填写了淡绿色的调查问卷:“您曾经秘密谋反美国吗? 您曾经因为反人类罪被判刑吗?”他们在高空飞行,下面是父亲从未跨越过的海洋。他的父亲从他手中轻轻地抽走这张调查问卷,专心认真地阅读着每一道问题,他会花很长时间来思考每一个问题,比如:“您曾经因为绑架案或者是预谋绑架案而被判以刑罚吗?”他似乎在记忆深处寻找答案,确认自己是否曾犯过这样的罪行。这时,保罗也动作轻柔地从父亲的手中抽回了这张调查问卷,迅速在所有“否”的一栏勾下答案,填完这张调查问卷。保罗的父亲神情骄傲地看着儿子,这种骄傲类似惊讶,他惊讶于儿子如此了解他。保罗在飞机上使用英语与工作人员交流,他请空乘给他们端来了血腥玛丽鸡尾酒,不过他的父亲只喝了番茄汁,并且动作迅速地将小瓶装的伏特加酒藏进了衣袖,他的神情几乎可以被称之为狡猾,保罗之前没有想过父亲会做出这样的神情。保罗是唯一一个目睹了这一切的人,唯一一个看到父亲的动作与表情的人。父亲手上的动作如此敏捷,保罗对此深信不疑。在洛杉矶机场,保罗依旧使用英语与机场工作人员交谈,他的父亲则在一旁等待他,乖巧得像个孩子,他等着保罗告诉他可以出发了。“我带父亲去夏威夷玩玩。”保罗对机场移民局的办事官员说道,后者点了点头。他跟保罗差不多年纪,身为人子,他们可以相互理解。随后,保罗的父亲问:“你们在讨论与我有关的事情?”看起来,这让他感到非常幸福。

在胡欧岛，保罗找了一些头发花白、经验丰富的老海员带他们去看三体帆船。当游览结束后，老海员们开始嘲笑保罗身上穿的西服套装，他当时没有系领带；穿着短裤和所谓的夏威夷短衬衣的海员们还嘲笑保罗脚上穿着的城里人的鞋子。这些夏威夷短式衬衣中规中矩，或是带有花色图案，或是单纯的海蓝色，或是带有花色图案的海蓝色。随后，年迈的老海员们开始回忆他们最近一次穿西服的日子，然后放声大笑。他们之中有一个独眼老海员，他瞎了的那只眼睛蒙着一条饰有金色海锚的布带，据他说，自从他踏上胡欧岛的那天起，他就再也没有穿过一次西服上衣了，那个时候保罗还尚未出生。这位独眼老海员劝告保罗不要因为他的伙伴们的做法而生气。随后，他带着保罗父子二人开启了群岛的探索之旅。他们在海上漂泊了一个星期，刚开始保罗有点儿晕船，但是他的父亲却没有丝毫不适。独眼老海员的肌肉可以与保罗父亲的肌肉相媲美，虽然在这一周的相处中他们没有办法交流，但是他们两个看上去相处得还算不错。海员和保罗父亲身上都带着一把刀，但是保罗不敢询问父亲是怎样将小刀带进美国的。这把小刀让保罗依稀记起了童年，也让保罗想起了母亲，在母亲去世的时候，父亲正用这把小刀削着橙子，所有的一切都呈现在保罗面前。保罗觉得在母亲去世之后再没有看到过如此景象，但是，他一直都知道父亲所在的地方一定会出现一把小刀。父子俩谈起了母亲，父亲提到保罗的母亲曾有过一条连衣裙，不过他描绘连衣裙时使用的字眼让保罗很惊讶，那是一条花点喇叭裙，前襟用纽扣扣着。连衣裙和纽扣让保罗想起了那把小刀，可是他不知道这是为什么，也不敢去问父亲。他跟父亲说起了阿梅利亚·德尔，说他与阿梅利亚出身不同，还说当他将阿梅利亚拥入怀中的时候甚至觉得自己的心脏在她的体内跳动。父亲露出了理解的神情，在随后的很长一段时间，他们保持沉默。他们看到了海龟，还看到了海豚，不过保罗的父亲最喜欢鲸鱼，它们非常友好，悠闲地游弋在大海里，完全不知道对于它们而言，人类就是一个巨大的危险；或者是它们虽然知道人类很危险，但是它们并没有因此而远离人类。

当他们回到火奴鲁鲁的时候，保罗的父亲又一次让保罗大吃一惊，就像一个知道自己的要求有些过分的孩子一样，父亲对儿子说出了想去威基基待几天的心愿。威基基是整个夏威夷群岛消费最高、游客最多的岛屿。保罗满足了父亲的心愿，这让父亲很是开心。保罗为他和父亲在临海的一家最高雅的酒店里订好了房间，这家规模宏大的酒店带有殖民地的风格，并且直接通向海滩，以至于餐厅和酒店的入口处都被沙子侵占了，看上去如同一座鬼城。在这一站，保罗的父亲被晒得黝黑，穿着一条夏威夷的泳裤，看着年轻的加利福尼亚金发女郎拿着大大的一杯饮料光脚走过大街小巷，他的目光中满是好奇而非色情，这些金发女郎们要么爬上四厢轿车，要么就钻进Jeep车或SUV，随后她们用力关上车门，独留保罗的父亲面对着自己倒映在浅色车窗上的身影。白天，父亲去海边看别人冲浪，他本人从来不会下海游泳，这让保罗很好奇父亲是不是会游泳。父亲只是坐在海滩上看着潮起潮落，看着冲浪板还有在冲浪板上保持平衡的少年们。然后，父亲会给儿子模仿他认为最危险的动作。在一切事物之中，它们展现出来的危险会最先激发他的兴趣。

晚上，保罗的父亲很早就会入睡，而保罗则会再出门逛逛，沿着灯火通明、永不减速的威基基走一走，一种奇怪的感觉涌上保罗的心头，好像整个世界上只剩下他一个人。保罗认为所有的一切都是虚假的。当他走在他认为并不真实的大街小巷——尽管它们真实地迷失在水中，迷失在海洋之中——的时候，一种奇怪的幽闭恐惧症将他震慑。从空中，飞机上向下看时，保罗就曾尝试想象这种黑暗。有时候，他会开车向西走很久，直到抵达那些混乱的、受到枪支与病毒困扰的街区。保罗在黑暗中聆听着浪花拍岸的声音，直到一切趋于平静，他命令自己平静下来。一天夜里，保罗刚好在酒店前的沙滩上抽烟，他看到一个女人从海里走上岸边，他确定以及确信那个女人就是阿梅利亚。保罗看着阿梅利亚一边笑着一边摇摇晃晃地走向一个男人，她亲吻那个男人，就像赢了一个赌局。那个男人穿着一件绉布衬衣与一条浅色长裤。保罗似乎感觉到了阿梅利亚潮湿的身体正在触碰自己的绉布衬衣和浅色长裤。然后，保罗发现在不远处还有第二个男人：他看到阿梅利亚放开第一个男人跑入夜色中，又以同样的方式热情地拥吻第二个男人。保罗觉得这是一个噩梦。第二天早餐，他喝了一点儿酒，在阳光的沐浴下，他感觉好了很多。但是，当他路过接待前台时，工作人员告诉他有人给他留了话，一切又迅速地重新开始了，保罗用手捂住了脸庞。实际上，这是一条来自事务所的消息。

即便保罗的父亲意识到发生了一些事情，但他什么都没有说。

对于保罗和父亲来说，夏威夷是一个诀别之地，虽然他们两个人都没有明确说出来，在离开夏威夷后，保罗以事务所的名义投身漫长的征途，他需要克服重重困难，尽管这并不是一些体力与物质方面的困难。恰恰相反，保罗在前行的道路上畅通无阻，所有的大门与楼梯都自动对他敞开，那些温柔的年轻女人似乎可以预感到人们丝毫的需求。在餐厅里，那些被放置在狭窄的流水台上、被罩在透明的钟形玻璃罩下的食物看上去会让人消化不良。保罗一直遵循着相同的惯例：在绕过食物第一圈的时候，他会先看看都有些什么，第二圈的时候，他会伸出手拿起想吃的食物。偶尔，保罗会发现他拿到的并不是自己想吃的食物，他的主观与现实没有吻合，这让他陷入奇怪的分裂之中，好像一具没有头颅的躯体，或一个没有心脏的大脑。好几个星期、好几个月，保罗都没碰过任何现金，也绝不会去触碰任何支持第三世界（这是保罗的说法）的父亲认为真实的事物，更不会去触碰任何会给他带来特殊欢愉的事物。在保罗看来，父亲只是一个上了年纪的鳏夫，在黑暗的口袋中摸索一些被磨损的纸币、一把小刀还有几个硬币。保罗这样想：我的父亲找到了体现自己威信的方式，他确实有点儿威信，他可以感受到这种威信，并将它攥在手中，握住某些可以给予他力量的东西。那么我呢？在我所经之处，所有大门都为我敞开，我在不同的时区、不同的生活节奏中穿梭，这就是我的人生。我不知道这究竟是增加还是减少，是坚强还是软弱，我甚至都没有对自己提出过这样的问题，我只是向前走。就是这样，这就是我的威力，它并非毫无意义。

它并非毫无意义，但是，保罗偶尔会无缘无故地颤抖。它并非毫无意义，但是，有一天，一个异常荒芜的国度建造公园与滑雪道，而掌管着玻璃事务的男人保罗，给这个国度提供了帮助。不过，这一次，保罗负责修建一座塔楼——一座笔直的王国、一个没有皇帝的王朝——保罗暗自思忖，很久以来，除了式样最流行、规格最新的淬火玻璃和防弹窗户，他从来没有给，也不想给客人推荐其他东西："如果因为你的工作或身份，某个人没有表现出想要尽可能从你身上获得好处的话（保罗父亲的说法），那么，你就糟蹋了自己的人生。"那一天，在那个荒芜国度正在施工的塔楼的31层或41层或51层的地方，保罗扶窗而立，观察这个在几十年前并不存在的城市或只是一个临时住地的所在。这个地方的中心位置很容易被人发现，它的跳动如同被风吹得哗哗作响的帐篷帆布一样。但是，如今，它迷失了方向，或是躲了起来，或是陷入了地下,或是停住了脚步。那一天,保罗的双眼被在摩天大楼的窗户上游戏的光线与或长或短的眩晕灼伤了。照射在玻璃外墙上的阳光是不为人注意的事物,只有一个穿着裙装、坐在另一座保罗的视线无法看到的建筑物中的小女孩可以注意到这种阳光的游戏。负责玻璃事务的男人保罗认为自己或许失去了理智,因为没有任何一个人会比他更清楚那些被镶嵌在墙体中无法移动的玻璃板在阳光的照射下无法散发光线。保罗认为那可能是悬垂在天地之间的光芒,其中有一些比较短,有一些却比较长,它们或许是、或许本该是一种语言。保罗想到了劳动力,想到了为了建设这座城市,从其他国家甚至从其他大陆赶到这里来的千千万万的工人,他们组成了一支廉价的军队,小心翼翼地工作,也可能会因一些可怕的事故而命丧于此。"我应该是失去了理智。"保罗自言自语。但是,几天之后,保罗与一群西方人紧急从这里疏散撤离。什么事情突然发生了,当他重新恢复意识的时候,他发现他和一群陌生人坐在一辆全副武装的汽车后座上。这一次,没有人关心车里有没有冷气。

保罗回到了自己家中,他在电视上看到了一片混沌,但是,当他身处这片混沌之中时,它并没有被明确定义,路上的颠簸与机场前的开火将它表现得淋漓尽致。不过,这个视频与现在航拍出来的火灾视频和死亡处决不一样。负责窗户事务的男人保罗在休息的时候寻思着:"人们到底从什么时候开始就相互为敌了呢?"保罗睡了两天两夜,他起床的初衷只是为了把保健品含片丢进嘴巴里，让它们在舌苔下融化，他认为这可以帮助他消除时差综合征。保罗醒来的初衷也仅仅是为了思考“客观的”这个形容词的用法。就现在的情况来说，保罗的脑袋过于沉重，他觉得身体不是那么舒服。

当保罗缓过劲儿来，他洗了个澡，穿上了一件干净的衬衣，下楼喝了一杯咖啡，他感到很幸福，这些都是家庭生活中最简单的快乐，然后，他做了一件长久以来都克制自己不去做的事情：他去见了阿尔博斯。

2

在保罗看来,通向大学的道路出奇复杂,然而这种复杂亦是无用的。在他的记忆中,大学就像一个居中的空间,既在内部又在外部。学生们如同进出一间磨坊一样在大学里面进进出出。学校里满是连在一起的走廊,镶嵌着玻璃窗的长长门洞,安全楼梯,在安全楼梯之上还有一处平台,人们或可在平台上抽烟,或可躺在平台上,或可端庄地坐着,如同在旧城区市中心那样,平台可以接近天空。保安的数量、安保措施以及各种礼仪让保罗大吃一惊,后来为了进入学校,保罗用自己的身份证件换取了一张临时出入卡,这种维护秩序的做法针对出身卑微的年轻人与惯犯。临时出入卡一直将保罗护送至教学楼门口,保罗心想:之前可不是这样,而且与以往相比,我觉得也没有安全多少。教学楼很破旧,楼里面既有粗心大意的学生,也有杰出能干的人士。很多回忆涌上心头，保罗想起了他曾在走廊与破旧的大厅中穿梭，他觉得这些走廊与大厅都在热情地迎接他。当他推开阶梯教室沉重的大门时，整个教室正沉浸在一片黑暗中，图像被直接投射在白板上，与墙面紧紧贴合，打断了影像或者是给予影像一种厚度、一个破碎的内容。保罗轻声说了一句“抱歉”，随后就背靠在阶梯教室的最后面。教室里挤满了年轻人，他们要么坐在台阶上，要么三个人分享一个座位——一个坐在座位上，一个坐在扶手上，一个则靠在椅背上。他们如此年轻，面部的任何表情都不会在他们的脸庞上留下印记，他们仿佛在水面上，似乎完全没有感受到生命中任何持久的一面。在阶梯教室的尽头，阿尔博斯如同被丢入教室里的一片精神牧场一般(保罗从来都没有意识到这是一个多么脆弱的处境)。保罗无法辨认阿尔博斯的面部线条，因为她的面庞沉浸在投影仪的光线之中，这让她看起来就像影片中的人物，就像影片中的一个出自平面的近景，仿佛一系列的动态图像在突然间涌现出来。保罗花了一段时间来解读这些图像本身，将它们用一种逻辑性的方式组合在一起，赋予它们一种含义。这些图像过于奇怪，过于刺眼，过于鲜明：相比白色的屏幕，安东·阿尔博斯的面庞、她摆动的双手、她身后的讲台、黑板与墙壁，所有这些呈现出一种视觉的复杂性，让图像解读变得更加困难。保罗问自己，难道这就是一切吗？这是课堂的一个组成部分吗？这就是一节课吗？)最后，保罗尽力接受了他所看到的画面：一间实验室，一些动物(一只猴子与一只兔子)。动物的头盖骨被打开了(保罗全身抗拒着,不想观看这幅他已经看到的画面),保罗知道这个部位被称为颅盖。动物的头盖骨被打开,被放在实验台上,暴露在空气中,一群实验员将针状物钉入它们的头颅之中,释放轻微的(或许并非如此)电流刺激;然而,根据目前的情况分析,在这些动物的平静面容上,在科学方式刺激的作用下,呈现出的只有一种纯粹的恐惧。此外,虽然人们可以轻易地从与人类相貌相近的卷尾猴的面部解读出这种恐惧,然而现在保罗发现兔子也是一样的:兔子近乎透明的粉红色小脑袋暴露在空气中,小孩子仅用一只手就可以把它握住,它毛茸茸的耳朵耷拉下来,面部同样露出了恐惧的神色。保罗思考着,他的心脏怦怦直跳:“如果我看到并且理解它的惊恐,那也就是说,兔子和我一样拥有自己的面孔,它可以将前爪放在它的脸上,只不过它意识不到这一点罢了。”

阿尔博斯说过,恐惧具有空间存在性:“没有空间,就没有恐惧。首先,恐惧存在于大脑中的一个区域,这个区域可以被激活,就像图像中展现出来的一样。如果这些图像可以被翻转过来,那效果会更好,这样你们也就可以自行判断。至少对于人类而言,恐惧的第二个所在就是黑暗与夜晚。视觉上边界的缺失实际上就是一个没有定型的空间,实际上,黑夜就是一个地点的反面,是一个区域,一种不确定性;或者,随着时间的流逝,一个巨大而持久的恐惧可能会更容易接受抽象事物。现在请你们简述当代艺术的恐惧史,例如,你们可以阐述第二次世界大战后出现的抽象艺术大爆发,以及德国纳粹对犹太人的大屠杀。恐惧的第三个所在与我们相关，那就是城市，更确切地说是灯光，如果你们愿意这样理解的话。”

距离保罗不远的地方有一位身材高挑的金发女孩，她的身上散发着一股薄荷的味道，她打断了阿尔博斯。霓虹灯发出了轻微的爆裂声，阿尔博斯做出了一个害羞的动作，她容光焕发，为了调整对自己不利的一面，她抬起双眼看了看这群既可以被称为她的臣民也可以被称为她的法官的学生们，她看到了保罗，冲他微微一笑，那是一个小女孩、一位母亲才会露出的微笑，那个微笑让阿尔博斯的脸庞与双眸变得圆润起来。下课时，阿尔博斯既没有提到城市，也没有提到明日。保罗前行的方向与学生走出教室的方向相反，他逆着人群走下台阶，几个学生想要上前跟保罗说几句话，但他们惊讶地发现他们最喜欢的老师搂住了这个身材高大的棕发男人。阿尔博斯踮起脚尖，双手捧着保罗的脸庞，欢呼道："我的小保罗，你给我带来了一个如此巨大的惊喜，咱们好多年没见了。"阿尔博斯的声音比她在课堂上讲课的声音要更加高亢、更加清晰、更加直白。

他们走进地下停车场，保罗上学的时候偶尔也会在这里做做兼职。阿尔博斯挽着保罗的手臂，这让他觉得自己像一个成年人了，他好像在这一刻长大了，虽然他在大学时身体已经发育完全，可是那时候，保罗满心恐惧躲在自己的岗亭之中，岗亭的玻璃上印着许多肉眼可见的指纹，这些呈螺旋状的、小小的、油腻的银河系一般的指纹来自那些在岗亭工作过的男男女女。保罗必须抑制自己想要在岗亭前停留的想法,也要控制自己用衣袖将有机玻璃表面擦拭干净。阿尔博斯在保罗身边咿咿呀呀地说着什么。这次是保罗开着那辆德国四轮小汽车,也就是之前阿梅利亚开过的那一辆。小汽车依旧停在那个相同的车位上,好像什么都没有改变过。保罗发现在小汽车银色的一侧出现了一条不规则的划痕,像是有人用一柄长长的纵梁划过了车身,或者有人用一把钥匙的尖部划过了车身。他以一个保护者的神色挑了挑眉,阿尔博斯则借助一个模糊的手势抚平了保罗的不安。

在进入阿尔博斯居住的公寓楼时,保罗的心脏再次怦怦乱跳起来,因为他害怕看到这里的一切,害怕自己会失望,当人们故地重游或再次回到童年住所后便会产生这样的失望。但是,事实并非如此,一切都没有改变。保罗脚步轻快地在阿尔博斯宽敞的公寓中走了一圈,她的公寓大到可以住下整整一家人,她却一个人独居于此。在她的家中,阿尔博斯性格中的每一面、每一个状态都可以找到自己的所在,找到属于自己的私密地点,同时又可以与其他面、其他状态和平共处。这是一个多么理想的人生啊!阿尔博斯的家里到处堆放着书籍,还有一些保罗现在已经知道名称与价格的座椅和灯具,甚至还有一个电动弹子游戏机。这个生产于20世纪80年代的老旧的游戏机让保罗略感不适,因为这是他和阿梅利亚送给阿尔博斯的,游戏机上面印着一幅裸女的图片,她有着瀑布般的金色头发,荆棘与玫瑰花环绕在她周围,这是一个媚俗的殉道者,是一个黑色的浪漫主义,也是对日本漫画的盲目崇拜，这是一个生活在18世纪的法国女人，乔装打扮成一个男人生活在革命之中，人们永远都不会忘记她的名字。保罗惊喜地发现在这个电动弹子游戏机上摆放着阿尔博斯的备课纸和正在批改的学生作业。阿尔博斯充满善意地咯咯笑着，她递给保罗一杯葡萄酒，说道："它已经成为我的替换书桌了，想象一下吧，这个游戏机立在这里似乎没有什么用，但是，偶尔玩上一局也可以帮助我进行思考。"(阿尔博斯没有将这个游戏机称为电动弹子，而将其称之为电子桌球)一直以来，阿尔博斯都很忠实于自己的研究工作(世界末日)，她无法压制自己的快乐，她告诉保罗研究的进展。就在那里，在那个老旧的街头游戏机前，阿尔博斯对保罗讲起了自己的研究，她甚至还没有来得及让保罗坐下。来自阿尔博斯的一切都让保罗感到一种深入内心与骨髓的温暖。阿尔博斯最近才写到了驱逐——一种野蛮暴行，它与宇宙的组成有着相同的原则。阿尔博斯有些老了，她的头发开始花白，但是她对保罗说，白发给了她某种骄傲和自豪，不过阿尔博斯对此做出了让步，她去了理发店。她的眼睛也变得灰白，但是从她的双眸中流露出了更多的内容。保罗被一种与她有点儿相似的情感打动了，若是在别处，保罗可能会感到窒息，但是在阿尔博斯的家里，保罗却接受了这种情感，他用双臂抱着阿尔博斯，小心翼翼地避免将两人的酒杯打翻。阿尔博斯大笑了起来："我的小保罗，来吧，跟我讲讲你的故事吧。"当然，她已经什么都知道了，她知道保罗在一家事务所工作，负责玻璃业务，还有那件发生在沙漠中的暴动。

她知道保罗现在的工作挺不错,而且很赚钱;对于保罗的职业选择,阿尔博斯非常失望,但是她什么都没有说,毕竟不是所有人都愿意为研究事业和教育事业做出奉献与牺牲。保罗与自己的出身、贫穷,以及富裕阶层的巨大愤怒进行了搏斗,他侵入这个富裕阶层,而它也接受了保罗。但是保罗并没有持续地意识到自己的愤怒。有时候,保罗认为这种愤怒非常短暂,它更像是一个幽灵、一个鬼魂、一个时间与空间的隔断、对通用于统治世界的法律的一种违抗。保罗的愤怒如同一具陌生的躯体,当他饱受愤怒折磨时,毫不夸张地说,他会觉得自己的身体被别人控制了,但是愤怒可以最直白地表达这个负责玻璃事务的男人保罗的真实情况。曾经,出于愤怒,保罗缩减了窗户的订单和定制衬衣的数量,还减少了优雅的举动;保罗与那些被他当作朋友的同事们一起在大都会中度过一个又一个迷离的夜晚;在过去的十年间,保罗不仅仅学会了像他们一样说话,还学会了保持沉默,学会了权利的游戏、人际关系中的策略还有背叛;自此之后,他与其他人之间再也不存在任何可以被察觉的不同了,他对自己曾经的年少无知以微笑带过(在内心深处,保罗还是会脸红)。保罗认为从属关系存在于皮鞋和香烟的牌子中,当人们在耸起肩膀、讽刺挖苦或是沉默无言的时候,这种从属关系会被更好地解读。是的,甚至他们的沉默都有所不同。比如,他们的沉默与保罗父亲的沉默没有任何关联。然而,并不满足于只掌握几种固定表达方式的保罗还懂得了一种更加高级的表达方式,那就是知道应该在什么时间、什么情况下借助何种方式保持沉默。几乎没有人怀疑这个懒散的男人会怒火中烧,会因为一种难以遏制的不公平情感而发疯发狂;也几乎没有人看到保罗那双保养得很好的双手所掌握的能力,比如,像使用武器一般挥舞一把榔头,猛地一下敲击别人的脸颊、下巴直至臼齿碎裂。此外,保罗还可以想到自己的忧愁与即将到来的黎明。然而,在几个晚上,商务人士、高层次的自由职业者,以及三十几个穿着相同款式的西服与大衣的人们组成了一个小团体,在强烈情感的怂恿下,他们孤立了保罗;一个相面士,或是说一个保安,抑或某个掌握着夜晚和边缘权力的人物,在保罗的身上看到了其他人没有的东西,他将保罗放了进去,那个人要么毛发浓密,要么身上有着文身、为佩戴首饰而做的穿刺或是伤疤;被排除在小团体之外的保罗总会对他露出一个懊悔的微笑,然后走进去。保罗在独处的时候,连呼吸都顺畅了很多,黑夜属于保罗,夜幕下的庙宇也属于保罗,在被改变了用途的工厂里,低音吉他的旋律代替了保罗的心跳;在私人旅店的入口处,人们将长圆形的纸片,或是一个三角形、星形、冠状纸片贴在手机的镜头处。在这个有安全保障的匿名环境中,人们只能用双眼观察,看到一切事物:处于统治地位的王后、人类与兽类的狂欢、没有面孔的人们、性爱,尤其是在这个世界中,它们借助高跟鞋、马鞭、装饰品,还有树立起来的场景表现出了一种延伸性。保罗会在那里待上一个小时或十个小时或十五个小时,当保罗再次出现,重新找到自己的同事与认识的人时,这就成了一个玩笑、一个神秘事件,他们不知道保罗遭遇了什么，又是什么让保罗变得如此不合群或如此合群。对此，保罗只是微微一笑，不再言语。

但是，在阿尔博斯家里，在她身边，在经过了这么多年的历练，在住过了这么多的酒店，在体验了这么多的生活之后，保罗感受到了一种许久以来都未曾有过的放松。他们谈起了所有事情，却又什么都没有谈起，从不做饭的阿尔博斯为两人点了外卖，更确切地说，或按照阿尔博斯的说法，她就在碗里，偶尔也会在盘子里。外卖员按响了门铃，保罗坚持去开门、付款，保罗想到了这几天的花销，但是他从没有想过谁将在门口出现——20世纪最糟糕的一件事就是人们记不住别人的相貌——这个外卖员与其他外卖员没有什么不同，这些肌肉强壮的年轻人都骑着自行车，都有着一个不稳定的未来；也许，不久之后一切都变了（这是一种恶化），一个送外卖的男人出现在阿尔博斯家门口，阿尔博斯把门打开，紧接着这个外卖员的心脏和脑袋各中了一枪，自然没有人能记起他的相貌，可是存在于阿尔博斯脑海与心中的美好世界就这么离她远去了，这个外卖员只真实地存在于这个世界，现在他倒在了地上，倒在了一小湾正变得冰冷的血泊之中——这就是乌托邦的未来。

几个小时过去了，阿尔博斯打开了散落在房间里的灯具，它们粉红色或黄色的暗淡光圈柔情地洒在他们的脸上，在一次倒影游戏之后，保罗发现阿尔博斯家客厅里的一扇玻璃被打碎了，但是，这个并不太引人注意的星状图案在某些时刻，比如现在，就会吸引人们的注意。保罗猜想,这应该是一个架设在楼下院子里的投射器、一块小石子、一个小硬币的杰作,不过它们已经消失不见了。但是,它们留下的冲击依旧显现在阿尔博斯家的客厅里,损害着客厅的和谐,但不管怎样,这里都是让保罗感到最安全的所在。不是吗?保罗想到了阿尔博斯那辆银色小轿车上的划痕,想到了一个讲给孩子们的童话故事、一个不存在于他语言中的一句谚语;保罗也想起了一个深藏在他体内的、开始觉醒的欲望。保罗,这个专司玻璃事务的男人,长久地驻足在这个裂缝前,像一个跪在沙发上背对女主人的孩子一样,他用手摩挲着玻璃。为了弄清这个裂痕从何而来,保罗又一次转身看向阿尔博斯,后者从他的脸上读出了这个他还没来得及说出来的问题。阿尔博斯说道:"哦,阿梅利亚回来的时候找不到自己的钥匙了。我很奇怪她到底把钥匙放到了哪里,丢在了哪处森林,我也很好奇这些被深埋起来的金属会不会在雨水汇成的小溪流的作用下,在土地里分解,我很想知道在这样的土壤里萌生的植物与树木是不是保有着对我的门锁与套房、睡眠与工作以及我那处于树枝上方的孤独寂寞的回忆。"但是,实际上,保罗没有在听阿尔博斯的长篇大论,他被击中了,就像十年前的那个黎明,他挥舞榔头打死那个人时一样。最终,夜幕降临,这些击打在他毫无防备的情况下又反打在他的身上。阿尔博斯停止了讲述,她问:"保罗,你不知道阿梅利亚已经回来了吗?我还以为你就是为了这件事情才来找我的。"

3

阿梅利亚的情况很糟糕。保罗想要说些什么:“幸好是这样,我一点儿也不感到奇怪,不过,什么事情都没有发生。”他想象着阿梅利亚走进院子里,手里没有提行李箱,肩上也没有背背囊,她的衣服紧紧地贴在身上,骨瘦如柴的她不停地对着阿尔博斯房间的玻璃窗投掷小石子之类的东西,直到阿尔博斯愤然地走过来,看一看到底是谁或到底是什么东西一直不停地纠缠她。阿尔博斯说:“我打开窗户,看到阿梅利亚站在院子里,一开始我没有认出她来,我觉得似乎看到了她的母亲,为此我开心地跳了起来,我相信青春又重新回到了我的身体。纳迪亚的一生都在不停地出发和返回中度过。一直以来我都坚信她还会再次出现,但是没有,纳迪亚那次的壮举使得她没有留下任何痕迹就悄无声息地消失了,或者说,她借助阿梅利亚的模样重新回来了。我不知道一个女孩的身上带有过多母亲的特征是不是一件好事。我个人觉得不是。但是,与其他人不同,也与我作为母亲而存在的那短暂的十四个月不同,不过,一旦一个女人成了母亲,那么这个身份会伴随她终身。事情就这么发生了,我们没有退路,女人们可以像我一样成为一个失去了孩子的母亲(不过,阿尔博斯身上母性的那一面在另一个地方以另一种形式表现出来,比如在她权威的课堂上、在书本的字里行间、在她现在投向保罗的目光之中);当纳迪亚有了女儿之后,她觉得自己获得了悄悄溜走的权利,认为她已经传下了一些重要的东西,然而这些东西与她个人和遗传因素没有任何关系。对于她自己,纳迪亚没有什么激情,她不会那么庸俗,不,她像观察一件抽象物品一样观察着她的孩子,对那些不认识纳迪亚的人解释为什么她会这样做是一件非常困难的事情。纳迪亚的想法是:这是生命,她传递了生命,付清了她欠下的债,那么现在,她就可以全身心地投入自己那最阴郁的欲望中了。我认为纳迪亚就是这样看待母亲这一身份的:她传递了生命,从此这个生命就会继续,这其中有没有她的参与都一样。我不清楚你是不是已经见过了吉尔,就是阿梅利亚的父亲。没有,好吧,这一点儿也不奇怪,吉尔认为不能以这种方式养大一个孩子。这样看来,他比纳迪亚更具有母性;如果人们凭借这一点就认为吉尔在那些约定俗成的事情上有着某种近乎动物般的倾向,那是因为我与纳迪亚在一件事情上达成了共识,即做母亲的方式有很多,做女人的方式也有很多,其中包括不再做一个女人,甚至从来就不是一个女人。我与纳迪亚思考着我们所处的时代，当然，我们并没有认识到我们所处的时代是怎么看待我们的。我试图解释我为什么没有挽留纳迪亚，因为我认为，无论从前还是现在，人们都不能左右一个女人和她的选择，人们无法在一个人和他的自由之间插入其他任何事物，甚至是他所谓的责任与孩子。自由就是我们的皮肤，就像皮肤有好几层一样，只有在付出了巨大的代价之后，我们才能褪去一层。”

保罗聆听着阿尔博斯的絮语，什么都没有说。在情感的作用下，保罗重新配置了周围的空间，对他而言，这个地方已经不再熟悉，不再安全，尽管这里之前一直都是一个熟悉安全的所在，保罗重新认识了这个地方。突然之间，那些关键点都不再相同。保罗承受着恐惧，看起来一切都没有发生改变，但是又似乎发生了改变，恐惧通过保罗的耳朵、阿尔博斯在保罗耳边说出的话语，浸入保罗体内，不仅仅是这些文字，还有存在于文字之间的可怕的寂静。最后，保罗问道：“她在哪里呢？”阿尔博斯回答：“她在睡觉。”保罗差一点儿就起身离开，他无法接受这个想法，无法接受阿梅利亚就在一个他看不见的地方，在一扇门或一堵墙后面，当然这只是保罗自己的想法，可以被容忍，甚至可能还具有诱惑性。生命中的这些时刻（盲目的想法、纯粹的恐慌）并不是让我们用来低估的，因此阿尔博斯自言自语地说她成了现在这个样子，成了一个找寻出路的女人，在年幼的某一天，在一个狭小的楼梯平台上，在与一头野兽对峙的时候，她第一次知晓了空间的概念。保罗已经忘记了这究竟是一头什么样的野兽，或者这个故事已经像神话传说一样被讲了很多次，阿尔博斯允许这个故事发生一些变动，它们不会相互抵消，只会相互增强、丰富彼此的内涵，比如一只咆哮的狗、一只狐狸、一头狼。面对它们的獠牙，一个想法突然间漫天盖地地铺展开来，这是对空间的一种本能的认识，对出路的一种尖锐的直观看法，或者是空间与出路的一种缺乏。

十年前，保罗推开了313房间那扇微微敞开的门，但是除了一大团放在浴室篮子中的红棕色头发之外，他什么都没有发现，保罗猜想这是头发的一种生命，保罗报了警。他没有想到这件事情并非像一条肮脏的花边新闻或是阿梅利亚的一条花边新闻那么简单。他们喜欢在上午的时候读一些日报上的花边新闻，会因为没有在人类巨大的悲苦中找到与自己有关的事情而开心不已，他们相互靠在一起，感觉可以被周遭的美好与平庸保护起来，比如，一个稍纵即逝的夜晚、一杯黑咖啡、一袋放在膝上的书以及搭在对方身上的充满爱意的手臂。保罗报了警，然后在深夜的街上等待警察到来，警车车顶上的悬闪灯一闪一闪的，如同水族箱投射出来的蓝色灯光，灯光之间的距离都相同，这是来自另一个世界的灯光，每隔4秒就会闪烁一次。每隔4秒就会出现一个普通的场景：镶嵌着玻璃的拱洞、一间旅店、聚集的人群。每隔4秒，这个场景就会陷入一个地下的平行空间，活似一个出现在噩梦中的场景。蓝色灯光有一种要浸透一切的趋势，人与物之间的界限消失了，突然间，墙体、织物与面孔的本质似乎都相同。保罗的黑眼圈被这蓝色的灯光淹没,像是眼中的眼白,像是从保罗的手部与忧虑的前额消失的血管。保罗思忖着,“是的,这是一个噩梦”。他无法回答一些简单的问题,比方说,4秒的生命,4秒的其他事物。

保罗对阿梅利亚的消失完全不知情,但是,在很短的时间内,他就成为阿梅利亚失踪案的头号(或者是唯一)嫌疑人。保罗故作镇定地说自己从未离开过守夜人的岗位,也没有看到阿梅利亚从旅店中离开,可是恐惧在他的脑袋里铺开了几句支离破碎的话语、一个散乱的具有新闻风格的语法:箱子里面的红棕色头发女人、被肢解的身体与带滚轮的行李箱。保罗已经预想到了在安保录影带上会出现一个人拿着沉重的行李箱从旅店离开,随着视野的深入,毫不怀疑这个人身份的保罗还祝他度过一个愉快的夜晚,保罗爱的那个人则被放入了一个狭小的空间。但是,事实上,保罗才是嫌疑犯,因为他与失踪的阿梅利亚关系密切,他还回到了犯罪现场,他看上去就像一个嫌疑犯。随后,警察看了监控录像,保罗这个完美的嫌疑犯成为一个被人欺骗的傻瓜,因为人们在监控录像里清清楚楚地看到阿梅利亚从电梯里走了出来,她刚刚把头发剃掉,脚上踩着一双白色网球鞋,身上穿着一件浅色的外套(她腿上的那条牛仔裤还是保罗的),她向接待前台看了一眼,那时,保罗的脑袋倾斜着,呈现出一个滑稽的弧度,看上去已经睡着了。阿梅利亚的脸上露出了一个谜一般的、无法解读的表情,随后她在喷泉井栏边坐了一会儿,用手摸了一下自己的光头,仿佛探索着一块未知的陆地、月球的一面。她又紧了紧并没有松开的鞋带，长久地凝视着旅店大厅与打盹儿的棕发男子。然后，她站起身，毫无眷恋地走出了旅店的大门。

人们严厉地指责保罗，因为他呼唤救火，呼唤狼来了，浪费了城市的鲜活资源，做尽了无用功。同时他还发现了他本人在这个国家中的社会本质：无论发生了什么，他都应该受到谴责。但是，过于忧伤与愤怒的保罗没有想到这一点。不公正就如同阿梅利亚这个人一般，既没有被清除，也没有被谋杀，只是离开了，就这么简单。这是阿梅利亚可以找到的唯一的离开方式，她决然地离开了，保罗（他身上的蠢笨特点）简单地认为自己会因此死掉。最后，保罗来到阿尔博斯家门前，他没有勇气按响门铃，只是蜷缩在门口的擦鞋垫上。第二天早晨，当阿尔博斯打开房门的时候，保罗倒进了屋中，像一条被冻死的狗。

保罗试图寻找一些蛛丝马迹，以此解释阿梅利亚离开的原因，也许阿梅利亚从来就没有爱过他，也许，从一开始，阿梅利亚就必然会嘲笑他，但是，保罗的骄傲告诉自己不可以如此轻率，不可以如此误入歧途。在壁炉上方，保罗看到了阿尔博斯与纳迪亚·德尔的一张合影，他第一次发现阿梅利亚与她的母亲十分相像。在阿尔博斯家中，保罗读到了纳迪亚·德尔的第一部文集汇编，这部很薄的文集是文献诗歌的出生证明，名字叫作“V生活”，保罗不确定这个“V”究竟指的是数字五还是一个单词，文集中写了好几块陆地上发生的事情。纳迪亚·德尔在车里、在屋顶的阁楼里、在树下完成了文集的创作。那么,那些已经消失的、属于20世纪六七十年代的运动与风景在她的字里行间残留下什么呢?保罗不知道该如何表达,而且表达也不是他的诉求。他在寻找杀人凶器,最后也找到了。在保罗看来,在恐惧的洪流中,某些诗句(难道这仅仅只是一些诗句吗?)所呈现的似乎比所有的一切更可怕:

这个男孩很迷人,
他应该会很完美,
对我们而言,他应该会是完美的——
如果在我们面前只有一个人,
他亲切又善良,
被伤透了心——
对我们而言,他应该是完美的。
只要,只要人们像对待我们一样,给予他最珍贵的帮助。
但是,在这个时候,在这一生中,
我们会伤了他的心,我们
另一个人会将他变得完美。
为了我们将他变得完美,
当然,这(所有一切都有标价)可能意味着永远抛弃他。

如果我们将纳迪亚·德尔与她的自我、纳迪亚·德尔与她的疯狂、纳迪亚·德尔与阿尔博斯(那个时候,纳迪亚·德尔与阿尔博斯分享着一切，她们将这个世界和她们遇到的所有人平等地分开）掩饰起来，又有谁知道呢？如果我们将纳迪亚·德尔与她的女儿（几年之后才出生）掩饰起来，那么对于保罗而言，所有剩余的一切都是一个开放性的问题、一个没有定型的空间，在这个空间中，保罗试图借助智力劳动来改变想法，偶尔需要冒个险。当然，他总会失败。

阿梅利亚在离开一段时间之后，曾经试图给保罗打过一次电话。保罗认为自己之所以会苟且偷生，就是为了等到阿梅利亚的电话，就是为了希望可以从她那里获得一个示意。但是电话实在太少也太晚了。保罗接起电话，在一段沉默之后，在一声叹气之后，他几乎立刻就听出了对方是阿梅利亚，就像认出自己的声音一样迅速，他听到了阿梅利亚呼唤自己的名字——保罗——带着一丝犹豫、少许羞愧、些许遗憾。保罗依旧爱着阿梅利亚，他也相信自己依旧爱着她，但是这种爱意立刻变成了恨意。保罗挂断了电话。后来，阿梅利亚给他写过几封邮件，但是他连看都没看就将邮件直接删除了，阿梅利亚还曾经给他写过一两封信，这些信寄到了阿尔博斯家里。保罗十分惊恐，好像有人将一个鲜血淋漓的器官放在他的面前一样。保罗没有碰过那些信件，是不是在这之后阿梅利亚就没有再给他写过信？或者，阿尔博斯跟阿梅利亚说明了情况？保罗都不想知道。

保罗开始疏远阿尔博斯。他尽量避免去阿尔博斯家，礼貌地拒绝阿尔博斯的邀请。他继续上阿尔博斯的课，但是坐在阶梯教室的另一个位置，他更加努力地学习，不过那时候，他把时间放在更加注重实效的领域，比如材料、成本以及与收益有关的巨大问题。保罗将哲学、理想主义与思想都搁置一旁，他不再去博物馆，也不再回旅店上班，他接受了与警戒有关的工作，偶尔，保罗也会想到这就是以后他想做的工作：监察事物、人群、地点。有时候，保罗会穿着制服上班，有时候，他会牵着一条狗或是拿着一根警棍。他工作的地点包括存放贵重商品的库房、巨大的地下停车场还有冷清的公司，但让人费解的是，这些公司在白天可以创造出不可触碰的、难以理解的财富。根据身体素质或皮肤颜色，那些身体强健的青年人被分配做夜晚的警戒工作，或被安排在多少有些阴暗与危险的地方。在脚步声的回响中、在看门犬的呼吸中，他们到处走动。他们被简化为一个奇怪的称呼：空旷之中的男人。保罗回家探望父亲的次数变得更多了，他的父亲既不会提到已经离开的故乡，也不会说到现在或是过去，这是一个沉默寡言的男人。有时候，保罗会陪父亲去工地干活，推倒墙体，他的头发和眉毛因为沾染了灰尘而变白。但是，当保罗的情况好转之后（直到过了好几年，保罗才在父亲的面前提到了阿梅利亚的名字，那时他们正坐在一艘行驶在太平洋的小船上），这个赋予了他生命的男人拒绝了他的陪伴，这时保罗才意识到父亲不喜欢和自己一起工作，因为一个必要且特殊的原因，他的父亲容忍着他的存在：实际上，保罗的父亲是一个有些害羞的男人，他不喜欢当着儿子的面工作，因为他不需要见证人，也不需要向众人展示自己究竟是一个什么样的人。保罗回到了学校，他开始尽一切可能机械地、凶狠地、自私地、安全地做爱（他不会再提到亲吻这个词，他禁止自己说出这个词，因为这是阿梅利亚曾经用过的词语），为了在他与阿梅利亚之间，在他与那个在阿梅利亚身边的自己之间尽可能多地插入其他人的身影。保罗完成了学业，他聪明冷静又唯利是图，他成为人们知道的样子——一个负责玻璃事务的男人——他不停地赚钱，随着时间的推移，他的财富越来越多。但是，这个时候，保罗听到阿尔博斯提到阿梅利亚回来了，而且就在睡觉的时候，那些过往的岁月以及他所有的防御与审慎都立刻消失殆尽。

当然，保罗和阿梅利亚再一次重逢了。保罗希望可以看到一个丑陋的阿梅利亚，但是，当保罗认出那是他爱的阿梅利亚的时候，他感到很宽慰，即便在阿梅利亚身上发生了一些变化，他们已经到了男人依旧年轻而女人虽然年轻却开始走向衰老的年纪。阿梅利亚的站姿没有那么笔挺了，她的脖颈与胯部弯曲成保罗不知道的角度，近乎一个问号。保罗甚至觉得她的鼻子也没有记忆中的那样挺直，她的身材还没有怎么走样。阿梅利亚穿着一条长度稍微高于脚踝的牛仔裤、一件白色无领无袖短套衫；除去手肘上方的一条金色细手链之外，她的肩膀处缠绕着一个蛇头形状的装饰，蛇的眼睛处点缀着两颗白色的珍珠。阿梅利亚的脚上踩着一双平跟凉鞋，三条淡色的皮绳神奇地将她的足部套住。她的头发不长不短，或者说既长又短，她的发梢柔软丝滑，几乎没有什么重量，她的发型有着男女两性的双重特点，或者更准确地说，乍一看她好像剪了一个男性的发型，但是仔细想想之后，又会觉得像是一种无法用言语形容的、极具挑战性的女性发型。阿梅利亚没有化妆，也没有穿文胸。她的脖子上新添了两条皱纹，从那里可以读出一个人真实的年纪，从那里可以看出她的未来、她的一生中线条的形成。在阿梅利亚新添的两条皱纹中，其中一条要比另一条更深一些，她并没有将它们隐藏起来。阿梅利亚应该是太瘦了，在她的脸上浮现出可疑的、逃避责任的神情，一种焦虑不安吞噬着她的身体，有时候，这种焦虑不安还会反馈在她的面部，她无法掩盖这种情感。她的身体缺乏铁元素与维生素，但是这会让她变得很上相。她的手脚在颤抖，但是她本人没有意识到这一点。她的手指发红，看上去她非常寒冷。她露出了真诚的微笑，可是这也是一种真诚的忧伤，因此，保罗发现，真诚与忧伤这两种情感在阿梅利亚身上合二为一。从表面上来看，她已经完全没有了二十岁时曾有过的女激进主义者的特质，保罗曾经无数次拥抱过那时候的她，在她身上再也没有办法找到任何一丝与激进主义有关的特质。阿梅利亚忘记了这座城市，她会在十字路口犹豫片刻，她总是需要保罗的引导，之前的强硬与自信在她身上荡然无存。保罗则截然相反，他做好了完全的准备，却独独没有想到这一点——脆弱与不稳定性——他觉得后者占据了阿梅利亚的全身上下，似乎最小的步伐、最简短的单词都会用尽她的全部力气。保罗犹豫着是否需要让阿梅利亚感受到痛苦。他知道自己有这个能力，却无法任凭自己这样去做。保罗感觉某些事物在阿梅利亚身上摇曳闪烁，可她却只能等待这个事物自行消失。尽管并不情愿，但保罗还是尽量根据阿梅利亚的步伐来调整自己的步伐，配合她的沉默，他为阿梅利亚所做的一切带着一种他之前从未曾感受过的关怀。“她用自己的身体偿付了抛弃我的这个劣行”，这么一想，保罗感到了一丝安慰，即便实际上，他清楚地知道他给予了阿梅利亚太多的关注，但这些关注与此无关，而是与除此之外的一切事物有关。因为害怕被阿梅利亚第二次拒绝，保罗惧怕听到她说话。

阿梅利亚离开了，是一个事实，在她离开的时候并没有告诉保罗，是另一个事实。阿梅利亚不知道是为什么，那个时候，她不知道自己应该说些什么。阿梅利亚说，如果那个时候她跟保罗说了自己要离开的话，她的计划就会土崩瓦解，她的意志力也会烟消云散。可以将文字玩弄于股掌之中的阿梅利亚，能够随意表达自我的阿梅利亚，当时无法找到任何可以清楚解释自己决定的文字。阿梅利亚说：“我想你会明白的。”随后她继续道：“我不能让自己被束缚，我不希望自己被束缚，这让我感觉无法控制自己。除了被爱，我还有其他的事情要去做。被爱是一种无法生活的方式。”

保罗沉默了，十年之后，他已经不会再因为这件事情而痛苦万分，他想到了一些理由，找到了一些推论，完全通过推测想到了一些场景，而这些场景都在之后保罗去过的地方平铺开来，最终归结成为一个作为支撑的证明：阿梅利亚走了，因为她走了。重言式废除了一切,显示出关联与梦境的荒谬,在这个梦境之中,人们偶尔可以完美地了解他人以及融合与透明。保罗说:“很久以前,我就已经不再试图理解你的不告而别了,你并不亏欠我什么。如果说你真的亏欠我,那也应该是我们之间的事情,但是就我目前所知道的一切,我们之间没有什么。什么都没有,阿梅利亚,我也不再是从前的那个我了,我没有办法再为你做些什么了。我也不愿意再为你做什么了。”奇怪的是保罗的话让阿梅利亚大笑起来。她说:“我曾经试图跟你说句抱歉的,你还记得吗?”保罗记得,但是他给了阿梅利亚一个否定的答复,他认为这样做会让所有的一切都变得更简单。

在这个谎言——一个与忘却和结局有关的谎言——的基础上,他们重新认识了彼此。从某种方式上来说,他们之间确实已经没有任何关系了;但是,从另一种形式来说,又并非如此,一旦随着时间的推进而发生的事情真的出现之后,就只留下一些无法移动的事物、一些存在于他们之间或不在他们之间游移的客观事物。保罗想到了那扇被阿梅利亚打碎的窗户。这可以将一切都解释清楚,同时,也什么都没有说明白:保罗不想从中发现任何事物。一天夜里,保罗带着阿梅利亚参加了一个在一家刚刚开业的酒店里举行的私人聚会,那里以前是一家地面上铺着印有色情图案地毯的妓院,房间里亮着或红或蓝的霓虹灯,或者直接浸入黑暗之中。年轻人会当着众人的面淋浴,他们要么独自一人,要么就是几个人一起,这些淋浴不知羞耻、永无止境,人们应该会付给这些年轻人报酬。年轻的女舞者与女演员手里拿着酒杯，在晚会中摇摇晃晃地走来走去。浴缸里摆满了香槟酒瓶，还游弋着两条强壮的鳗鱼，阿梅利亚坐在浴缸边沿上看着它们，三根手指拂过水面。这种鱼带有色情的感受，它们的命运也是如此，它们会被一个主厨或者他的一个小伙计徒手抓起来，当着客人的面被猛地一下砍去头部，被贩卖出去，被一位声名鹊起的厨师在一个临时搭起的简易炉子上做成炒鳗鱼或火烧鳗鱼。吃下自己曾经看到过的鲜活的食物是一件多么奇怪的事情，也许这个食物可能还会以另一种方式继续生活在自己身上，继续无言地、反抗地思考着自己的想法，它没有办法妥协，没有办法接受，也没有办法理解，即便是死去，它也会因此而得意扬扬。阿梅利亚说道："保罗，我累了。"保罗把手伸向她，她却心不在焉地看着保罗，仿佛那些信息没有办法通过她的视觉神经到达她的大脑、心脏与总是泛红的指尖。她看着保罗的手指，似乎在看着十分钟之前还鲜活的、但现在却存在于保罗黑暗胃中的鳗鱼一样。那两条鳗鱼也存在于那些已经分散的、阿梅利亚不认识的人们的胃中，他们将这个已经死去的生物带到房间，带上不同的楼层，以及整个城市之中。保罗也不会知道这到底是增加了还是削弱了她的黑暗力量。最终，阿梅利亚握住了他伸出的手。

保罗犯了些错误，直到三天之后他才再次给阿梅利亚打了一个电话，他遵循着一个心照不宣的日历表、欲望法则以及大灵长类动物之间在引诱方面的规矩。阿梅利亚对此却完全不在乎，她似乎完全没有意识到时间的流逝与惯例，她可以花一个小时的时间与保罗打电话，只是为了给他形容窗户外面的风景；她也可以一个星期不跟保罗联系，或者为了订一辆车、一餐饭食、一些植物，她还会连续给保罗打好几个电话。阿梅利亚用一种轻柔且漫不经心的口吻对一切都表示同意，保罗认为这比她对一切说“不”还要可怕，保罗很想抓住她的肩膀、摇晃她的身体。阿梅利亚看上去似乎还没有醒过来，她给保罗一种感觉，让保罗觉得她还生活在一个无法走出的梦境之中。简而言之：阿梅利亚离开了。她想去重新找回她的母亲。她觉得非常无聊。她厌恶爱情，也厌恶爱情将她变成的模样：一个二十岁的女孩，一边吃着薯片看着色情电影，一边等着一个关心自己未来的男人的到来。保罗想着：“你这个骄傲自大的邋遢鬼，你根本不在乎我的感受。这样的状态已经持续了一个星期、两个星期。你拥有一切，我却一无所有。”不过他什么都没有说。无论如何，阿梅利亚也不再是曾经的那个阿梅利亚了。在南斯拉夫爆发的战争结束之后，所有人都会参与到寻找失踪者的行动中，这些行动会成为正规经济的一个分支、黑市的一个组成部分，就如同在所有的种族灭绝发生之后，或者是，在类似的行为发生之后，人们会做的那样。阿梅利亚也决定去这个新兴的、不受法律和道德制约的地方试试运气，这里就是刚刚恢复和平的巴尔干半岛上的各个国家。

4

为了到达那个被围困的城市，阿梅利亚需要转一次机。在这两次的飞行中，她一直都在读一本科普类杂志的增刊，那是保罗喜欢看的杂志。她一页一页地仔细翻阅着，似乎是在完成一种仪式。那一期增刊的主要内容与记忆有关，给出的结论是：我们的记忆不是稳定的。与人们长久以来的认知完全相反，记忆一直在变革。在每次提到记忆的时候，我们都重新对它们进行构建，而每次在重新构建的时候，我们都在削弱记忆，而不会加强。从另一个方面来说，记忆永远不会像它刚刚被提及的时候那样脆弱，而记忆被提及的时候反而是修改或删除它的最佳时机，比如借助电休克的方式。但是，如果外界出现了一个意想不到的干扰性事件，比如一次爆炸、一次袭击，或者可能只是一次简单的停电或是一个不合时宜的来电，那么，记忆就会出现混乱，甚至受到损害。

下一次,我们就不会意识到记忆已经发生了变化。实际上,忘却是大脑的一个持续性的进程,它不是一种失败,而是一种酶。每一次的回想都会带来一个反作用。

总之:我们的生活是被创造出来的,随着时间的流逝,我们生活中的被创造性就会加剧。

头脑清楚的阿梅利亚心想:“对于我的调查来说,这是一个糟糕的预兆。”她想到了母亲与母亲的调查大业,在她的想象中,调查只是一个探险,或仅仅只是一个被特别建立的丧事练习,一个她将要再次参与的野蛮仪式,但在当时,她的母亲对此并不知情。阿梅利亚合上了杂志,闭上了眼睛。不过,这并不是无用功,至少,若一切顺利,在仪式结束的时候,熟悉内情的人不难发现一个存在,即和平的存在。阿梅利亚闭着眼睛喃喃自语:“熟悉内情的人在仪式的过程中死去也是常有的事情,因为这些让人无法理解的仪式总是很野蛮。”

阿梅利亚继续想:“我不会用粉笔在地上画任何东西,我不会喝任何散发着臭味的汤羹,我不会点燃任何一根蜡烛,我也不会杀死小动物做祭品。”

阿梅利亚犹豫了,她在思考要不要把自己的日记留在飞机上,不过,她打算把日记倒序放置,因为,在飞机上也可能会有懂法语的人。虽然,阿梅利亚的最终目的是将这本日记丢掉,因为她觉得她的道德意识在日记里表现得很糟糕,她不希望这本编造的、与她的正直与公平相冲突的记忆故事污染其他人的思想。一直以来,这个世界上就没有后悔药,人们无法在游戏开局之后、在不确信将会失去什么的情况下,重新商谈游戏规则。如果没有游戏规则,我们一定会失败。

阿梅利亚思考着:人们总会失去些什么。她的整个大脑都在暗中策划,打算将她此时的想法溺死在水中——组成大脑百分之七十以上的成分,甚至在将想法转换成文字之前,她就已经将它遗忘了。除了在她看来因为飞机降落带来的心脏轻微抽紧,她一无所有。阿梅利亚看了看天空,然后,她到达了目的地。

当然,当她到达艾丽斯连锁旅店的时候,天已经黑了,她要了一个房间。她在接待前台等了一会儿,她想象着那个即将出现在接待前台的人也许就是那个她已经离开了的人,这样一来,所有的一切都会被原谅,同时,她也可以得到一个终极证据,那就是,她生活在地狱之中。但是出现在接待前台的人并不是他,并不是保罗。

阿梅利亚睡得很不安稳。

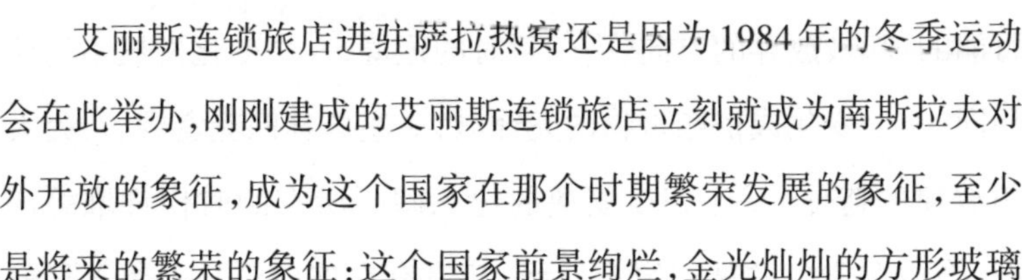

艾丽斯连锁旅店进驻萨拉热窝还是因为1984年的冬季运动会在此举办,刚刚建成的艾丽斯连锁旅店立刻就成为南斯拉夫对外开放的象征,成为这个国家在那个时期繁荣发展的象征,至少是将来的繁荣的象征:这个国家前景绚烂,金光灿灿的方形玻璃

建筑在新时代的晨曦中熠熠发光。十年之后，在萨拉热窝市被围困期间，国际禁运打击着这个曾经完整的国家，它不愿意也不能够维持原来的样子。艾丽斯连锁旅店这个浅黄色的小掩体就成了国际新闻界人士的大本营，在某种程度上——也仅仅是在这种程度上——这可以保护它使它不会成为被攻击的对象。尽管如此，位于旅店最高处的那几层楼还是被摧毁了绝大部分。在那时留下的少量可以成为历史见证的照片上，我们可以发现某一个与未来的废墟非常相像的物体，它很像是一座玻璃和钢材搭建起来的分层金字塔，偶尔，这座金字塔还会冒起烟，这是因为在顶层的瓦砾上经常会发生火灾。这些照片几乎都以艾丽斯连锁旅店为拍摄点。在战争结束之后，旅店依旧按照艾丽斯连锁旅店的样式重新修建，不过忠实于原型没有什么特别的意义，因为时代和风俗已经发生了巨大的变化。这个旅店的外观是20世纪80年代最流行的样式，这是对未来的承诺，但是这样的建筑物既过时又浮夸。因此，它的风格变得非常古怪，如同很多地点和更多物体（视频文字终端、传真机）一样，它就是将来时的典型代表，人们无法在再次看到它们的时候不产生一种细微的惊愕。艾丽斯连锁集团与20世纪末期的某些科幻电影有一个相同点：它们都有一个可能的、却被放弃的方向，一个暂时的绝境，一个变化发展中的死胡同，一个变化成俗媚事物的先锋派，一座奥林匹克宫殿，一处大胆放肆的掩体，一座完全安逸的纪念碑。所有的时代都堆叠起来，隐藏在染色的玻璃窗户后面，却没有在玻璃窗户上留下任何痕迹(从表面上来看),这些完美的大正方形的窗户仿佛在先进入了黄金时期之后又进入了黑暗时代,如同一个一直经历了单向镜片过滤后的末期世界的事物。这里的艾丽斯连锁旅店与其他地方的艾丽斯连锁旅店没有什么不同,在夕阳的映衬下,它们熠熠发光。每个傍晚,在几分钟的时间内,这个没有灵魂的地点(从表面上来看)变成一个闪烁着金色光芒的正方体,旅店的墙脊在光环的映衬下消失了。在战争期间,这是留在这个城市里的人们最喜欢的景致。傍晚也是一天之中人们唯一能给房间通风的时刻,不过,那个时候,阿梅利亚并不知道这个情况:从萨拉热窝被围困的第二个星期起,旅店里的空调就不再运行了,人们利用倒影来帮助自己从瞄准精确的狙击手的攻击下脱身,这是行家们最喜欢的一个嘲讽。出于对大众化奢华的担忧,艾丽斯连锁旅店中的每一层楼都建成了夹层式,并且旅店中的每一个房间都坐拥一个宽阔的视野:这样一来,每一间房间都差不多公平地暴露在敌人的枪口下。人们经常睡在走廊上。在萨拉热窝被围困的那段期间,旅店中的大部分玻璃窗要么被打碎,要么出现龟裂,要么被击碎。最高层只余下一些残砖瓦砾,尽管如此,在夕阳西下的时候,这个金光闪闪的正方形建筑物仍坚持向我们传达它的问候,仍坚持反抗的姿势,它无法不让人们想起某些血祭庙宇。艾丽斯连锁旅店被烙上印记,被吞噬,但是它依旧伫立在那里。

一两天之后，因为对自身恐惧的羞愧，阿梅利亚离开了萨拉热窝。她很难找到一些真实可靠的信息，也无法得知接下来还会受到怎样的折磨，她只能通过晦暗不明的方式回应着一个不确定的对事物的看法，很久以来，从她的童年时期开始，她就已经有了这样的看法，她认为所有的同龄人都可以迅速地发现精神疾病的迹象，可是却不能迅速对这个世界有一个深入的了解。阿梅利亚承认自己是纳迪亚·德尔的翻版，而后者可以在同一时间呈现出好几种不同状态，但是这与阿梅利亚无关。看起来，是战争给了人们、给不同的个体带来了这种状态。而不正确的是，对于纳迪亚·德尔而言，强调这一点并不是最重要的事情，因为她没有做出任何丰功伟绩，恰恰相反，我们也可以这么说，她只是接受了一个战乱城市的一些习俗罢了；我们也可以这么说，她异常完美地融入了背景，以至于这个处在战争中的城市最终将她吞噬。纳迪亚·德尔没有留下任何痕迹就在这个世界上消失了，或者更确切地说，她留下了一些相互矛盾的痕迹，但是这些痕迹已经消失不见了，就像大风吹散了沙地上的画作那样。很久之后，或许要等到人们不再能够挽救更多生命的时候，历史才可以修复事实。但是谁又能想到如此混乱呢？那些事实看上去混乱，实际上却井然有序，虽然这个秩序是短暂的，但它是真实的；谁又能想到那些多重又变化的状态呢？混沌与由炮弹和火箭弹组成的新天空造成了这种状态。公共律法不再有效力，“这里”与“现在”都改变了原有的含义，它们可以同时成为“这里”与“现在”（比如，尽管人们躲在临时搭建的盾牌后面，或一个金属质地的垃圾桶桶盖后面，或一个被烧毁了的车门后面，但在外出采购的时候仍会腿部中弹），或者根本不是“这里”与“现在”，而是“这里”与“现在”的反面，变成“到处”与“一直”的概念。这样一来，人们可以同时出现在好几个地方，同时完成好几项任务。纳迪尔这个女诗人也是一个走私犯，她可以同时处于好几个状态：完好无损与受伤，健康与疯狂；也可以同时处于好几个极端状态，比如生存与死亡。被围困的城市成为一个同比例的试验场。当人们俯身靠向这个试验场的时候，事情发生了变化。那么，这样一来，与表象完全不同，这里没有见证人。所有人都是演员，都参与了战争，即便是在距离这个被围困的城市几百千米或几千千米之外的地方的人们，甚至是位于另外一个时区的人们，都可以一边切着蔬菜，装饰着圣诞树，或是聊着电话，一边看着电视中出现的战争的景象：阿梅利亚说，所有人都参与了战争。

现在来说说演员：萨拉热窝市成为某种舞台，来自世界各国的人们都将摄影机镜头对准了这座城市；记者们也蜂拥而来；积极投身于当代社会问题的知识分子们也来到这里，他们只去了摄影工作者的阵地而没有去狙击手们的阵地。这个被围困的城市发生了一件奇怪的事情：所有人都赶了过来，但是同时，所有的人又都想从这里离开。对于那些有着足够盘缠的人们来说，管理松散的边境线就像一个同时带有戏剧性、猥琐性、险恶性的事物。阿梅利亚在调查期间再次听到人们谈论那些来此进行战争旅游的西方人，还有一些人费力凑足盘缠来到这里，想要在山林与屋顶感受狙击手的经历，感受驱赶民众的经历，感受在平民居住的街道上或窗户旁击杀平民的经历。所有的一切不禁让保罗打了一个寒战，他从中发现了一个与精神疾病有关的征兆，但是他说不出来这种征兆到底属于阿梅利亚还是属于整个世界。保罗认为，这一切就像是一个传奇故事，因为它的黑暗和残忍与传奇故事中的一样。但是，他的头脑、身体与整个机体都彻底拒绝这样一个丑闻。阿梅利亚不知道，或是不能，抑或是不愿意反抗丑闻的蔓延。

再来说说戏剧性：阿梅利亚未来的丈夫告诉她，在那场战争中，尚且年幼的自己曾经通过某一个人参与演出了一个戏剧，他觉得那个人应该是纳迪亚·德尔，即便在那个时候，纳迪亚·德尔也不曾使用本名，或者不再使用任何名字。这个戏剧没有留下任何痕迹或资料，只存在于一些饱受苦难的折磨、已经长大成人的孩子们的记忆之中。他模糊地记得自己扮演了大树，在他能够想起来的台词中，有一句是“那些大树向我们压了过来”。但是他不明白在纳迪亚与孩子们（那些扮演着大树的孩子们）一起编排演出的戏剧中，这句话究竟有着怎样的含义，是一个威胁，还是一个承诺？总之，就是这样。阿梅利亚未来的丈夫曾经将自己伪装成一棵树，与其他孩子一道走向舞台的中央(其实那并不是一个舞台，而是艾丽斯连锁旅店里的一间地下会议室。但是，与那些喧闹的戏剧排练相比，他对在那间会议室里踢过的足球赛印象深刻。他认为自己只会在停电的时候回忆起这些事情，这也许是度过最后时光的一种方式——生活在黑暗之中。他还记得那时候他们会点蜡烛。不过，他不是总能记起这些事情)，或许这并不是什么太美好的回忆：因为，不管怎样，这就是他年幼的时候，在战争期间做过的事情，他会一边看着周围的山峰，一边想着它们会不会压向这座城市，那些山间小屋、那些树木还有冰雪会不会也压向这座城市，敌军们会不会也对这座城市发起进攻呢？阿梅利亚说："就这样，这个男人长大成人了，我们称呼他为保罗吧。他还记得纳迪亚·德尔，这就是关键所在。在试图重新找回母亲、寻母未果之前，我并不清楚存在于所有事物之间的相对性到底多大；一个人到底能以怎样的程度同时处于活着与死亡之中。"

塞尔维亚国家部队猛烈地对这座顽强抵抗的城市进行了轰炸。他们是如何进行轰炸的？又是怎样进行轰炸的？这座集合了国际上软弱力量的首府也是国际黑市中心，仿佛一个大大的舞台，那些自以为是观众的观众们在完全不自知的情况下成了演员。因为被动也是一种选择，弃权也是一种行动，任其发展也是一种犯罪，这样看来，所有人都是有罪的：那些密谋策划者的罪过是密谋策划，那些幸存者的罪过是幸存下来，那些旁观者的罪过是袖手旁观，那些知晓一切之人的罪过是知晓一切，那些一无所知之人的罪过就是一无所知。在没有见证者的情况下,那些最最重要的、最最成功的大宗罪行就发生在萨拉热窝的城外。纳迪亚·德尔将这些罪行记录了下来,装满了自己的硬纸盒子,比如种族肃清、虐待折磨等等(阿梅利亚已经看过这些东西了吗?)。不管怎样,人们还是想方设法进出这座被围困的城,松散的管制与那些秘密的法律有关。在监控屏幕上,人们没有发现那些轰炸萨拉热窝城的飞机,但是山中却出现了一条隧道。

阿梅利亚接着说:"然后,我的母亲就失踪了,人们找不到任何与她有关的线索,如同找不到人们所说的那个从战争中受益的家伙的线索一样。我没有理由质疑这一点,根据人们的说法,那个家伙在艾丽斯连锁旅店的酒吧里办了一个沙龙,他从事烟草与药品投机倒把的生意,但是有一天他失踪了。据人们所说(也许就是我母亲记录下来的事情),他在城外树林里的前线阵地上醒了,醒来的时候口干舌燥,头痛难耐。他发现自己躺在炮台上,身边是一群十六七岁的男孩子,男孩们受雇来抗击围攻这座城市的敌人,但是,那个时候,他们都已经倒下了。在他刚刚明白过来发生了什么之后,他立刻饮弹自尽。这个被围困的城市可以成为黑市的首都,但是,人们不能理所当然地认为这里缺少某种正义感,某种存在于战争期间的正义感。"

阿梅利亚继续说:"科学在进步,人们可以找到一千种摧毁一座城市的办法、一千种进行战争的方式,办法与方式在不断发展,甚至没人会将它们称之为科学,因为科学的表达要更为直接。然而反抗的方式——也就是生存的方式——在一座被围困的城市里一直不会改变。人们躲藏起来,祈求上帝,封住窗户,熄灭灯火或点上一盏光线昏暗的灯,点燃一根蜡烛或一盏简易的临时制作出来的照明灯。人们会穿上好几双厚厚的袜子,把所有的衣服穿到身上。人们还会将藏书烧掉来取暖,从最不喜欢的那本到最喜欢的那本,从最不必要的那本到最必要的那本(这是书籍在战争期间的功用,这与它们在和平时期所展现的魅力不尽相同)。人们还会看那些出现在天空中的、带着闪光尾部的射弹(根据目击者的证词,这些射弹还会反弹回来),思考谁可以解读生活的宿命,在这样的生活中,所有人的命运都遭到了打击,他们的命运都很短暂,他们的命运每时每刻都会发生变化。人们像猫咪一样躲进黑暗之中,或毫无理由地庆祝节日,组织乐队,也许摇滚乐可以帮助他们生活下去,但是,事实却是,在战争期间的萨拉热窝没有那么多摇滚乐手或摇滚乐队。人们以某种姿态走到街头,说着,想着,唱着,或宣布着:'如果你们愿意,就杀死我吧,杀死我吧。我的存在很重要,也许我的存在还会有更多的意义。'一种政治制度。在和平时期的大批陌生人与异乡人,他们演绎着那些由半疯的异乡女理想主义者导演的戏剧;在树林中度过了童年,有着一个树林般的童年。随后,他们装作自己忘记了一切,重要的事情不会被淹没,而会再次出现,但是人们却不再谈论它们,或是用尽全身的力气谈论着它们。"

隔了一会儿之后,阿梅利亚补充道:"这不仅仅是一个语言方面的问题。我可以跟你说一些我原本不会说的事情，比方说，为了从尸体堆里找到母亲，我检测了DNA，我把自己的血液放入了血液库。后来，在人们的证词的帮助下，在大雨的冲刷下，在山体滑坡的作用下，尸体源源不断地出现。仅从表面上来看，人们无法将纳迪亚·德尔与另外一个女人区分开来。尸体构成了一个市场、一种敲诈勒索，你明白的。酬金与虚无的希望，后者完全占据了我在那个战后城市度过的那几年时光。虚无的希望也造就了这个国家的一种经济。但是，如果我的母亲在那里，被埋葬在其中一个无名的公墓，那这便是文献诗歌的高潮，是她取得的胜利，是一个明证，证明了人们不仅可以因为别人的痛苦而痛苦，也可以因为别人的死亡而死亡。”

萨拉热窝市以一种不可思议的速度被重建起来，我们可以这样形容：仅一个晚上的时间，炮弹留在墙上的痕迹就不见了踪影，子弹留在墙上的坑坑洼洼被重新填补和粉刷，整座城市散发着新鲜的油漆与烧热的沥青的味道，仿佛电影中才会出现的巨大布景装饰。从市中心区域，也就是从商业区开始，一直到市郊，阿梅利亚找寻着自己的母亲，她明白自己来得太晚了，这个发生在生活中的巨大变化清除了围困给这座城市留下的印记，也抹去了她自己的记忆，抹去了刻在坑坑洼洼的、布满伤痕的人们脸上的记忆。这个城市越是变回曾经的模样——或越变越好，她遇到的人就越是想不起纳迪亚·德尔，她的母亲失去了存在的真实性与可靠性，消散在大自然之中，变成了一个神话、一个幽灵。这不是一个有血有肉、有生命的人的混乱记忆，而是关于一个或多或少被人们传颂的传奇的混乱记忆。阿梅利亚再次从重建的城市逃走，在边缘地带，也就是在依旧留有战争烙印的城区流亡。阿梅利亚的行径就像是在逃避巨大的浪头，或时间本身一样：她注定要失败。然而，她不是一个特例，另一些人也有自己的道理，他们不希望战争从这个城市消失殆尽。他们经历了这场战争，在战争中长大，这座城市就是他们的母亲，战争也是他们的母亲。如此，阿梅利亚认识了她未来的丈夫，他的名字没有什么重要的意义，阿梅利亚对保罗说“如果你愿意，让我们称呼他为保罗吧”，然而保罗并不愿意这样称呼阿梅利亚的丈夫，不过他什么都没有说。阿梅利亚未来的丈夫很年轻，但是比她要年长一些，他在那座被围困的城市长大，知道所有的故事与所有的流言蜚语，还有它们那些荒谬的结构。最初，阿梅利亚与他之间只是雇佣关系，他是阿梅利亚的向导兼翻译，是带领阿梅利亚穿梭回过去的机器。随后，阿梅利亚对他有了一定的了解，知晓了那些困扰着他的烦恼，比方说，他会好奇那些狙击手射出的子弹是不是依旧留在墙体上，是不是被一层层的灰浆、生石膏与涂料遮掩着，是不是像一个异乡客、一颗珍珠、一块化石一样留在那里，那些子弹当时到底射向了何人的心脏与头部。人们认为这些炮弹依旧留在那里,它们的时间不再具有生命的含义,而是地质的含义。尽管如此,当他们说到地质的时候,阿梅利亚未来的丈夫确信这些炮弹依旧延续着死亡的路线,这种路线无法被人们感知但是确实具有死亡性。夜晚来临,他会把松香倒入那些炮弹在人行道与街上留下的空洞中,红色的、有着生命的松香凝结成一汪汪血浆,这些松香看上去依旧新鲜柔软,但实际上已经像一块冰、一块琥珀那般坚硬无比。这是他记忆中另一个关于艺术的想象。他觉得自己被凌辱了,财富被剥夺了,而这一切的始作俑者就是由人们策划的、渴求回归到某种被称之为正常的状态,但在他看来,这却是一个让人绝望、让人感到陌生的事件。对他而言,这个事件已经不复存在,消失在那些没有水的早晨、那些迫击炮发射的炮弹之中、那些被封锁的夜晚。他觉得自己被驱逐出境,被活生生地埋起来,就像一颗被留在墙体中的子弹一样。属于他的城市应该是那个处于战争中的城市。

阿梅利亚犯了一些错误。她以为她将离开保罗时完全摧毁的爱情完整地转移到了这个男人身上,她相信她在这个从表面上看起来很健康的男人(他拥有强健的胸膛与深邃的双眸)身上看到了一个相似的灵魂,她似乎在另一个人身上看到了保罗对她的纠缠。他们借助一种通用的语言交流:阿梅利亚在阿尔博斯那里学到了这种语言,而她未来的丈夫则是从电视机里学到了这种语言。阿梅利亚说,每一次他们都认为自己明白彼此的意思,但实际上并不是这样。她拒绝理解保罗，她陷入了由她自己构建的迷宫，保罗没有理解，或者说保罗没有马上理解，这一次她说的是那个保罗。阿梅利亚犯了一些错误：她试图让未来的丈夫去拯救她，但是她没有发现，其实她才是走向毁灭的那个人。她未来的丈夫酗酒，行为暴虐，会对她施暴，然而，阿梅利亚是如此迷惘，以至于她希望在丈夫的家暴行为中找到人们经常会提到的爱情的证据。她的丈夫打断了她的肩膀，打碎了她的鼻梁，但是，她还是留在了她丈夫的身边。保罗的心脏难受地抽搐，他拒绝接受这个现实：那个男人唯一不能对阿梅利亚做出的行为就是暴力，他不应该对阿梅利亚举起自己的手。那个男人对阿梅利亚讲述了在那场战争中年复一年的日常生活。阿梅利亚被罪过吞噬，她本希望自己可以融入那个男人的经历之中。然而，男人却将阿梅利亚当作一个出气筒，他年幼的时候没有享受过任何出现在其他地区的和平，也不曾有过与西方孩子们相同的、与战争没有任何联系的想法，因此，他将这些全部都报复在阿梅利亚身上。阿梅利亚既幸福又不幸。后来，阿梅利亚怀孕了，一次，两次，但是她没有把孩子生下来。那个她希望在自己身上感受到的生命停止了活动，然而，那个孩子，那个毫无生气的小肉球，那个陌生的躯体依旧留在她的体内。保罗说："这是多么可怕的事情啊。"阿梅利亚说："我感觉我就在属于自己的家中。我很难解释清楚这种感觉，我的身体越是背叛我，这种感觉就越是明显。"

保罗想:阿梅利亚疯了。

阿梅利亚和那个男人在一起生活了好几年,与那场战争持续的时间一样长。她的丈夫(是的,阿梅利亚进一步肯定)在描述他在夜里的工作时总是添枝加叶,他说他发表了一个秘密的演说,事实上,阿梅利亚是他唯一的听众。这个男人变成了阿梅利亚手中的木偶,这具遭受了战争折磨的躯体成了阿梅利亚表达一些事情——她认为自己没有任何正当理由去表达这些事情——的代言人,比如城市重建中诲淫的一面,抹去罪行,就像抹去以其他方式持续进行的战争一样。或许,这个既忧伤又狂怒的灵魂试图在全世界找寻一处可以匹配自己蹂躏的风景。为了再次燃起心中那簇不稳定的炭火,阿梅利亚渴求着一个由灰烬组成的世界,她将这个男人打造为一个艺术家。男人出名了,他染红了新旧两个世界中喷泉的水,他用自动武器打穿了那些享有盛誉的机构的天花板,并且将其称之为艺术,而什么都不是又什么都是的阿梅利亚成了他的妻子。阿梅利亚说:“这让我感觉很不错。”保罗知道阿梅利亚在撒谎,并且保罗在阿梅利亚认识到自己是在撒谎之前就已经知道了。那个男人去过很多地方,他一边满世界地穿梭,一边传递着自己的信息,对于另一个记忆而言,这是一种辩护,变成了一个空间、一种经验,从人们禁锢它的地方冲了出来。规模宏大的纪念碑是虚假记忆的集合,是一种人为的概括,力求将人们从它们声称纪念的事件中解放出来,它们都是遗忘的工具。他就是这样旅行,借助这样的谩骂反抗着那些变成了博物馆的城市，反抗着那些变成了博物馆的和平与战争，如果这一切还会如此持续下去的话，那个男人（这句话应该是阿梅利亚借助那个男人之口说出了自己的想法）说道，在西方就只剩下幸存者与游客了。人们饶有兴趣地看着那个男人，就像看待一个例外、一个古怪的家伙。时间慢慢流逝。阿梅利亚不再陪着那个男人了，她说，她就待在那里，待在自己的家里，待在他们的家里，不过阿梅利亚的话语听起来很假。她没有找到自己的母亲，也没有生下自己的孩子。萨拉热窝市重建了起来，然后又被扩建。有一天，阿梅利亚回家后发现那个男人坐在餐厅的饭桌前，他们对视了一会儿，男人用手枪对准自己的头部，随后子弹就打穿了他的脑袋。

“你瞧，你幸免于难了。”阿梅利亚对保罗说道，随后她露出了一个没有生气的、空洞的微笑，这更像是一阵咳嗽，阿梅利亚也确实咳嗽了起来。他们又去了博物馆。“你还记得阿尔博斯说过的与艺术恐惧史有关的话吗？那时候，我还对她所说的有所怀疑，现在这种怀疑减轻了一些，阿尔博斯的话总是很有道理。我们仅仅需要给它们留出一些时间让它们自己显现出来。我向你保证。”阿梅利亚边说边挽住了保罗的手臂，他们站在一幅美国画家的巨幅经典画作前，那是一个享有超高盛誉的抽象表现派画家，他的作品有些古怪，但都是无价之宝。好几个陌生人告诉过保罗，说他们在阿梅利亚·德尔父亲的浴室里看到过这个美国画家的一幅作品，它很稀松平常地摆放在那里。阿梅利亚的父亲也是一个享有盛誉的、无法用金钱衡量的、古怪的人。从结构和基底来看，这位美国画家在绘制这幅油画作品时应该没有使用任何绘画手法，并且在没有上底色的情况下就直接作画。阿梅利亚继续说："我向你保证，人们不会再用同一种方式看待某些事物。"

阿梅利亚消磨时间的方式很古怪。她会一边走在路上，一边数着自己走了多少步，数着路上有多少公共长椅，有多少监视摄像头，有多少被丢弃在地上的褪了色的床垫，有多少被摔碎的酒瓶，有多少被摔碎的酒瓶碎片。他们见面的次数多了起来，他们本想讨论一下艺术，但是出现在他们话题中的只有罪行。他们看着那些混乱的图片与暴力的场景，甚至都无法从中辨认出自己生活的城市与国家。他们数着那些情节严重的谋杀案与谋杀未遂案，不过这些案件的数量用一只手都能数得过来，他们最终还是将自己的都市经验消耗殆尽。保罗给阿梅利亚打去了重逢后的第一个电话，他问阿梅利亚在哪里；阿梅利亚给保罗打去了第二个电话；第三次，他们俩正好待在一起，需要思考一下应该是谁将电话打给谁这个问题。保罗心想：一座城市会因为恐惧而消亡吗？这让保罗想起了他少年时的某件事情，但是他想不起来具体是哪一件事情了。"什么事物会在一个因为恐惧而消亡的城市中消亡呢？"保罗差一点儿就对阿梅利亚提出了这个问题，不过，他最终还是克制住了自己。有一天，阿梅利亚对保罗说道："想象一下，如果我们是一个袭击事件的受害者。"阿梅利亚在说这句话的时候指着博物馆里那几乎空无一人的走廊。"想象一下吧，你会挽救什么东西呢？"保罗思考了一下，他心里暗自想，应该是一些很贵重的东西吧，但是应该也是一些很轻便的东西，或许也可能是某种可以用来抵挡子弹扫射的东西？“想象一下吧，”阿梅利亚说道，“浓烟、爆炸、扫射、晃动的大地，还有尖叫声，你想为20世纪挽救些什么呢？”

最后，保罗耸了耸肩膀，说道：“我的生命吧。”阿梅利亚放声大笑起来，就是她曾经发出的那种空洞的笑声，她说：“你做出了一个最好的选择，一直以来我都知道你会这样做，最后，你会将我们所有人埋葬。”

天色越晚，阿梅利亚越可以找回自己，找回一些生气。有一天晚上，阿梅利亚对保罗说：“如果我一早就知道去萨拉热窝后会遇到这样的事情，我会更愿意在这里等着它的到来。”那时，他们正坐在一家昂贵的餐厅里吃饭，是保罗带阿梅利亚来这家餐厅的。也许，保罗这样做的原因是希望向自己证明一些事情，而不是为了向阿梅利亚证明什么，因为对于阿梅利亚来说，除去危险之外，一切都一样。

阿梅利亚试着生活，她也真的这么做了，对此，保罗是知情的，并且他也看到了阿梅利亚的努力。阿梅利亚在淡黄色的纸上列下了一个个清单，她之所以会选择这种颜色的纸张，是因为这样的纸张似乎可以发散出一种光芒，一种类似于冬日的阳光，阿梅利亚应该缺乏对这种光芒的认知。她列出了许多购物清单、让她向往的事情的清单、她想要做的事情的清单，对她而言，将这些事情写下来就足够了。有一天，保罗看到在一张纸的上方，阿梅利亚用一行小小的大写字母写下了一个题目“可能的世界中最好的那一个”,除了标题,下面什么内容都没有。阿梅利亚买了很多口红,她按照颜色的细微区别将这些口红排列。后来,她又按照口红的质地将它们进行排列。他们会做爱,第一次的时候,他们有些放不开、犹犹豫豫、笨手笨脚;对他们而言,这次做爱就像是一次意外事故,他们表现得有些笨拙又有些感动。第二次做爱的时候,他们已经重新找回了以前的协调和默契,他们的表现很高效,就像是一个连内心都无法使其舞步发生错乱的机械舞会。保罗感到忧伤,感到自己被阿梅利亚剥削了;阿梅利亚亦是如此。

保罗对阿梅利亚说:“买一间公寓吧,你不能再过现在这般说走就走的生活了(保罗去过相当多的地方,以至于他会将各种语言混淆在一起;或者,更确切地说,他所有想要说的话都是从那个蹩脚的英语中翻译过来的,这已经成为他的一种癖好,一种沐浴了一切的朦胧)。”阿梅利亚折中地听取了保罗的建议,她不再在旅店里生活,但是,她开始住在别人家中,她会按星期或是按月租赁别人的房屋,她来到并且将自己安置在一个虚假的家中,这些公寓是别人生活的见证,并非是阿梅利亚生活的见证。她将那些口红放入浴室,假装好像在自己家中一样。保罗对此感到担心,保罗无法阻止自己为阿梅利亚担心。阿梅利亚买了一件灰白色的宽袖大领配腰带的亮色大衣,这是一件很透风的衣服,风会灌入阿梅利亚的关节处,准确地说是灌入那些会导致人们死亡的部位,比方说,手腕和脖子。阿梅利亚穿着这件淡色的大衣到处走动，每天晚上，她都会刷洗这件大衣，她还会仔细地检查这件大衣，就好像是在验视一处犯罪现场一般，她也会弹去那些难以察觉的灰尘、颜色鲜艳的纤维，有时候还会捡去那些并不属于她的头发：种种这些都是她生活在这座城市里、这个世界上、与其他人见过面的证据。阿梅利亚会穿着那些将脚踝裸露出来的裤子，这些裤子的裤腿优雅地飘动着，长度保持在中长的范围内。阿梅利亚的衣橱和她的那些未完成的动作十分相似，都在触碰到目标之前，触碰到撞击点之前就悄然落下。对阿梅利亚非常了解的保罗是知道这一点的，他知道阿梅利亚完成的并非是一个动作而是一个迅速的打击。她试着生活，但是生活太复杂了。阿梅利亚对保罗坦言道："有时候，我照着镜子，看着镜子中的自己却认不出来那是我自己。"有一天，阿梅利亚给保罗打了一个电话，问保罗自己身处何地。保罗对此猝不及防，他答道："阿梅利亚，我不知道你在哪里。"一开始，保罗以为阿梅利亚迷路了，他问："你能看到什么吗？"隔了一会儿之后，阿梅利亚回答："埃菲尔铁塔。"保罗说："那你叫一辆出租车吧，叫一辆Uber，叫一辆白色的出租车。"阿梅利亚说："保罗，如果我说我可以看到埃菲尔铁塔，那就意味着我一定在埃菲尔铁塔的下面吗？"保罗感到一阵寒冷，但是这与天气没有任何关系。他回答说："不，阿梅利亚，如果你能看到埃菲尔铁塔，那就说明你不在铁塔的下方。"

阿梅利亚构思着那些需要举手表决的方案，比如，那些被丢弃的硬纸箱与那些生活在硬纸箱里的人们；那些被丢弃的床垫与曾经睡在那些床垫上的家庭。每一天或是每两天,阿梅利亚就要将那些方案重新做一遍。这个看上去静止不动的城市变得可以移动,可以漂浮,以至于最微小的标记最终也无法被人们找到。阿梅利亚把她的金钱、大衣、手表与住房都捐了出去。她睡在保罗的沙发上,然而她睡不着。

她说:“我不知道,但是我很害怕。”

保罗问道:“你怕什么?”

阿梅利亚害怕自己会消失,或者是害怕她身体内部最重要的一部分会消失(我们可以将这一部分认为是:身为我自己的那种感觉),或者是害怕一种罪行的到来,因为她自己或者是她体内最重要的那个部分会成为这一罪行的受害者(我们可以将其认为是自我精神的健康情况),她还害怕身体里的另一个部分——那个罪恶的部分会消失(我们可以将这一部分认为是自我无法识别的属于自己的一部分)。保罗问阿梅利亚:“你愿意去看看医生吗?我可以帮你约一位医生。”阿梅利亚抬眼望向天空。保罗在结束工作后会过去看看阿梅利亚,看着她入睡,阿梅利亚已经无法给自己安全感了,她需要感觉到被保罗的双眼注视着。保罗自言自语:“这里很可能还有另一个人的存在。”最后,保罗发现他才是可能还存在的另一个人,他在一个已经足够老朽、足够贪婪、足够邪恶的陌生人的公寓里,他可以将自己内心的私密敞开给其他陌生人看。这个想法从来没有出现在保罗的脑海中。但是,阿梅利亚既不老朽又不贪婪,保罗开始担心阿梅利亚的生活选择,而生活本身对阿梅利亚而言就是一种选择，保罗思考着，阿梅利亚的生活完全就不是一种生活。一天早上，在厨房里，他们沐浴在阳光下，喝着咖啡——这个场景的组成可以让人们同时想到爱德华·霍普的一幅画作和几个广告的画面——保罗胡子拉碴，他的魅力模糊地隐藏在昨夜穿着的衣物中，阿梅利亚则穿着一件淡粉色的和服式宽松女式晨衣，这件衣服几乎可以将她二十岁那年的光彩完全地归还给她。阿梅利亚用一种开玩笑的语气说道，似乎那个不复存在的、之前的阿梅利亚突然又回来了："将一些东西藏在这样的套房里是一件很奇怪的事情，不是吗？藏在一块地板下面，还是藏在一堵墙里，它们才不会被人们发现呢？然后，六个星期或是六个月后的一天，当人们甚至都可能不住在这座城市、这个国家，也不……（她没有说完这一句话）的时候'嘣'的一阵巨响，一切都被炸飞了。"

保罗停下了把咖啡杯送到嘴边的动作，他已经惊讶到忘记要完成这个动作了，被炸毁的应该是日常生活中的一个环节、现下的一种平庸。被炸毁的应该是这天清晨的一种感受，而这种感受不仅仅出现在保罗与阿梅利亚之间，也存在于其他人之间；被炸毁的还有一种从容与平静，这种从容与平静都会出现在所有人身上，无论他们所处的时代如何、年龄如何。阿梅利亚在借助灾难的回忆将这些人重新安放回他们原本的身体后大笑起来。保罗被剥夺权利，无法再做原本的自己，也没有了舒适感，他一时间不知道该如何反应。他们在阳光下站着做爱，都抱定主意永远不要再次谈起这件事情，永远不要再去想这件事情，就好像什么都没有发生过一样。

当然，保罗做了调查。当阿梅利亚背对保罗的时候，保罗就开始收集资料，将所有的监视屏幕都利用了起来，比如艺术、战争还有手枪，他将所有的事件用几秒的时间整合在一起，甚至连那个男人用来自尽的手枪的型号都想到了。“如果你愿意，我们就称呼他为保罗吧。”当然，这个男人不叫保罗，但是，这一切并没有让保罗放慢调查的步伐，或者只是勉强使得保罗放慢了调查的步伐。每个人的身份都是一张由文字编织起来的大网，它紧紧地包裹着一个并不存在的躯体，拼命对这具躯体按压，直到从这具躯体内迸发出一幅图像。保罗找到了那个男人的一张照片，照片上的男人身材高大魁梧，蓄着胡须，流露出悲伤的神情，他的双臂交叉在一起，无名指和小指上都带着戒指，是的，只是普通的戒指，不是婚戒。他的食指、大拇指和中指可以做所有的事情，其中也包括开枪，三根指头可以随心所欲地做任何他想做的事情。“如果你愿意，我们就称呼他为保罗吧。”但是，保罗并不想这样做。保罗搜集了所有的事实，但是，他从来就不知道进入一间被称之为“家”的房间，旁观一个人用火枪射穿自己的嘴巴(或是下巴，或是太阳穴,阿梅利亚到底回避了多少东西?)的场景,会有何种感受;他也不知道那天的光线如何;也不知道那个看到了一切却没有任何感受的人与体会到了一切却没有做出任何事情或是无法做出任何事情的人之间存在着何种奇怪的分离,特别是当这两个人分明还是同一个人的情况下。那时候,阿梅利亚可能挎着一个重到使她的手腕和手上的青筋都凸显出来的购物篮,人们可以借助一个女人在休息和劳作时双手的状态来判断她的年龄,对于阿梅利亚来说也不例外。保罗自问:“有这么多我们不知道的事情啊。”如果说艺术就是一种经验的错合,如果说体感灌输是一种虽然没有经历过但是可以体会的经验,那么,现在还需要知道允许这一切发生的一个形式,需要知道一切到底是什么样子的,比如光线、无知无觉待在那里时的奇怪的情感、爆炸、气味(所有的气味,如骨头的模糊气味,还有粉末、烧焦的脑浆与新鲜的血液的气味)。当然,这种形式近似于一种折磨,没有任何方式可以将它与生命区分开来。

说到艺术,那个男人的艺术生涯非常短暂,也没有阿梅利亚所说的那样煊赫,虽然如此,但是更加有趣。有一天,那个男人将一匹狼放进了柏林市中心的一处公园,当时柏林是整个欧洲唯一一座支持这种艺术事业的首都城市。这匹狼让市民们感到害怕,因为市民们既没有看到过这匹狼,也没有碰到过这匹狼,他们在树丛中拍到了这匹狼的一张照片。在茂密的树丛里可能有两匹狼,或者是一群狼,因为狼是聪明的群居动物,它们的内部组织不允许它们抛弃任何一名成员，即便它年老体弱或是受了伤——其他成员都在那里，都可以保护它——正因如此，狼群拥有一个可怕的名声。市民们日日夜夜地游行示威反对这匹狼的存在，他们聚集在公园门口、躲在铁门后、站在人行道上。这头遭到围捕、而后被抓住的狼唤醒了人们久远的恐惧，但是人们本以为这种恐惧业已消失，唤醒了一个过时的赶出猎物的方式，然而这种方式并没有发生改变，也永远不会发生改变。从这一点来看，这种追捕方式唤醒了一种持续性，像是一条存在于人类经验中的细小的丝线。清晨，全副武装的人们走上草坪试图将这头狼围捕。人们在某一天杀死了一匹狼，而另一匹狼只是一条狗而已，但是市民们对于狼的惧怕已经到了一种无法挽回的程度，他们发誓要杀死最后一匹“狼”。尽管官方已经出面辟谣，但是人们还是会继续看到狼的身影，它依旧在距离公园不是很远的某些常规区域内出现。

阿梅利亚，啊，阿梅利亚，保罗想着。

在一座博物馆的会议室里播放着一次讲座的录像。一个男人开始发言，他说的英语带着一种浓重的、无法控制的口音，看上去像是喝醉了一样，或者仅仅只是他无法适应或非常不适应讲座的环境，他的局促不安对于别人来说却是一种享受，来自看到这个男人成为人们的笑柄却不给予他任何帮助的恶意的快乐。甚至都没有提出任何关于帮助的问题。事实上,类似这样的笑柄早前也出现在了其他的地方,并且,无论人们有没有围观,它依旧还会继续出现。(这是一种观点。)这个男人试图解释他为什么会这样做,解释那头狼和公园的事情,但是,他理屈词穷,作茧自缚,陷入如同囚笼一般的言语中无法自拔,最后,他因为筋疲力尽终于沉默了下来,如同一只不知如何放弃生命然而最终却不顾一切地放弃了生命的动物一样。他保持着沉默,当安静的气氛变得让人无法忍受时,他的眼睛里突然闪现出某种光芒,他想到了一个办法,他俯下身子,监视镜头也随着他的动作而移动,与一个正常男人相比,他的动作着实有些太慢了。监视机器出现了一个延时,因为它实在是太重了。男人的脚边摆着一个盒子,在被监视镜头再次捕捉到之前,他打开了这个硬纸盒子,一种或几种人们看不到的事物正在从这个盒子里向外散发,或是已经向外散发,或是持续向外散发,它在桌子下方与人群之间缓缓地流动。延时的监视镜头捕捉到了人们恶心的表情,带有纯粹的恐惧。人们从未看到究竟是什么东西从那个硬纸盒子里漫溢出来;偶尔,一个黑色的影子划过,不可否认,这个黑色的影子是一个活生生的事物。一个女人站到了椅子上面,另一个女人站到了桌子上面。坐在最后两排的人们非常缓慢地向着出口的方向后退离开,剩下的人们却不敢有所动作,只是他们的面庞在他们根本不知情的情况下调整为一个集体的面具,保罗从来都不相信自己曾经戴上过这样的面具，然而，他又马上承认了这个事实。这就是阿梅利亚委托别人实施的一种艺术，阿梅利亚母亲的文献诗歌通过其他的方式延续了下来。

通过这个高大的男人——艺术家——的几张照片，保罗觉得自己在第二平面上看到了另一个人的身影，可能是阿梅利亚，但是，这并不是她。保罗一边研究着那位命运多舛的情敌的形象，一边自言自语："阿梅利亚存在于这个男人的大脑之中，出现在那道带着一丝疯狂的目光中，难道那个男人是想通过向自己开枪的方式将阿梅利亚从他的大脑中驱逐出去？"

5

保罗心想:若阿梅利亚想要一个孩子,那么我可以给她,我为什么不这么做呢?保罗从来没有怀疑过自己的生育能力,或是他们的生育能力。然而,阿梅利亚似乎不是很想要孩子,或者只是不想跟保罗生一个孩子。保罗可以给阿梅利亚一个孩了,没有任何问题,但是阿梅利亚并不想生下他的孩子,对于一个可以察觉到这一点的男人来说,无论事情真相如何,他都会对此进行思考,保罗也不例外。阿梅利亚抱怨自己的生活就是从这里漂泊到那里,虽然在到处漂泊中度过了童年,但是直到今天,当她成人之后,依然在漂泊度日,她所有的一切行为都表明她没有能力完成一件很简单的事情,比如租一个套房,在门上标明自己的姓氏,居家生活(无论是家里还是家外,无论是公共生活还是私人生活)。保罗说:“阿梅利亚,这一切都在于你自己。”

保罗现在的秘密任务就是给阿梅利亚做饭，看着阿梅利亚入睡，他发现他有一个从来都没有说出来的词汇井，比如“长出新羽毛”与“使振奋”；保罗思考着这些词汇，却从来没有将它们说出来，不过这足以让他做个鬼脸了。他爱阿梅利亚爱得深沉，而且这种爱愈发脱离他的身体，已然与性欲没有任何关系，显得再真实不过；当他看到阿梅利亚与自身或是自身的一部分进行对抗时，他体会到了一种同情与怜悯，在这情感的最深处有着一张气愤甚至是狂怒的温床：似乎阿梅利亚已经超过了这一切。对于保罗而言，对于他们两个人而言，对于他们之间的游戏而言，阿梅利亚好到有些过分了。包括保罗在内的整个世界力求完成的事情就是建立一个家庭、生育一个孩子，而阿梅利亚则将它们区分开来。对她来说，这就像是一个选择，一种宿命，一种除了服从别无他法的义务。阿梅利亚推拒着一切，她拒绝工作与家庭，将阴暗丢向其他人。有时候，保罗很恨她，特别是在清晨出发前往事务所上班的时候。保罗之所以会怨恨阿梅利亚，那是因为阿梅利亚可以自我放纵做一切疯狂的事情，可以放任自己慢慢损害健康与精神：人要为自己所做的一切负责。保罗选择了无视这些不公正的、粗俗的情感，他所拥有的一切都是自己赚来的（保罗这么认为），他没有意识到，他在小心翼翼地尽量不对阿梅利亚进行任何面对面的评论，也不对她抱有任何负面的想法，除此之外，他与他的父亲一模一样。保罗将这些情感放到一旁，并且真真切切地尝试着这样去做。保罗搬了家，换了公寓，他从来都不喜欢那些家具与小东西，相反，他很喜欢大的空间，是的，他家里的天花板要有一定的高度，墙壁要有一定的亮度，当然，墙面不能都是白色的。保罗开始细心地选择差别细微的颜色，就像选择他们使用的家用电器与床垫一样细心。对于保罗来说，光线是最重要的。对于保罗这样身无长物的人来说，这座城市就是一个绝妙的所在，他想象着阿梅利亚赤裸着双脚，肩上披着一件属于他的衬衣，在这间公寓里来回地走动的样子。当阿梅利亚真的这样做了的时候，保罗发现他的梦想变成了现实，就像一个幻象，他不知道这个幻象究竟是属于他自己，还是属于这座城市、这个时代，这个幻象出现在了他的身上：舒适自在，占有感，归属感，还有安全感，或者是人们认为的那个样子。保罗鲜有如此骄傲与自豪，因为他已经有能力送给阿梅利亚一份如此巨大的礼物了，可以让阿梅利亚在这个地方住上一段时间。当然，这间公寓也是保罗送给自己的一份礼物，就是这短短的几秒钟思考花费了保罗无数的时间与金钱，他甚至还为此贷了款，他需要用好几十年的时间才能还清因为这一时的决定而欠下的、积累起来的利息。某一个周三，在一天快要结束的时候，太阳还没落下，阳光依旧温暖，阿梅利亚穿着一件淡色的衬衣，她的红棕色短发泛着光芒。阿梅利亚什么都没有发现，她记不清时间，也记不清地点，在她看来，一切都毫无新意，十分普通，不值得自己将注意力放在这上面。保罗并未因此怨恨阿梅利亚，他从来不会因为阿梅利亚不喜欢那些合乎他心意的东西而怨恨她，因为套房与衬衣都是保罗为自己准备的，不是为阿梅利亚准备的。保罗惧怕阿梅利亚向往的一切。实际上，保罗知道自己的时间所剩无几，他迫不及待地想与阿梅利亚一起生活，一起经历那个他们可以拥有的虚幻假象，不过，阿梅利亚对此完全不感兴趣。保罗害怕他们会后悔。

保罗带阿梅利亚去餐厅吃饭，去伦敦和卡堡，去他可以找到的所有的自然历史博物馆参观，去那些书中幻想出来的侦探家中：在那里，他们可以欣赏侦探们的客厅与书房，还可以试戴他们的鸭舌帽，鸭舌帽似乎更适合阿梅利亚。睡在床上的时候，他们有着各自的习惯；在火车上的时候，他们的动作协调又矜持，这让他们看起来像一对老夫老妻（他们在一起生活的时间似乎比他们每个人的年龄都要长），但是，他们十八岁那年，也就是在学校里念书的时候，就已经这样了。阿梅利亚曾教会保罗一些事情，这些事情又重新浮现出来，并且阿梅利亚还会若有所思地将它们说出来，似乎她很好奇自己为什么会知道这些事情一样，例如，他们喜欢彼此陪伴入睡，这是因为他们觉得自己的身体得到了来自对方跳动的心脏的抚慰，虽然他们听不到对方心脏的跳动。阿梅利亚对保罗说："我从不知道还有谁的心脏比你的心脏跳动得更加有力，从来没有。"保罗有着游泳运动员一般强有力的心脏，它跳动得如此强烈以至于人们很快就意识到它本就是一块肌肉。说到底，心脏也只是一块肌肉而已。

"那是当然。"保罗说道。

在这十年间，保罗变成了一个看起来有些疏远、有些冷漠的男人。

保罗将他的父亲介绍给阿梅利亚。他们一起坐上一辆区间快车。保罗已经没有什么可以再失去的了，他希望可以和阿梅利亚一起度过那些在他年少时曾认为无法想象的时刻，那些时刻曾经让保罗感到恐惧。他希望可以激起阿梅利亚的兴趣，希望可以给他出身的世界和阿梅利亚所属的世界带来一种激荡，希望可以向阿梅利亚展示被她无视的那个人的存在(更加可怕的是，阿梅利亚知道这一切，并对他嗤之以鼻)。贫穷、狭隘，语用学上的骄傲——一种没有缘由、没有内容、没有选择也不存在于其他任何地方的骄傲。当他们来到保罗父亲家中的时候，保罗的心脏开始强烈地跳动，他带着如同游泳运动员一般的心脏——不公正的器官——进入了这个无论他怎样提议、他的父亲都坚持不愿意搬离的套房，这让保罗感到错愕与惊恐。保罗父亲的家是这个世界上最狭窄也是最干净的所在，保罗一直都这么认为。他不明白的是，他们三个人(阿梅利亚、保罗和保罗的父亲)或四个人(阿梅利亚、保罗、保罗的父亲，还有那张挂在墙上的保罗亡母的照片)是怎么待在这间狭小的公寓中的。保罗的父亲像介绍一个活着的女人——一个真实存在的、有血有肉的女人——一样介绍着保罗已经去世的母亲，他说："这是我的妻子，玛吉塔。"一丝真实的慌乱在阿梅利亚的脸上浮现出来，因为，那一天，阿梅利亚忘记了她与保罗之间的共同点，比如失去、缺乏、孤寂，以及那些他们已经忘记了究竟是真实存在的还是改编自一些奇闻逸事、照片与私密愿望的记忆。但是，这个环境稍显逊色，那些家族神话、伟大的故事还有政治信仰都到哪里去了？还有金钱呢，它又在哪里呢？一位已经过世的母亲真的能与另一位已经过世的母亲相提并论吗？其中的一位是探险家，另一位则是简单、快乐的家庭主妇，这里的简单和快乐并非指其字面意义，而是指自尊心与守纪律，因为保罗的母亲坚定地爱着她所拥有的一切，因为阿梅利亚的母亲无情地了断了她与其他女人都屈服的梦想之间的联系，其他女人带着忧伤的快乐投身梦想。女人们用来使自己变得渺小、毁伤自己身体的方式数不胜数、永无止境。阿梅利亚的母亲代表了一种自私与浮夸，保罗的母亲则代表了一种每天都会重复的克己受难的形象，这是一种与安稳的职责和尊严有关的感受，是一颗放在手心上的心脏，可当心脏停止跳动的时候，又有谁能自大到只能看到一块简单的肌肉呢？

保罗的父亲很惊讶，不过他没有多说什么，只是准备着茶水。保罗看着那些经过海绵的擦拭后留在墙上的痕迹，他曾用这块海绵擦洗过身体；保罗看向窗户上的铁丝网，越过铁丝网就是一片可怜的、已经失去光泽的草坪，再远处是一辆被拆坏的两轮车。当保罗听到他的父亲对阿梅利亚说起保罗曾在很久之前的某一天提到过她的时候，保罗暗自开心起来。保罗的父亲说完这句话，就将身体转向保罗，面带询问的神色，他因为想到自己可能说得过多而焦虑不安。有那么一段时间，保罗的父亲与阿梅利亚都在看着保罗，在茶水冒出的热气中，在那间狭窄的客厅里，他们俩都在看着保罗。保罗不知道父亲在想什么，但是，毫无疑问，他知道阿梅利亚在想什么：她从来没有问过保罗是否跟别人说到过自己。阿梅利亚发现自己错了。

“是的，不过那是很久以前的事情了，我父亲的记性一向很好。”保罗说道。

保罗和阿梅利亚一起旅行。保罗生性焦虑，他希望可以做得更多、更好；阿梅利亚则是丝毫不会受到影响的性格，或者说不是那么容易受到影响，她对保罗嗤之以鼻，对保罗的冲动——作为新贵的冲动——嗤之以鼻。阿梅利亚拒绝去印度参观宫殿，拒绝去马来西亚与沙滩，保罗拿起外衣走了出去。他们去了意大利，就是如此简单，阿梅利亚在伊斯基亚岛上为他们两人订了一间基本上空无一物的房间，岛上的花园和泉水非常有名。保罗不得不承认阿梅利亚的选择很有道理。

那时候，对于保罗和阿梅利亚来说，时间是一个很奇怪的概念，他们过往的二十年构成了一个永无止境的现在，然而，在这个时间里，未来已经在发酵，蠢蠢欲动。伊斯基亚是一个绿化很好、植满鲜花的岛屿，这个岛屿位于那不勒斯湾，凭借温泉闻名于世，吸引着士兵与普通民众来此疗养。直到现在人们还可以看到——或者是保罗可以看到——那些受过伤的身体在这里疗养：现在，人们趋向于将受伤的身体藏起来，将它们看作淫邪之物，但是在伊斯基亚岛上，这些受过伤的身体羞怯地将自己展示出来。这样的场面既让人感到震惊，又让人感到某种宽慰。那些在烧伤之后变成粉红色的皮肤、湿疹与残缺的肢体都是这个世界对人们造成损害的明证。但是，面对这些满是伤疤、步履蹒跚、佩戴假肢的士兵，阿梅利亚突然哈哈大笑。她的额头和肩头稍微泛红，从表面上来看，她没有受到任何伤害。

保罗与阿梅利亚从一处悬垂的温泉走向另一处悬垂的温泉，温泉水从灼热变得冰冷，最后来到一处私人沙滩，他们在完全违法的情况下从沙滩所有者的眼皮子底下溜了进去，沙滩的主人可能被其他的事情绊住了脚才没有理睬他们。花钱沐浴这种事情是保罗和阿梅利亚从来都不会想的，而违法让这一刻更加珍贵，他们所处的环境非同寻常，人们全然感受不到他们的存在。"当然，"保罗想道，"我从来没有在任何地方感觉到有我的一个位置，这个世界是一个一直在更新的神奇事物。"阿梅利亚面带着一种或佯装或真实的坚定走向大海，不过人们又如何得知她坚定的真假呢？因为她是一个完全有着自主性的独立个体。阿梅利亚说道："我一边在海里游泳，一边思考着，透明的碧蓝海水与细腻的沙滩、阳光与天空都是一个欺诈带来的结果，而我也不得不承认这也是最好的结果。"

阿梅利亚继续说着:“当我从大海里走出来的时候,我回到了躺椅上,回到了那个看起来有点儿滑稽的稻草太阳伞下。从大海的方向看过去,那一顶顶相同的太阳伞组成了一条直线,构成了一道有趣的风景,我在太阳下站了一会儿。我看着保罗,发现这段时间以来,他没有任何改变,当然,就像某些男人一样,他的面部线条变得深邃了,下颚变得宽大了,但是不管怎样,他就是他,就是保罗,从外表来看,时光似乎在他身上没有留下任何痕迹,他的样貌没有受到丝毫损害。这时候,一架无人机越过了海滩上空,我想到这架无人机几乎没有发出任何噪音,相较于它庞大的躯壳而言,这一点着实让人惊讶。无人机放慢了飞行速度,一个转身,将位置下降到一个男性的高度,又下降到一个中等身材女性的高度,然后在我的面前停了下来,几乎与我同高。我与这架无人机相互对视着。起初,我将双臂在胸前交叉,感觉自己赤身裸体,实际上差不多就是这样。但是在这架机器面前,或者说在保罗面前,我更加感觉自己赤身裸体。我的心脏怦怦直跳。”

保罗沉思道:“阿梅利亚没有说谎。”他把玩着买回来的切片面包。应阿尔博斯的要求,保罗在过来找她们共进晚餐之前,买了这条切片面包。外面正下着雨,阿尔博斯在壁炉里生起了火,保罗想到了那一天。

阿梅利亚接着说道:“我露出了一个窘迫的微笑,耸了耸肩,这架无人机就像是某个易怒的人,某个更容易在忏悔的作用下,模模糊糊被平息怒火、被感动的人。我为自己感到羞耻,我很好奇它究竟会想什么。我向一旁挪了一步，它也跟着我挪了一步。看上去，这架无人机并不认为需要为在海里沐浴付账是一件荒谬的事情。第二天，我又回到了那片私人沙滩，我等着那架无人机，但是它没有出现。”

当保罗和阿梅利亚刚看到那架无人机时，他们依旧会立刻想到战争。战争是出现在他们脑海中的第一件事情；那天，沙滩上，在面对无人机的时候，阿梅利亚的身体做出的反应如同面对一个武器一般。在他们看来，无人机显得有些猥琐，而这种猥琐正是他们力求从自己的感知中剔除出去的，特别是阿梅利亚，她似乎想要付出一切代价来向这个被他们看作是未来的现在屈服。“这就是未来的风格与形式，”保罗这样思考着，“但是，这依旧还是现在。”也许有一天保罗也会老去，而无人机这种设备会开始大肆出现在他们的日常生活中，从这里到那里，甚至在卧室。他们在阿梅利亚的电脑上看到了一张交互的平面球形图，从中可以看到私人无人机发出的图像。即便什么都没有发生，人们还是会异常的上瘾。保罗说道：“这让我想起了艾丽斯连锁旅店。”不久之后，在那个由走廊和黑白电梯组成的场地里，保罗与阿梅利亚俯瞰着田地、工业区还有那些无法确定的过渡的空间——它们既不为国家所有，也不为私人所有，然而，它们组成了一幅色彩斑斓的图画。

他们的生活中出现了一些无所谓的小事。保罗与阿梅利亚仔细挑选着从前不会买的家具。后来,保罗见到了阿梅利亚那有着巨大且游移形象的父亲——他只出现在阿梅利亚的嘴边,阿尔博斯也从未曾提到过他。但是,很显然,在这两个顶着德尔姓氏的女人,也就是阿梅利亚和她的母亲的变化中,这个男人扮演了一个十分重要的支配者的角色,他的形象是相对的,他带来的威胁却是绝对的:阿梅利亚的父亲还是老样子,还是保罗之前看到的样子,依旧是那个富有的、强势的白人男子。一直以来,其他人都努力学习像这个男人一样思考,然而,相反的是他从不好奇这些人是怎样思考的;为了能够在这个男人身边活下来,其他人都必须简单地、纯粹地付出努力。所以这些给他带来一种渊博且万能的假象。他与世界之间只存在粉碎的关系。

保罗还记得唯一一次与阿梅利亚的父亲擦肩而过时的情景,这个男人根本不屑于与保罗握手,他就像看着一个属于艾丽斯连锁旅店的工作人员、一个可以给艾丽斯连锁旅店带来国际化的人、一个麻风病传染者一样看着保罗。“你的父亲看着我,在他看来,我就是一个外国佬,”保罗对阿梅利亚说,“但是,并非完全如此。没有什么文字可以形容他究竟看到了什么,总之我也找不到合适的词来形容这一切。”“你弄错了,”阿梅利亚说道,“我并不记得我父亲曾经来过艾丽斯连锁旅店，因此，你也不可能见过他。戴上一条领带吧。”“不。”保罗拒绝。阿梅利亚大笑起来。

这完全不是保罗期待的那样。保罗设想了一个巨大的孤寂，一种坠落；需要说明的是阿梅利亚完全没有提到过她的父亲已经再婚，完全没有提到过她还有几个同父异母的弟弟，完全没有提到过那个只比自己大一点点的继母。阿梅利亚从来都没有告诉过保罗，那个全世界他最渴望的女人不过是一个不被人喜爱的孩子，也没有告诉保罗对于纳迪亚·德尔那如同史诗般的爱情来说，自己的父亲不过就是堕落的化身，她也没有告诉保罗那个时候她的父亲已经再婚了，尽管那时她的继母并不是现在的这一位。阿梅利亚的父亲就像一位大家长，他的那些儿子们脸色苍白，他们的出生也许只是出于父亲的自负心理，他们都是一群没有生气、沉默寡言的少年，他们的父亲似乎剥夺了他们正常成长所需要的阳光。这是一个多么冰冷的家庭，这是个多么可怕的男人，保罗想。当这个可怕的男人突然意识到保罗的存在时，他让保罗进入了只属于他自己的空间，一个充满着复杂性与友爱的区域——保罗甚至都感受到了来自阿梅利亚父亲那粗壮的脖颈处的热气——保罗受宠若惊，他无法自制地被她的父亲以一种奇怪的方式吸引了。

阿梅利亚的父亲是一个国王，建立起了自己的王国，这种说法对错参半。半个世纪前，他的父亲给了他几千法郎，他用这笔钱买了一辆卡车，然后又买了三十辆卡车，他用这些卡车运送财富、物资;但是,实话实说,金钱都源自沙土,对于阿梅利亚的父亲而言,也不例外。可是保罗却不知道这个真理。阿梅利亚的父亲说道:“我无法教给您任何与不动产、楼阁与旅店有关的知识,但是沙土可以被制成混凝土。”阿梅利亚突然安静下来;保罗很好奇纳迪亚会不会也这样,她又会安静多长时间,是出于何种原因才安静下来了呢?阿梅利亚似乎看向她的那些同父异母的弟弟们,但是又似乎没有在看他们;而他们看上去也避免看向阿梅利亚。当阿梅利亚进入他们的视线范围时,他们垂下脑袋,似乎需要坚定且果断地拒绝信仰幽灵一般。看起来,阿梅利亚的这群同父异母的弟弟们没有目标地生活在一种萎靡不振的恐惧中。看起来,对于他们而言,惧怕阿梅利亚可以算得上一种宽慰了。至少,他们可以给惧怕安上一个借口。

阿梅利亚的父亲——这个德尔家族的大家长、这个万能的男人、这个所有人都嫉妒或心生怨恨的成功人士——谈起了自身成功的故事,这引起了原本并没有多少期待,并不希望自己被吸引的保罗的注意。保罗甚至都没有打领带,他已经准备好了与阿梅利亚一起直面她的父亲。不管怎样,保罗还是觉得自己的注意力被这个男人吸引了,他仿佛会施某种妖术,保罗无力抵抗,一时间保罗感觉背离了他深爱的阿梅利亚,因为阿梅利亚的父亲重新燃起了保罗血液中的某种因子——一种对成功的渴望、一种在其他情况下甚至会被认为有益健康的个人主义。因为在他与阿梅利亚的关系中存在某种不好的因素,比如在界定两人之间界限的方式上，保罗清楚地知道这一点，但他拒绝承认。如同在梦境里一般，饭后，保罗跟着这个男人进入了被他称之为巢穴的地方，也就是他的书房，他想听听保罗的打算，听听保罗想干一番事业的欲望与合理性，想看看保罗是否拥有干一番事业所需的一切，如果保罗符合条件，他对一项好的事业一直都保有好奇心，他很真诚、也很愿意倾听别人的想法，在他强大的个人主义思想的影响下，他或许会谦卑地承认那些年轻人能够察觉到时代的需要。也许，正是在这样真诚且明智的好奇心——尽管这样的好奇心也被利益驱动——的推动下，四十年前，他接近了纳迪亚·德尔；但是，后者对那个时代的感知几乎不能给他带来任何商业利益，因此，他不会对她抱有长时间的兴趣。

保罗跟着阿梅利亚的父亲离开了餐桌，阿梅利亚没有阻止他们，她玩弄着手里的酒杯与杯脚，将它不停地翻转着，蜡烛的光芒凝聚在水晶材质的酒杯上，这样的光芒给保罗传递了一些暗号，但是他并不知道该如何解读这些暗号所属的语言。他发现阿梅利亚是如此寂寞，突然间，他觉得阿梅利亚似乎离他十几米远，他不习惯隔着如此远的距离看阿梅利亚：他觉得这样的阿梅利亚有些古怪、陌生，忧伤得可怕。短短的几分钟，保罗就下定决心，就几分钟，他要对阿梅利亚的父亲表现出友好，无论如何，这也是对阿梅利亚表现友好的一种方式，当然保罗这样做是在自欺欺人。保罗像一个梦游者一样结结巴巴地说出了自己的几个想法，他很确信阿梅利亚的父亲听他陈述想法也只是出于礼貌，平心而论，连他自己都没有办法做到这一点。阿梅利亚的父亲对保罗提了几个关于学业与事业的问题,这完全出乎保罗的意料,因为他以一个捍卫者的身份来到阿梅利亚的父亲家中,做好准备回答有关自己出身的问题,并且打算将这个问题扔回阿梅利亚父亲脸上。但是,坦白讲,这个寡头对于保罗的出身没有任何补救的办法。阿梅利亚的父亲不会将出现在他面前的人看作一个人,而可能是将这个人看作一个机遇。

保罗继续说着自己的想法,透过半开的门缝,他看到阿梅利亚用两根指头把玩、旋转着酒杯杯脚,用两根指头绞拧着发梢。阿梅利亚已经有好几个星期没有剪过头发了,也许她已经决定要将头发留长,这样长度的发丝缓和了阿梅利亚尖尖的三角形面庞,缓和了这张过早丢失了童年的面庞。阿梅利亚的父亲顺着保罗的目光看了过去,然后自嘲地说道:"她母亲的双腿很漂亮,纤细、修长、结实,似乎都看不到双脚,她差一点儿就夺去了我的理智。我无法忍受她的女儿继承了她身上的恐怖主义。"保罗受到惊吓,皱起了眉头,他说:"人类无法自行生育一个孩子。"然而,这个德尔家族的大家长微微一笑,归根结底这就是他想要的,出于传宗接代的本能,他有了那些儿子;而一意孤行的纳迪亚·德尔背着他生下了阿梅利亚这个无法驯服的女儿,他曾经多次尝试与女儿生活在一起,因为与纳迪亚相比,阿梅利亚要更加温柔、更加顺从、更加随和,不过他还是失败了。他的儿子们只代表数字。"为了得到一个配得上德尔姓氏的继承人我们究竟应该做些什么呢?”阿梅利亚的父亲问道。保罗笑了笑,然后说:“我们可能已经有了一个配得上德尔姓氏的继承人了。”德尔家的大家长甚为欣喜:“是的,我们已经有了一个配得上德尔姓氏的继承人了。”这个奇怪的家伙无论身处何地都显得非常惬意,他在任何地方都如同在自己家里一般。保罗想到他自己也认识一些跟阿梅利亚的父亲一样的人,他们一般都出现在满是危机的地点与时代的边缘。阿梅利亚的父亲说:“下周一你打电话到我的办公室吧,我们再谈谈你的想法,我很感兴趣。”但是,保罗想的却是:这就是他打发我的方式。他无法忍受别人对他以“你”相称。他什么都不明白。

阿梅利亚搬到了保罗家与他一起生活。保罗说服阿梅利亚,就像劝诱一只受惊又受伤的小动物,这只小动物还在尽可能狭小的地方寻找着避难所,比如台阶下、两堵墙之间,而他却在努力寻找着一个可以将小动物从避难所里引诱出来却不会引起它反抗的办法。除了阿尔博斯之外,他们没有将同居的消息告诉任何人,阿尔博斯还到这间墙壁颜色有着细微差别的巨大公寓里吃过一次晚餐。阿尔博斯没有空手过来,她带了很多礼物,很多装订得非常艺术的书籍,阿梅利亚说这些书籍太重了,重到要将她的脊椎骨压断;她还带来了很多大瓶的香槟酒与奢华的蜡烛,一支蜡烛就可以燃烧四十个小时,带来四十个小时的非物质礼物(阿梅利亚说将这些奢华的蜡烛一支一支点燃可以致癌),还有一些丝巾,阿尔博斯将这些丝巾从她的手提包中抽出来,就像那些搞砸表演的魔术师,人们现在已经很少能在街头看到魔术师的身影了。这些丝巾就像是被点燃的火苗,最后保罗说:“阿尔博斯,让我们看看吧,不过这种真挚的快乐应该永远都不会结束,还有所有虚假的、捏造的事物都希望隐瞒起来,却事与愿违。”“一些鲜花就足够了。”保罗继续说,阿尔博斯则微微一笑,仿佛保罗在开玩笑。阿尔博斯挥舞着一只极为巨大的盒子,看起来这个闪光的纸盒子比用来装这个盒子的袋子还要大。“上帝啊,”保罗想,“这是纳迪亚·德尔留下的那个盒子,里面应该有她留下的所有作品的残卷。阿尔博斯不应该这样对我,至少她现在不应该这样做。”保罗想起了那个男人,那个嘴巴里被放进了一只活鸽子的男人,他咬紧了牙关、受尽了折磨,甚至将鸽子羽毛都咳了出来。保罗暗暗祈祷:“不要把这个东西送到我的家里来。”因为一直以来这间公寓都只是保罗的所有物,而非保罗与阿梅利亚共同所有,他们都知道两人只是暂时共同居住,他们的同居就是演习哀悼。阿梅利亚迫不及待地撕开了那张亮蓝色的包装纸,在包装纸的映衬下,不知她有没有看到自己那惨白的、变形的倒影。盒子里面是一架无人机。保罗和阿梅利亚着实大吃了一惊。阿尔博斯第一次放声大笑起来,她说她想起了他们上一次的旅行。

这种无人机在商店里随处可见,但是,对于他们而言,无人机依旧是属于未来世界的物品，他们如同乡下佬一样看着它，保罗遭到了比他年轻的西尔维娅的嘲笑。阿梅利亚操控无人机飞了起来，未来在这间巨大的客厅里嗡嗡作响，但是，最终，一个声音说道："保罗，你当时是怎么想的呀？这间公寓实在是太大、太空旷了，你听听，都出现回声了，你简直买了一个山洞、一座峡谷。"（西尔维娅应该会这样措辞）回声游戏甚至也可以成为一个丑剧，有那么一两次，这个小小的飞行器险些就嵌入一堵墙或者是天花板上，这样的情况出现在阿梅利亚还没有完全学会控制无人机之前。保罗突然明白了："阿尔博斯想给我们提供少许时间、一个未来。"他燃起了一种想要拥抱这个未来的欲望。在当时，无人机依旧指代着未来，但是，在那些已经打响的战争中，它已经成为现在。保罗与阿梅利亚还不知道无人机的用途，他们也永远无法感受到了。对于他们两人而言，那些新型武器就是一些文字、一些想法、一个抽象的概念，如果阿尔博斯送给他们一只塑料手枪作为礼物，那么他们也许就不会如此震惊了。保罗的父亲在阿尔博斯到来后的第二个星期来到了保罗的家，他在里面边走边看，似乎没有注意到地面与天花板之间的高度与老旧的镶木地板；保罗后来才明白他的父亲注意到的都是另一方面的事情，比如套房里是不是有充足的电源插座，足够的暖气片，水表、电表以及保险丝盘的位置分别都在哪里，气电的比率又是多少；他还想知道自己的儿子是不是很好地在这里安顿了下来。最后，他终于同意坐下来，但是，他又开始摆布保罗起起坐坐，不再做什么别的事情了。

他一会儿让保罗起立，一会儿让保罗坐下，用一种保罗无法看透的眼神注视着他，那种眼神就像多年之前看着那些被海浪冲倒的冲浪者的一样。保罗开车送他回家，一路上他们都保持着沉默。在下车之前，保罗的父亲扣上了抓绒衣的扣子，似乎随口(但是，保罗知道其实完全不是这样，他父亲的话语都是经过深思熟虑之后的产物)对保罗说道："我不再为你忧心了。"保罗的父亲在说出这句话的时候似乎还在掂量着自己的这个决定，他依旧没有排除自己会在这件事情上出错的可能性。

阿梅利亚没有放任一切任其发展，也没有放任自己被爱。她表现得也不像保罗希望的那样。在他们之间还发生了几个惊心动魄的场景：保罗要求阿梅利亚告知自己她现在到底在哪里，又是跟谁在一起。有那么一两个清晨，保罗都在不停地给别人打电话，结束了跟一个人的通话之后，又开始给另外一个人打电话。保罗完全不认识阿梅利亚新近来往的人，猜测着她又遇到了什么样的事情。最后，为了缓解自己的忧虑、恐惧和气愤，保罗开始给各个医院打电话，因为他需要做一些事情，他有些失去了理智，他将自己的情况通过电话听筒告诉了医生，但是在电话的那一头没有任何一个人对他说的事情感兴趣，或者他的电话根本就没有人接听，仅此而已。似乎保罗拥有的太太并不是真正的太太，而且这位太太晚上还不会回家。保罗闭上了眼睛，描绘着阿梅利亚的模样，首先是阿梅利亚的发丝、肤色，还有不甚明晰、颜色也不深的睫毛。保罗双目紧闭，自言自语地说着些什么，说着他们的相遇、他的希冀，这些都被阿梅利亚有条不紊、专心致志地给摧毁了。然后，保罗讲述了自己看到的事物，比如那些阿梅利亚应该受过的伤害，或是那些她本该受过的伤害，或是那些她本需要受过的伤害（保罗最后才明白），这使得保罗忍受着夜晚与白天的煎熬。很长一段时间，长到保罗甚至都听不到拨号的声音，电话的另一头都未给保罗任何回应。保罗描绘着那些他惧怕的事故，他看到阿梅利亚的骨头刺入了皮肤，看到阿梅利亚被困在一辆燃起熊熊大火的车中，或是看到阿梅利亚的侧腹被撕裂开来，在花费了大量努力之后，保罗终于明白他为什么会如此害怕，这或许是因为他非常渴望这种事情的发生。保罗就待在那里，不仅仅沉浸在对阿梅利亚的哀伤中，也沉浸在对自己的想法的哀伤中。阿梅利亚一直在自我克制，直到迫使被忧虑不安和愤怒逼得几近疯狂的保罗在短时间内直面自己，迫使保罗观察她现在的真实模样，迫使保罗照单全收她那些阴暗晦涩的欲望，保罗以名誉担保他已经忘却了那些阴暗晦涩的欲望。但是，保罗感觉自己要完蛋了，最后他对那个存在于头脑中的阿梅利亚说，希望结束两个人之间的关系。这样一来，保罗被迫承认："我是一个多么坏的人啊！"但是，心碎的保罗依旧待在那个空旷的公寓中，对此，阿梅利亚没有任何解决办法。当她回到家时——这不会发生在她回来之前——保罗听到阿梅利亚将钥匙放到了小桌上，脱去了鞋子，她没有受到任何伤害，保罗感到了一丝宽慰、一丝遗憾、一丝愤怒。保罗假装已经睡着了。另一个男人，在她生命的另一个时刻，可能尾随着她，或是可能雇用了一个擅长跟踪盯梢的专业人员尾随着她，盯梢的人或许会给那个男人呈上一份关于阿梅利亚·德尔的私生活的文献报告，但是那个男人不是保罗。又有另外一个男人，或者他就是第一个男人，可能会在酒精的作用下殴打阿梅利亚，但是这个男人不会是保罗。保罗知道，唯一可以约束他的事情与那个完全空虚荒谬的想法没有任何关系，在这个空虚荒谬的想法中，保罗将自己塑造为一个有着自己的骄傲与自尊的好男人。保罗认为，他的自尊心是唯一可以在他渴望构建的家里面对阿梅利亚缺席的形式，或是面对如鳗鱼般阴郁的阿梅利亚的爱的形式，保罗表现出了很多不同的自我、不同人格的堕落，保罗直面他所有的潜力，例如酗酒、暴力、自私、野蛮，还有他能展现出来的所有毁灭性的方面。保持本我——可以与自我一起存在的本我——变成了一种考验、一种刑罚。

保罗自言自语："我是一个多么坏的人啊！"最后，他的行事方式就变得像一个坏人一样。当然，没有人会这样说，恰恰相反，人们会赞美那些他们无法定义的、但是实质上是生存本能（人们对此并不知情）的事物。但是保罗知道，所有的这一切都要更加复杂。从某种方式上来说，这些人很有道理。但是，从另一种方式上来说，对于阿梅利亚而言，生存完全就是那样，是一种卑鄙且肮脏的行为，借由此，阿梅利亚可以试图生活下去。这是保罗需要练习的最大背叛。事实上，这种背叛形成于自然而然之中。某一天，保罗体内的某个部分碎裂了，因此他放弃了抵抗。他又一次拜访了阿梅利亚的父亲。保罗所有的默契动作都碎裂了，这是属于忠诚的动作，属于琥珀色的酒精，属于卷烟，属于猥琐的玩笑——至少是他们两个人都可以明白的猥琐玩笑。“在21世纪，我们所有人都会处于安全之中。”保罗将这句话当作一种总结、一种握手言和说了出来。但是，在他看来，这句话带有嘲讽的意味；不久之后，保罗想起这句话并不符合逻辑，是一种错误的翻译，也是对阿尔博斯曾经说过的一句至理名言的错误解读。保罗对自己说：“成败在此一举。”保罗接受了阿梅利亚父亲的金钱，离开了事务所，成立了他曾经提到过的公司。保罗越是自信与独立，阿梅利亚就越会失去骄傲甚至是自我。保罗心想：“阿梅利亚似乎变得渺小了。”保罗觉得自己如同一个简单的旁观者一般待在那里，事实也确实如此，保罗表现出的独立成了斩杀阿梅利亚的刽子手。阿梅利亚的动作失去了精准性，她的步伐开始蹒跚、踉跄，她需要抬起眼睛注视保罗，并且，她开始用一种失去了安全感的语气与保罗说话。阿梅利亚开始变小，直到又一次变回了幼时的模样，又一次变成了那个不受人喜爱、没有人要的、编造着幻想中的朋友的小女孩。阿梅利亚并不知道发生了什么，她就在那里，活生生地出现在保罗面前。但是，保罗对阿梅利亚关上了心扉，拒绝给予她任何同情,保罗认为这种情况是由他们现在所处的阶段造成的,或是自己或是阿梅利亚所处的环境造成的。所有人都认为保罗对阿梅利亚很好,甚至超越了很好的定义,他们认为保罗想将一切都送给阿梅利亚,阿梅利亚却什么都不想要。甚至保罗最惧怕的父亲——保罗对父亲的惧怕甚至超过了对第六感官与审判的惧怕——从保罗对待阿梅利亚的态度中也只看到了火热。保罗知道,实际上从他的所作所为来看,他自己完完全全就是一个混蛋;事实就是,阿梅利亚需要他的帮助与爱,阿梅利亚生病了,对她而言,拒绝爱情就是接受爱情的一种方式,也是要求更多爱情的一种方式。但是,对此,保罗已经无能为力了,他已经受够了,就是这么简单。

保罗说:“不能再这么继续下去了,阿梅利亚,你应该知道,我已经很累了,已经无能为力了,我值得拥有一个更好的生活。”阿梅利亚垂下了眼睛。不一会儿,阿梅利亚微微抬起自己的双腿,像一个小女孩一样将自己的双手放在大腿下面。她安静地落下了几滴眼泪,说道:“但是,你爱我,你是真的爱我。”保罗回答:“太晚了,阿梅利亚,这样做已经没有用了。实际上,这样做从来都不会有用。”

从某种阿梅利亚无法否认的方式上来看,保罗这句话是正确的,但是,同时也是错误的。阿梅利亚找不到合适的词语来形容。他们之间一切都很好。但是,如果保罗不喜欢他们之间的这种默契,那这就是保罗的问题了,阿梅利亚不应该是那个受到指责的人。心碎的阿梅利亚说道:"我能感觉得到,我觉得自己好像用左手的五根指头弄断了右手的五根指头。"

一时间,两个人的目光交织在一起。自此之后,保罗跨入了那种拥有权利并且又知道该如何使用权利的人的行列之中,这类人为了自己的意愿可以损害那些成就了他们的人的意愿。保罗说:"我帮你叫一辆车。""等一下。"阿梅利亚打断了保罗的话,但是保罗什么都不想听。保罗对阿梅利亚说话,就像一个下定决心不受一切情感、失败以及一切会演变成失败的情感的企业家,他的语言就是这个时代处在支配地位的语言,人们不太能够察觉或是需要稍事等待才能察觉语言中的暴力。如果保罗身处另一个世纪,那么他就是一个休弃了自己的妻子,或是将自己的妻子关入避难所,或是将自己的妻子囚禁在屋顶阁楼、地窖或其他任何阴暗的、隐蔽的角落的乡下绅士;随后,这个乡下绅士引诱一个涉世未深、光彩明媚的年轻女孩,把她勾引到自己的床上;尽管在那些厚重的石墙后会发生某些事情,比如传来一声哀怨,然而这位乡下绅士什么都听不到,或是假装什么都听不到,抑或是,这声哀叹是从旷野传来的风声。

"我怀孕了。"阿梅利亚说。

深夜寂静

L'avancée de la nuit

1

那么,你们呢?你们是如何确保自己的安全的呢?也许是凭借一扇坚固的房门,也许是凭借一个报警体系,也许仅仅凭借那些被称为安全的、可靠的、牢固的三点锁,也许是依靠简简单单的几项准则,对黑暗与陌生人多加防范。一间被联网监控起来的别墅会知道人们是否待在房间里,也会知道、也许很快就能知道今晚人们心脏的跳动是否过于剧烈,知道它们的跳动是否稳定。

越有钱就会变得越偏执。保罗虽然知道这一点,但是他从没有说出口。他只会这样说,“恐惧不能让我们免于危险”或是“你们所居住的小区里,在住所遭到外人入侵的情况下,救援介入的平均时间需要X分钟。至少,你们需要做的事情是能够把握这段时间”。在差不多半个小时的时间里:保罗会根据不同的街区与不同的情况,不时地仔细更新数据。他给出的所有数据都安全可靠，这些数据比它们的总和要更加安全可靠，比它们构成的图表也要更加安全可靠。数据构成的图表同时也是一部虚幻小说，一部已经出现在保罗的客户身上、并且只待铺展的可怕的虚幻小说。在出现了生物袭击或是核事故的情况下，如果一个人能享有一立方米的氧气，那么他就完全可以自给自足地坚持五个小时。保罗说道："请你们好好思考一下吧，因为每一个问题的回答都可以拯救你们的生命：你们需要些什么呢？请在三天之内联系我。"人们会联系保罗，但是，保罗从来都不会收到一个积极的答复。保罗早就知道会是这样，但是他什么都不会说。

从一方面来说，某些危险真实存在；从另一方面来说，不真实也依然存在，比如与幻想、精神构建以及个人与集体的困扰。向内和向外的两种过度的拉力构建了一种紧张的状态，也为保罗创造了一个允许他扎根、成长并走向成功的有利空间。在21世纪，保罗让自己置身于安全之中。他创建了一个完善的监控体系，一个一阵气流或是一种想法就可以引发的报警系统；保罗也贩售防护屏，那些在建筑物的中心地带，甚至隔着几堵厚厚的墙壁就可以发现其他人存在的传感器。保罗同时也以一种讽刺的方式贩售那些保险柜般的屋子，这些存在于公寓套房与别墅中的保险柜般不起眼的屋子可以让人们谨慎地、自主地生活，避开那些会引发人们反感的机器。在自己的家里，保罗就安设了一个这样如保险柜般的屋子，不过，他从来不会到那个屋子里面去，这间屋子只是一个私密的不朽空间，或是一个墓地，一个艺术场地，也可能是一个罪恶之地。

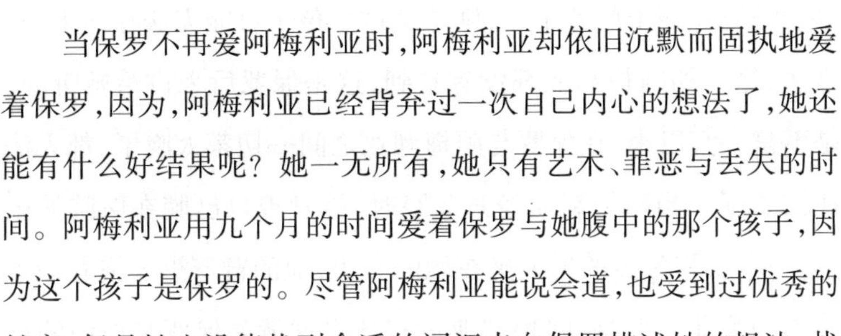

当保罗不再爱阿梅利亚时，阿梅利亚却依旧沉默而固执地爱着保罗，因为，阿梅利亚已经背弃过一次自己内心的想法了，她还能有什么好结果呢？她一无所有，她只有艺术、罪恶与丢失的时间。阿梅利亚用九个月的时间爱着保罗与她腹中的那个孩子，因为这个孩子是保罗的。尽管阿梅利亚能说会道，也受到过优秀的教育，但是她也没能找到合适的词汇来向保罗描述她的想法，找不到合适的词语来说服保罗她为什么会在这里，说服保罗她从此之后已经做好了准备。虽然痛苦已经消失，但是存在于她体内的某种事物密谋让阿梅利亚远离，刺激她偏离方向，走向遗忘。

阿梅利亚怀孕的时候是保罗在照顾她。保罗的表现无可指摘，可能是他在对待阿梅利亚时确实无可指责，不过，也许这就是最糟糕的指责。自此之后，保罗与阿梅利亚之间的关系看起来发生了转变，阿梅利亚变得不太好了，她对自己没有足够的自信。很久之后，她才终于知晓自己明白了些什么，但是真的太晚了：保罗曾经爱过阿梅利亚，他曾经只爱过阿梅利亚；甚至在保罗说不爱阿梅利亚的时候，在他不想爱阿梅利亚的时候，他依旧爱着阿梅利亚。阿梅利亚就是在保罗胸膛中跳动的那颗心脏，当阿梅利亚变得非常疲惫的时候，这颗强有力的心脏也显现出疲态。阿梅利亚遭遇难产，她差一点儿就在生产中死去，他们的孩子也差一点儿因为难产而死。医生为阿梅利亚做了剖宫产手术，在麻醉剂的影响下，她想起了那些曾经承受过的、而非经历过的事情，记起了医生从她腹中取出的那个浑身发青的婴孩，一根血淋淋的脐带紧紧地缠在孩子的脖子上，她感觉这个孩子可能无法存活下来。当然，这一切阿梅利亚都没有看到，这是保罗后来讲给她听的。是不是一直以来，在保罗与阿梅利亚之间一切都太晚了，都无法挽回了呢？当阿梅利亚睁开双眼时，她发现自己躺在医院的床上，一个长相俊美的男人坐在她的旁边，他的臂弯里还抱着一个小小的婴儿。但是，阿梅利亚没有认出这就是保罗和他们的孩子。在麻醉剂的化学作用下，神志不清的阿梅利亚焦虑不安地转向了一旁的护士，似乎她与这个护士只是两个不相关的外人，似乎她们只是身处在一幅画作面前，似乎她们并不属于这个世界，似乎她们属于纳迪亚·德尔的作品《V生活》。阿梅利亚气若游丝，她问护士："他们是我的家人吗？"然后，她就不再作声了。保罗不会原谅阿梅利亚；阿梅利亚从来都不会告诉他，当她发现保罗和他们的孩子——如此漂亮的两个人——在她身边的时候，她被何种极大的希望所震慑，可是她只是问了一句："他们是我的家人吗？"阿梅利亚不配做保罗的妻子、孩子的母亲。她也不可能配得上妻子与母亲的称呼。她——阿梅利亚·德尔不可能配得上，纳迪亚·德尔与一个从来没有爱过她的男人生下的女儿不可能配得上，纳迪亚·德尔与沙土生下的女儿不可能配得上。但是，在这一点上，阿梅利亚从来就没能找到合适的词汇来解释说明。

阿梅利亚没有行动或反射的能力,它们不会从她的心脏传到大脑,也不会从她的大脑传到双手。因此,当他们的孩子哭泣的时候,保罗就是那个起身照顾孩子、睡在地上与摇篮旁边、将孩子小小的身体抱在怀里、在熟睡中保护着孩子的人。不过,保罗进行过尝试,他用尽了所有的办法,试图将阿梅利亚变成一个母亲。有一天,他把孩子留给了她,也没有提前告诉她,他希望可以借此迫使她照顾孩子、爱上孩子。几个小时之后,当保罗回家时,他发现阿梅利亚和他们的小女儿坐在一张靠背椅上,在灯光下,孩子似乎已经睡着了,她的身体还在轻轻地晃动,她小小的脑袋里满是沉重的思想,满是没有言语的画面,甚至完全没有任何画面,她闭上了自己的双眼,在她的睫毛下显现出一条细细的白色弯月,她的眼珠被眼皮完好地保护起来。保罗知道,他女儿有时候在睡着的时候就是这个样子,她的眼睛不会完全闭上。但是,无论如何,保罗还是感到了一阵心悸,甚至是短暂的休克,因为,他的女儿看上去像是晕厥了。阿梅利亚将孩子放在自己的膝盖上,研究着孩子的面部与头部,但是,她并没有将孩子的头部当作头部,而是看成了一种物品。阿梅利亚纤细的双手——保罗对它们非常熟悉而它们也非常熟悉保罗——划过孩子小小的前额与小小的头部,保罗觉得阿梅利亚的双手像是在抚摸一块石头。保罗像一头动物一样接近阿梅利亚,或者说,像是接近一头可能具有危险性的动物一般,避免发出过多他并不希望发出的声响,然后,保罗压低声音问阿梅利亚是否一切安好。

阿梅利亚抬起双眼注视着保罗，她看起来有些游离，或是有些不快。“听着，”为了不吵醒孩子，或是其他什么，或是两者都有，阿梅利亚也压低了声音，“我觉得一切都很好，但是，不管怎样，你还是来看看吧。”保罗俯下身子看着那个已经进入梦乡的小小脑袋，在孩子的太阳穴处已经出现了点点蓝斑，血迹在孩子的脑后流动，有那么几次，保罗发誓他听到了自己的咒骂，就好像那是他自己的血液与脉搏一般。阿梅利亚说道：“也许，她也没有什么。”但是，阿梅利亚没有办法掩饰自己的紧张、从嗓音中传出的焦虑不安。她继续说道：“但是，我也不是很清楚，你看看吧。我觉得她应该没有什么大碍，我想知道你的想法，我觉得她有点儿不太舒服，我觉得她的发丝应该是红棕色。”

这之后，保罗没有再尝试让阿梅利亚变成一个母亲。他开始亲自照顾女儿，开始过着一种独居的生活，这种生活是由到处偷来的一些闲暇片刻构成的。有一天，阿梅利亚看到保罗和一个女人走在街上，一开始，她觉得那个女人就是自己。“但是，我在保罗的对面啊，那么，那个被保罗拥在臂弯里亲吻的那个女人又是谁呢？如果那是我，那么，这里的我又是谁？那么我到底又在哪里呢？”这个问题夺去了阿梅利亚的理智，她接受了一切，开始服用那些会导致她的面庞与手腕变得肿大，让她的发丝失去光泽、变得黯淡的药物。阿梅利亚去了医院。电能点亮了整座城市，温暖了住所，温热了孩子喝的牛奶，女看护住在那间由绿色、蓝色、粉色刷成的温馨小屋里。光线穿过阿梅利亚两侧的太阳穴，将她所缺少的光明与热情送入大脑中。这就是阿梅利亚自言自语说出的事情,即便她完全知道这就是一种折磨。不会比这更多了,也不会比这更少了。存在于她大脑中的黑暗是唯一一个可以让她得到安全感的所在,但是人们却迫使这个所在消失殆尽。阿梅利亚咬紧了牙关,她并不想这样,不过她还是咬紧了自己的牙关。

当阿梅利亚感觉自己好了一些时,她让保罗坐了下来,并且告诉他说他做得很对,说他们之间没有办法继续下去了,说对于她来说生命已经结束了,说她已经尽力了,说这已经是她能做到的最好程度了,说现在她该离开了,因为她无法成为一个被丈夫背叛的女人,无法成为一个冷漠的母亲,无法成为一个眼睁睁地看着自己爱的男人和别的女人在一起的女人,无法成为一个将自己的独生女儿看成一块石子,并且从她皮肤的纹理中寻找一个特征——一个与她所熟悉、所喜爱的事物相似的特征——的女人。阿梅利亚说:“如果我现在离开会比较好一些,因为我了解对于一个孩子而言,在认识了自己的母亲后又失去她意味着什么。”

保罗无言地看着阿梅利亚。阿梅利亚想:他这么看着我,感觉是想杀死我,似乎他会从口袋里掏出一把刀将我杀死。当我说出我想要说的一切之后,这把刀才出现,那是我用语言在黑暗之中衍生出来的一柄凶器,它紧贴着他温暖的身体出现。他母亲是不是就是这样去世的呢?我从来都不知道他母亲的死因,我也很好奇他究竟知不知道。阿梅利亚随处可见的罪恶究竟是存在于这个世界上,还是存在于她的眼睛里呢?这个问题就是她疯狂的一种表现。这种表现与她的内心向来都没有答案。

保罗无言地看着阿梅利亚。阿梅利亚想:他这么看着我,似乎想抓住我的头发将我拖进那个建在两堵墙壁之间的秘密房间。那个隔音房间可以抵抗一切,甚至是世界末日与我们的死亡。他似乎想把我扔进那个秘密房间,锁上房门,永远不再打开。是的,似乎我已经被锁进了那个秘密房间,我将要在那两堵墙壁之间度过我的余生。我会敲击墙壁,大喊大叫,但是没有人听得见。我的女儿也会慢慢长大,她不会知道自己的母亲就在那里,就在离她只有几米的地方,在永远的黑暗之中。

保罗注视着阿梅利亚。

2

阿梅利亚在这个世界上还留下了些什么呢？从表面上来看，她什么都没有留下，是的，什么都没有留下或是只留下了一丝半点。保罗咬紧了牙关，虽然他并不希望自己这样做，但是他还是咬紧了牙关。保罗心想，以后需要跟女儿讲起她的母亲；保罗在脑海中仔细斟酌着他想说的话语，寻找着他认为可以表达出来的内容。但是，剩下的呢？什么才是真正重要的呢？是阿梅利亚的艺术，还是阿梅利亚对自己的罪恶，还是他的回忆？保罗暗自思忖："我能做些什么呢？在所有的这一切中，我却找不到任何合适的语言来表达自己的想法。"因此，保罗保持沉默。一开始，就好像是出于疏忽一样。阿梅利亚曾无数次提醒保罗要注意一些事情，比如被除名的苏联宇航员与萨拉热窝事件——萨拉热窝冲突留下的痕迹正在慢慢地消失。保罗借用这种手段，也将这种手段应用在他爱的阿梅利亚的身上——他爱这个女人,他抚养了她生下的女儿。"为了你的身体可以成为一具活生生的行尸走肉。"在那些不眠之夜中,保罗补全了这句话,阿梅利亚曾经吟诵过这句诗句,这也是唯一一句不是纳迪亚·德尔写下的诗句。保罗自言自语着:"为了你的身体——那些玫瑰——成为一具活生生的行尸走肉,在街道与街区中,在我生活的这座城市中,在这座将我制服、毒害的城市中。每一座城市都是一种毒药。每个夜晚,我们都尝试着不再去想这件事情。"过去的时光与战争不会放任自己被人遗忘,它们密谋着一些事情,渗透人们的思想,但是这怎么会成为可能呢?当保罗刚闭上双眼时,他相信阿梅利亚已经在那里了,他感觉到了阿梅利亚的气味与脉搏。

保罗不相信鬼魂与幽灵,在阿梅利亚离开时,保罗就已经做了这个决定,他们一起做了这个决定。他们都不相信鬼魂与幽灵,而相信爱情、语言、终止爱情与缄默不言,除此之外,他们不再相信别的事物,他们不相信耳边的细语呢喃,还有可以穿过一堵堵墙壁的事物。保罗将剩下的东西都放入了一只箱子中,然后合上了这只箱子,这就是保罗曾经努力给予未来的形式。

当然,未来不会放任别人对自己指手画脚。

保罗努力成为一位好父亲，他也确实是一位好父亲，因为在这个世界上——无论这个世界究竟是何种模样——露易丝经历的第一次死亡事件就是她的那只小鹦鹉的死亡。那是一只黄绿相间的小鹦鹉，它在笼子里蹦蹦跳跳了好几个月，它的性格坚韧，眼神冷淡，可能还带有些许忧愁，它被锁在一个日式阁楼造型的笼子里。露易丝对它十分喜爱，是以，小鹦鹉逃脱了自己作为观赏动物的使命，不过露易丝还不知道应该如何表达这种爱：露易丝很喜欢它，一个比露易丝还要娇小的生命，黄绿色羽毛相间的小生命。露易丝什么都不怕，她既不怕小鹦鹉的嘴巴，也不怕它的爪子；此外，她也不害怕黑暗，不害怕体型巨大的狗，有时候，她甚至会跳起来抱住那些大狗的脖子。受到惊吓的保罗会闭上双眼，他很确信、很相信最糟糕的事情将会发生，但是什么都没有发生。露易丝走回保罗的身边，保罗握紧她的小手，发誓说他们再也不能这样做了。最开始的时候，对露易丝来说，鸟笼里空空荡荡的，因为她还太小，还没有办法俯身看清里面到底有什么，这似乎是一个谜题、一种欣喜：关起来的、里面没有小鸟的笼子。但是那个小小的尸体并没有逃脱保罗的视线，他很想编造些什么，比方说一个借口，来抹平这件事情，以便从此不再跟露易丝说起。保罗想，露易丝太小了，但是，荒谬的是游鱼从来不会因为太小而无法游入水中，那么，人们会因为太小而无法接受真实的一面吗？因此，保罗什么都没有做，他任凭露易丝靠近鸟笼，于是，露易丝踮起了脚尖，看到了躺在那里的小鹦鹉。“爸爸，这只小鹦鹉怎么啦？”露易丝问道。保罗让露易丝将这只小鹦鹉拿到手里，用指尖感受小鹦鹉羽毛下流逝的生命。对于这具小小的身体，人们可以将之按入自己的掌心，虽然空气没有离开它的体内与器官，但是离开了羽毛之间的空隙。露易丝发现了，实际上，世界上存在着一些比人们想象中还要娇小、还要脆弱的动物，甚至与某些事物相比，它们完全不值得一提。然而，生命已经消逝了。

露易丝好像有点儿难过，但是她的难过还有其他的原因，因为她的父亲似乎期待着她变得伤心难过。露易丝对着已经死去的小鹦鹉窃窃私语，仿佛她试图借助嘴里吹出的气流让小鹦鹉的羽毛再次膨起。

保罗慢慢地、轻柔地让露易丝把合在一起的双手打开。

保罗努力想成为一个好父亲，但是他怀疑自己究竟是不是一位好父亲。保罗不知道他到底该做一些什么，他发现这种情况每时每刻都会出现在他面前，他一直感到迷失、无力。总之，保罗就像所有的年轻父亲一样。他开始自寻烦恼，他为自己的背叛行为感到苦恼。他试图自我思考,这发生在他本应该思考这个时代的时候。但是,不是的,这不是他,不是保罗。保罗一边看着熟睡的女儿,一边自言自语:“这完全就是一种妥协。”通过他的进步、持续不断的自我更新、他的野心、他的无知,以及他对自我的否定与他对自己出身的否定,现在的保罗变得像水一般柔顺灵活,他唯一能确信的就是自己对露易丝的爱。保罗想保护露易丝,不让她受到任何伤害,不让她受到这个行将结束的世界与这个即将开始的世界的伤害。但是,这不是保护她,保罗应该训练她,但是,应该在什么方面训练她呢?

保罗开始想念阿梅利亚。

保罗教露易丝游泳、跑步。露易丝跟保罗一样努力,有着与保罗一样不会疲倦的内心。他们成了很好的伙伴,他们一起转遍了巴黎的游泳馆。周日晚上,父女俩会住在酒店里面,并且从来都不会住在相同的酒店。露易丝喜欢天鹅绒软垫长椅、造型奇异的灯具、墙上挂的画作或者是壁画、令她迷失其中的楼梯、停在不同楼层的电梯,还有那些她用来学习读书识字的客房服务清单。周一,保罗会将露易丝送到学校,但是露易丝的脑袋里依旧满是他们的历险。保罗被自己的女儿吸引,露易丝也被自己的父亲吸引。有一天,保罗想道:“我把露易丝抚养长大并不是为了给自己养大一个妻子。”这种奇特的感觉与存在于这句话中的猥亵让保罗感到羞耻。为什么会有这种想法呢?保罗立刻将之从脑海中驱赶出去。保罗又想到了仅仅让露易丝感到开心愉快是不够的,不,他应该对露易丝进行训练。但是,应该从哪一方面进行训练呢?他应该可以向阿梅利亚倾诉苦恼,不过,他又不能对其他人倾诉。保罗原本希望——实际上他希望——正在成长的、身材变得修长的、内心强大的、思想灵敏的独生女儿可以赤手空拳杀死一个男人。只有这样,保罗才会感觉达成了目标,在此之前他是不会有这样的想法的,而真到了那个时候,露易丝就不再需要他了。不过,现在露易丝也只有四岁、八岁、十岁。露易丝有着长长的睫毛与深色的卷发,她长得跟保罗很像,对此,保罗感到既骄傲又不安,因为,他最先想到的是露易丝的安全问题,因此,如果她没有从他这里继承任何东西,他会更加安心。保罗越来越能够明白自己的父亲与他那近乎固执的远离。他改名换姓,更换了语言,改变了看法,给儿子取名叫保罗,过着一种不会被别人发现的生活。他的父亲所做的这一切都是为了感到安全,为了与外部环境融为一体,这是一项重大的伪装工程,一种闻所未闻的暴力:一种私人的暴力,从自身出发又回到自身。

就好像是,人们用自己左手的五根指头弄断了右手的五根指头一样。

露易丝的祖父在年迈的时候侍弄小鸟。他在自己那狭小的窗台上摆放了一个鸟笼，这是人们可以看到的最可爱，也是最伤感的小东西，这些可爱的黄色、绿色、蓝色的小东西被囚困在牢笼之中。露易丝的祖父说：“我们某一天就把它们放生，好不好啊，露易丝？”穿着连衣裙的小露易丝聪明地点了点头，还摇晃着穿着皮鞋的小脚表示赞同。“等到它们准备好了，我们就把它们放生。”露易丝一边说一边贪婪地注视着这些被自己放在手心里的珍贵宝物，它们的心脏疯狂地跳动着。保罗知道父亲为露易丝买来了这个鸟笼，不过露易丝可能已经忘了祖父想要借此宽慰她，而且露易丝再也没有提到过鹦鹉死亡这件事情——这是她知道的第一个死亡。当然，露易丝的祖父买来一只鸟笼也只是单纯地为了诱惑富有的儿子与他最爱的小孙女来到这间最狭小、最干净、最忧伤的套房，按露易丝的说法就是，祖父拒绝离开这里。是的，保罗的父亲固执地不愿意离开。“爸爸，你这样做真的很傻，你可以离开这里，住到我们家。”保罗对他说道。但是，保罗的父亲做出了一个不理解的表情，一个什么都没有听到的表情，一个带着喜感的慌乱的表情。露易丝大笑了起来。在这个世界上，没有什么会比露易丝的笑声更让人快乐，也没有什么会比她的笑声更加短暂。保罗又一次旧事重提，他对他的父亲说：“好吧，爸爸，你这样做真的很傻，你搬过来跟我们一起住吧，我们那里足够大。”我们指的就是他和露易丝，不久之后，保罗发现了他们邻居家里养的那只猫，他们不知道这只猫究竟叫什么名字，但是因为这只猫有一条色彩斑斓的漂亮尾巴，所以他们称呼它为羽毛猫。他们的邻居会打开窗户，让这只猫出门散步，让它享受猫科动物才能拥有的神秘夜生活，让它游走在人们看不到也够不着的屋顶、平台与悬空的花园里，但是，事实上，这只猫钻到了邻居家里，钻进了露易丝的家中，露易丝会抚摸这只猫，她和猫之间的交流一直持续到她的眼睛开始泛红变肿。这样诱拐动物的情况每天晚上都会上演，然而，露易丝对猫毛过敏。即便羽毛猫多情地放声喵喵直叫，露易丝也不能再继续抚摸它了。保罗不止一次地发现在露易丝雪白的皮肤上出现了红色的静脉网，这种对比是如此触目惊心，以致保罗羞愧地将羽毛猫放到了门外，就如同公然地犯了一个强权错误。露易丝放声大哭，在打喷嚏的间隙，她还哭叫着要羽毛猫。为了减轻现实、猫咪和夜晚给露易丝带来的痛苦，保罗平躺在露易丝小床旁边的地上，父女两人闭上了眼睛，保罗给露易丝讲述着羽毛猫在人们看不到也够不着的屋顶、平台与悬空的花园里漫步，讲述着它的四只爪子敲击着小酒吧的拱基石，然而人们却基本听不到它发出的敲击声，讲述着出现在人们想象不到的、有道路存在的地方的黑暗，讲述着巨大的、陷入梦想的城市，或者露易丝相信这座巨大的城市已经陷入了梦乡，宛若羽毛猫带来的延展空间。

保罗心想:我可以这样跟露易丝讲述她的母亲。但是,在保罗想到这一点时,他们两个人都已经睡着了,露易丝已经完全进入熟睡的状态,而保罗则处于一种半梦半醒的状态。

保罗思忖着:我的父亲觉得露易丝是一个有钱的、与他没有丝毫相似之处的小女孩,那些小鸟只不过是一种计谋罢了。但是保罗错了,在看待他的父亲与他的女儿这两者上,他搞错了。他的父亲与女儿都固执地拒绝成为保罗认为的那个样子,或是保罗希望的那个样子。他们的真实身份就存在于这个奥秘与反抗之中。

保罗不知道应该说些什么,也不知道应该怎么说,时间就这样慢慢流逝。保罗想象不到,也不可能想象得到他的缄默不言也有着自己的生命。借由这样的袖手旁观,保罗想象不到自己可以变成一个他不愿意成为的人,变成他没有选择成为的样子。不过,阿梅利亚曾经说到过这件事情,她说:“人们会被自己知道与不知道的事情感染。沉默是一个个活生生存在的、渗入人们思想的有机体。”但是,保罗并不认可阿梅利亚的说法,至少是尚未认可她的说法。保罗应该从现场逃开,或是站在场外、站在边缘处、站在悬垂的地方,这样一来,他就可以看得更加清楚明了。可是,对于有着自己的故事，有着自己的无知的保罗而言，语言是最先会让他感到焦虑的所在。

有一天，保罗听见从他女儿的房间里传出来了一些天真无邪的絮语，这并没有引起他的注意，露易丝正处于幻想语言与虚构朋友的年纪，而保罗则忙于完成一个单亲父亲与一个公司老板应尽的责任，他打开了一罐啤酒与几封信件，满心愉悦地注意到露易丝的私密语言变得源源不绝。一般来说，露易丝在自我表达的时候不会用到这么多的单词，她会抱着一种怀疑的态度掂量用词，就像在使用某种外国货币。保罗一边继续做着手头的工作，一边沉浸在女儿叽叽喳喳的细语里，直到他那作为父亲的头脑——他那如同爬行动物一般的头脑只会想到危险——听到了有人在回应自己的女儿。那个回应也像女儿的絮语一样让人无法理解、十分冗长，回应露易丝的这个人的声音低沉，应该是一个成年人，但是保罗并没有分辨出这到底是谁的声音，这让保罗毛骨悚然。他的心脏怦怦直跳，他冲向了露易丝的房间，他发现他的女儿正在跟他的父亲长篇大论地说着些什么，他的父亲穿着浆洗得非常干净、熨烫得十分妥帖的破旧衬衣与破旧长裤。露易丝与祖父中断了对话，他们瞪大眼睛看着保罗，既礼貌又无辜，如同隐修士一般保守着属于他们的秘密，他们礼貌地等待着保罗解释他为什么会突然出现在房间里。保罗开口问道："那么，你们在做些什么呢？"露易丝耸了耸肩，用一种她偶尔也用到的博学的语气回答："嗯，爸爸，你看到了，我们在交谈。"似乎保罗什么都不懂，似乎保罗才是一个孩子，而她，一个五岁的孩子已经成为一个大人。露易丝和祖父对保罗微笑，但是，他们不再继续之前的话题了。保罗从房间里退了出去。然后，保罗听到他们又继续在聊着些什么，不过，这一次，他们把声音压低了很多。

保罗傻乎乎地暗自说道："这是鸟语吧，他们在说着鸟语，是吧。"保罗当然大错特错了。他们说的是来自保罗父亲家乡的语言，他的父亲已经离乡很久，甚少跟保罗说起这种语言。保罗的父亲给保罗起名"保罗"，保罗感觉自己被放在那里，并且就这么长大了，他感觉自己被放在城市的灾难、城市化的热带雨林之中，就像被放在水面上。

在露易丝睡着之后，保罗的父亲小心翼翼地问他："这不会打扰你吧？"露易丝在睡着的时候会张着嘴巴，闭上眼睛，因此她的目光也会转向内部，转向那些只属于自己的风景，如同屋顶属于羽毛猫那般，亦如同夜晚属于阿梅利亚。

"完全不会，"保罗说道，"完全不会。"

一阵寂静。

"但是，你什么都没有跟我说过，也没有教过我什么。"

保罗的父亲将餐具从洗碗机里取了出来，若有所思，显得很谨慎。这些餐具相互轻轻碰撞着，基本上没有发出什么声音。

"现在的情况跟那时候不一样了。露易丝生活在一种安全之中。"保罗的父亲一边回答着保罗的问题，一边不自觉地做了一个动作（但是，保罗的父亲会做出不自觉的动作吗？保罗对此抱着怀疑态度)。这个动作直面墙壁、地板、高高的天花板、天空、塞纳河、位于墙壁间的那个无法被人们察觉到的秘密房间,以及这座城市里的一切秘密房间——也许它们也都位于墙壁之间,也不会被人们察觉。

保罗认为危险到处都是,是的,到处都是。偶尔,保罗也会跟他的情人们谈到这件事情,他会约她们出来以便跟她们谈论这件事情。当他们在预定时间内就说完了所有让他们焦躁不安的事情,或是那些让他们热血沸腾的事情,他们会在一起睡觉。保罗承认,如果没有他的父亲和阿尔博斯在他的身边,他不会取得今天的成绩。保罗为阿尔博斯在距离他家不是很远的地方找到了一处公寓,这处公寓就像是他自己家的一面镜子,保罗这样做既不是出于慷慨大方,也不是出于好心,而是因为这样一来可以减轻他身上的某些阴暗和惧怕的一面,也会让保罗在露易丝不在家中居住的晚上幻想她究竟怎么样了。在最小的细节方面,保罗知道露易丝几点吃晚饭,知道她几点洗澡,知道她会用苹果味道的沐浴液;确切知道这一切可以让保罗解放出来,让他履行自己的职责,不管是单亲父亲的职责还是捕食者的职责。

保罗日常的每一天都在恐惧:他惧怕从高处掉落,惧怕细菌,惧怕疯狂的人,惧怕未来,惧怕新型武器,惧怕机器人,惧怕污染,惧怕袭击,惧怕爆炸,惧怕管制刀具,惧怕榔头,惧怕无人驾驶的汽车,惧怕有人驾驶的汽车,惧怕司机,惧怕粗心大意的司机,惧怕那些会由鸟类传播到人类身上的传染病、或是由鸟类传播到猫咪身上的传染病、或是由猫咪传播到孩子身上的传染病,惧怕疾病,惧怕精神类疾病,惧怕学业失败。住在反射镜般公寓中的阿尔博斯分享了保罗的某些惧怕,不过,保罗自己做出了决定。这也就解释了为什么那个手持着某种压缩空气手枪的儿科医生会准备好将一块小小的芯片植入露易丝娇嫩的皮肤之下,在这块小小芯片的帮助下,人们可以远程监控芯片的携带者。越来越多的父母选择用这种方式远程监控自己的孩子。但是,另一些家长拒绝这样做,他们说孩子不是一只小猫小狗,保罗也是这样说的,只是这种心理建设对于一个生活在当今世界的焦虑的父亲而言没有任何作用。如果露易丝真的出了什么事情,保罗是不会原谅自己的。很久之前保罗就权衡过利弊,利来自这个世界和阿梅利亚,因为,在这个世界上存在着一个不变的、无定型的危险,露易丝也最终会成为她母亲的女儿。保罗认为这是一个轻率冒失的危险,或是一种视野与见识(但是,想到这里的时候,保罗打了个寒战)。弊的一面就在于这一行为违反了对待他人时应有的分寸与尊重,违反了露易丝原本的样子与她可能会变成的样子。但是,在这个全新的时代,保罗认为这种做法十分愚蠢,理应遭到拒绝，然而，他却对一切都不予推拒。不过这种做法也带着柔情，可以引发人们的伤怀，但是保罗却驱赶了这种伤怀。“利与弊，只是所有的一切都与算计，与统计有关。我是不是完全做错了呢？”保罗扪心自问，或一个声音在保罗的体内质问他。为了确保露易丝的安全（不过，她基本上不需要保罗这样做），保罗得平息自己的焦虑，“小猫咪，只是扎一下针，这不会让你感到痛苦的。”

之后的几天里，露易丝有一些血肿，形成了一片漂亮的青紫块，在别人看来这是一种痛苦的表现，保罗对此也很羞愧。但是，当保罗第一次联网想要看看露易丝到底在哪里时，当他看到了一个如此的计划时，当他想确定露易丝——这个带着清晰的、灿烂的青紫块的小女孩是不是在阿尔博斯家、在那个他等着她的地方、在那个跟他们家的餐厅一模一样的餐厅时，一种许久未曾出现的平安和喜乐的感觉降临在他的身上。在他能考虑到的范围内，保罗试图不让露易丝受到丝毫的危险，就像那些与他生活在同一世纪、来自同一社会阶级的家长们一样。“但是，问题就是，”一个既带有同情色彩又带有嘲讽意味的声音出现在保罗的身体里，“出现的那些危险都是你没有想到的，而你想到的危险都不曾出现。不可预知性是危险的一个绝对表现形式。如果你想要预知危险，你需要的不应该是那些年轻貌美的小女朋友，因为她们只想着享受；你需要的也不应该是那些儿科医生、监视屏幕，还有那些可怜的被驯服的惧怕。”

保罗下定决心：“等到露易丝十六岁，我就将一切都告诉她，我会把一切她应该知道的都告诉她。”但是，这究竟是一个威胁还是一个承诺呢？保罗并不清楚。

露易丝每个月都会去祖父家里住一晚，在那个并不安全，并不美好，并不卫生的城市里住一晚。那么，要么是保罗，要么是阿尔博斯，在那个晚上就无法很好地休息。但是，这个仪式非常重要，露易丝对此非常坚持。露易丝对她被愚弄的父亲解释说，他们那个晚上会给小鸟们洗澡，会把小鸟们一只一只地拿出笼子，将它们小心翼翼地放入双手之中，他们会想，行动的双手应该有自己的智慧。然后，他们会非常缓慢、非常轻柔地将这些浑身颤抖的小鸟放入注满温水的盆中，水盆的底部荡漾着一株搪瓷玫瑰花。他们给这些小鸟洗澡，任凭它们从这里飞到那里，在幸运喷泉下抖动着身体。“有时候，爷爷会用茶壶制造一丝细流。”这是露易丝最最喜欢的事情。在私密的语言中，这是一种脆弱而生动的仪式。

保罗暗忖：“直到现在，一切都很顺利。”确实如此，但是他睡

不好。有时候，保罗还会从梦中惊醒，或是没有任何原因，或是他记不起自己到底为什么会惊醒，他的嗓子干涩，心脏怦怦直跳。保罗听到了露易丝在哭泣，但实际上并不是这样；保罗听到了窗户被打开，但实际上也并非如此。保罗非常疲惫，他的疲惫有着怪异的表现形式，光线甚至都会在深夜、在黑暗中刺伤他的双眼，无论保罗将双眼合上还是将脸藏入枕头中都起不到任何作用，某个发光的物体让保罗无法入睡。偶尔，保罗也会在睡梦中说："让我安静一会儿吧。"但是，当他醒来的时候，他却什么都不记得了。

保罗一直都不相信幽灵和鬼魂。

保罗暗忖："是的，直到现在，一切都很顺利。"但是，这并不能阻止所有的事情——整个世界——变得糟糕。除了和平与水资源，这个世界上似乎所有的一切都过多了。露易丝若有所思地看着从水龙头中流出的水，她将水龙头拧开，然后又关上，观察着细小螺旋状的水流流入水槽。当然，这个亲爱的小家伙并不知道她所处的这个星球，还有人们的内心，都被沙漠慢慢吞噬。阿尔博斯在一次电视节目中曾说人们对孩子的爱就如同特洛伊木马一般。露易丝吃惊地看着阿尔博斯，在一般情况下，露易丝对这些不停流动的图像表现得无动于衷，它们与谋杀案和调查、与废墟和战争、与那些规模巨大的城市有关，但是它们已经不再是原来的模样了，它们变成了荒漠中的一排排帐篷，城市居民就住在这样的帐篷中，除此之外，这些城市一无所有。露易丝触碰着电视屏幕，这是阿尔博斯，也不是阿尔博斯。

“特洛伊木马。我们对孩子的爱就是这个无法防御的世界用来显现得可以防御、得到防御,最终可以迎接谎言、整体监控与狡诈的军事化的一种方式。又有谁能不愿知道自己的孩子们处于安全之中呢?又有谁会不愿意为此付出高额的费用呢?出于爱,我们接受了这一切,我们将城市、街道、房屋统统武装起来,但是罪恶依旧深入我们的城市、街道与房屋。罪恶和我们犯下的错误将我们缠住,啃噬着我们的睡眠与骨髓。我们生活在一个已经完全向野蛮与不公低下头颅的世界。每个人都是为了自己、自己的孩子,还有自己那与遗传基因有关的小小物质形态。在这期间,在这个世界中占有主导地位的原则已经变成了驱逐。一户户人家被驱赶到街上,城市被夷为平地,整个国家的国民被迫流离失所。我看向自己的周围,我的目光所及之处尽是突然闯入现实之中的虚假。幻想已经成了我们存在的条件。”固执的阿尔博斯掷地有声地说着。而保罗能够看到的全部就是一位在花白刘海的映衬下固执表达自己不满的年迈妇女。

阿尔博斯重复着自己的话。“保罗,幻想已经成了我们存在的条件,”她在电话中低声说,“突然闯入现实之中的虚假,一个突然变成可能的不可能。”保罗回答:“我知道的,阿尔博斯。我在电视上看到您了,但是,我希望您可以为自己考虑一下。这个世界已经变了。”

阿尔博斯被要求待在家里。人们告诉她这是为了她的个人安全着想,还有一个全副武装的护卫待在阿尔博斯家楼下。实际上，人们并不清楚这到底是为了阻止罪恶进入阿尔博斯的公寓还是为了阻拦阿尔博斯外出？

保罗了解女儿最轻微的哭泣，就像掌握一门语言。这项本领远不是保罗与生俱来的，而是他在露易丝出生后最初的几周、几个月间花费了无数日夜倾听她的哭声，在她的哇哇啼哭中分辨出一个可能的原因、一种刺激、一种情感。阿尔博斯说保罗是孩子的母亲，她一直觉得保罗是一位女祭司。阿尔博斯面露微笑，但是，保罗怀疑阿尔博斯对他抱有一丝隐秘的怨恨。保罗的父亲没有对阿尔博斯说过些什么，但是，阿尔博斯这个老女人却这么问保罗的父亲："难道您不觉得您的儿子很出色吗？"阿尔博斯不明白保罗的父亲会就这一点保持缄默，也不明白保罗的父亲不会赞扬这一点，也不会评论、奉承、批评这一点。保罗的父亲并不是会赞扬儿子的人，尽管如此，他在稍做思考之后还是回应了阿尔博斯，他说："我是一个父亲。"这个回答完全没有让保罗开心。

保罗知晓露易丝的叫喊与哭泣；知晓有时候应该如何将疲惫、沮丧、饥饿与噩梦联系在一起；知晓被弄湿的床铺与寒冷；知晓房间的空间与突然膨胀的走廊空间。露易丝独自待在一张潮湿的漂浮在未知中的床垫上，这个床垫就像一座处于黑暗中的岛屿。直到她听到父亲熟悉的脚步声,直到将她包围的空无被重新分配:露易丝需要等待几秒钟,等待靠近,等待温暖,等待她听到的却没有明白的温柔话语。不久之后,保罗就知道了什么时候露易丝会羞愧,什么时候她会无聊,保罗无法说出自己是如何知道的。但是,他就是知道了,这就是所有的一切。为了获得这一认识,保罗付出的代价是轻浅而脆弱的睡眠,他从一个人变成了一头做好准备一跃而起的野兽。一跃而起是保罗会在夜晚做的事情。可能是在露易丝七岁那年,一天夜里,保罗被一声尖叫吵醒,保罗认出了那是露易丝的声音,但是这个声音又跟保罗之前听到过的声音不一样,也和露易丝之前因为身体或是精神方面的需求而发出过的叫声不一样。保罗想着,究竟发生了什么事情?他猛地一下站了起来,那是一声刺耳的尖叫,非常尖锐,就像一条在难以听到的超声波波段里突然转向的音频,这不是某种为人耳所制的音频(那么,这到底又是为谁的耳朵所制的呢?)。保罗冲向了儿童房,露易丝双手环着膝盖坐在床上,她小小的面庞上露出了一个保罗似乎从来没有见过的表情,她盯着房间里的一个角落,那里摆放了一张椅子,保罗在给露易丝讲完睡前故事之后,在离开她的房间前,会在那里坐上一会儿,在晚上的分离到来之前,这是一项必须完成的步骤。露易丝双手环膝,前后晃动着身体,房间的窗户被打开了。

保罗紧紧地抱住露易丝,亲吻着这个他深爱的小脑袋,她究竟是醒来了还是依旧在沉睡呢?“怎么了,我的小心肝,发生什么事情了?”露易丝什么都没有说。保罗认为她可能还在梦中没有醒来,从表面上来看,露易丝睁着眼睛。保罗抱紧露易丝轻轻晃动着、安抚着她,钻进被子中用自己高大的身躯给露易丝取暖,他没有起身关上窗户。当保罗感觉到露易丝的身体开始放松的时候,当他自己的身体开始微微晃动的时候,他听到露易丝在他的耳边轻声说:“一个女人?”保罗心想这一次该是自己在做梦吧,他问道:“是哪个女人呀,我的小宝贝?”露易丝说:“是一个有着火红色头发的女人。”保罗抱着露易丝,细声细语地说:“亲爱的,这里什么人都没有,这里只有你和我,我们不需要其他人。”但是,事实却是保罗不敢看向座椅的方向,他闭上了眼睛,做了自己并不知道应该如何做的事情,因为从来没有人教过他应该如何去做。他简单地做了一个祈祷,但是,他却并不知道自己做了什么。保罗自言自语:“这应该就是一个噩梦吧。”

一直以来,保罗都没有提到过阿梅利亚,保罗也尽可能地不去提到她,他希望这样就足够了。保罗注视着、观察着露易丝,认为她什么都不缺。但是,一个孩子并不是一只小鸟,也不是一只小猫。他们在空荡荡的小客厅玩耍,保罗看到了一些很可怕的幻象:一个身材高挑的、红棕色头发的女人穿墙而过,然后又冲出窗户奔向下面的人行道。是的，一个身材高挑的、红棕色头发的女人，就像一颗几十年前就被射出的、留在墙体上的子弹，在不被察觉的情况下，她继续着自己的行程。她与我们不属于同一时空，但是，谁又能保证她不会在某一天突然闯入保罗的家里呢？首先出现的是她的手腕和膝盖，然后是她的鼻子、前额与剩下的其他部位。最后，这个女人成为一条直线，从甚至没有打开的窗户纵身跃下，她的降落就如同一阵落下的玻璃雨和碎片雨，天空也短暂地被这些碎片映衬出来。阿梅利亚并不喜爱这片天空。保罗强压那些萦绕在周围的困扰，他将马或是兵抑或是其他任何可以代表他的小棋子在棋盘上属于自己的那个区域向前移了一格。露易丝开心地玩耍着，保罗对女儿说出的天真无邪的话语既怀疑又感激。直到有一天，保罗在无意中撞见女儿手中拿着一柄勺子敲击着墙面。她一边敲击着墙面一边说着："你好，你好。"她还假装要伸出耳朵去听墙体里是否会发出声音。保罗问："亲爱的，你在干什么呢？"这时候，一种与日俱增的不真实的情感与一种简单纯粹的恐惧的情感出现在保罗的胸膛。露易丝回道："我在找妈妈呢。"

保罗思索着：如果你再不说些什么，一切只会变得更加糟糕。如果你再不说些什么，罪恶就会传播开来，甚至渗入触动一切事物的核心。即便如此，保罗还是觉得很难对露易丝讲起她母亲的故事。他可以将那些故事讲给露易丝听吗？这个小女孩能理解吗？当浴室中的绿植开始微微晃动时，这些龟背竹和袖珍龟背竹会在保罗察觉不到的气流中晃动,保罗觉得这像是多年都未曾出现在自己面部与身体上的一阵气流一样。保罗之所以会买下这些绿植完全是因为他的独生女儿跟他说想要一片住了一头野兽的热带雨林。“如果你再不说些什么,一切都只会变得更加糟糕。”但是,究竟跟露易丝说些什么呢?说她的母亲自她出生之后就不再认识他们了?说她的母亲根本不爱他们?跟她说自己的情人们?某些夜晚,在露易丝睡着之后,保罗会把情人叫到家里,有时候还会抱着情人在浴池或靠着盥洗池做爱,但是保罗和那些女人都没有让自己的身体在浴池里和盥洗池上留下任何痕迹,它们光滑的表面没有留下任何记忆,虽然那些放浪形骸的行为曾经从它们的表面、从淡绿色的瓷砖与绿植的深色叶子上划过,或许,某些保罗不认识的女人应该会从中感到一种敌意与对峙。

保罗给露易丝看了一些照片。在保罗最喜欢的那张照片上,阿梅利亚穿着他的一件衬衣,露易丝问保罗可不可以把这张照片送给她。保罗提议:“如果你愿意,我们可以买一个相框把它镶起来。”保罗边说边想,当他以后进入女儿的房间,在床头边的墙壁上看到自己全部的照片时,会有什么样的感受。露易丝说:“爸爸,不是那张照片,是那件衬衣。”当然,这一切都很奇怪,这个孩子对照片上的人不感兴趣。显而易见,可能只有活生生的事物、可以触及、跟随、获取的事物更为重要。在博物馆里,露易丝会贴在地面上,躲在角落里,对着灰尘吹气,她的发丝凌乱;所有的一切都会因为借助一个合适的或不合适的动作活跃起来。露易丝终于看了看照片上的那位女士——阿梅利亚，还有高山与天空。但是，露易丝说："这不是一个女人，这也不是一座高山。"天空是最让露易丝生气的事物，她对天空表现出十足的不信任，她皱了皱鼻子，然后就溜走了，还有些生气。最小的昆虫也会像一个新生儿一样得到迎接。"你真是一只小动物。"保罗说道，但是，实际上保罗认为露易丝的说法非常正确。

保罗将自己的一件衬衣送给了露易丝，这件衬衣也成了一种错觉，在接下来好几天、好几个月的时间里，露易丝都穿着它睡觉。然后，她找到了一个衣架，将这件白色的衬衣挂进了衣橱，在露易丝的蓝色与绿色的童装中，那件白色的衬衣在一旁飘动着。

春寒料峭的一天，保罗开车去那个自己长大的城市，去父亲家中把露易丝接回来。他发现父亲与女儿待在一间看起来比平时要稍微大一些、空气也更为清新的房子，最后，他发现了这间屋子究竟少了些什么——那些小鸟。鸟笼里已经空空如也，父亲与露易丝应该是将某样东西放了出来，比如一种电光火石的感觉、一丝怪异的光线（难道是怪异的光线让保罗感到不舒服吗？保罗拒绝相信这种假设），保罗的父亲与女儿像是遭到了电击，他们出奇安静地看着他。露易丝那一年十岁，她的脸庞开始发生变化，向保罗不认识的方向变化，她的鼻子还有嘴巴都开始慢慢形成最后的模样。但是露易丝会变成什么样子呢？保罗目前不知道，他只知道现在能够看到的事物，他的父亲、女儿以及出现在他们之间的从未有过的寂静，还有一个空空如也的鸟笼，他们的脸上神采奕奕。保罗傻傻地问："你们把那些小鸟都放走了吗？"他的父亲与女儿同时表了态，这让保罗很是吃惊，因为一直以来他都认为，父亲与女儿一直在说的"等它们准备好了之后，我们会把它们放生"的意思其实是"等我们准备好了之后就会把它们放生"。保罗以为这件事情永远都不会发生，因为人们永远无法做好准备让生命中的美好离开自己，即便这个美好是如此的不幸。保罗觉得现在还很冷，对于那些长着彩色羽毛的小鸟们来说，这个阴暗的城市还是太过寒冷了。一个幻象出现在保罗面前，这与那些陌生的小鸟有关：一大群带有异域风情的小鸟占领了大街小巷，它们有着黄色、蓝色、绿色的羽毛，它们无法适应城市生活，只能悲惨地迁徙到其他的地方。

作为家庭的顶梁柱，保罗就是道理的化身，他将这个场景，或这个幻象、这种惧怕、这种欲望从脑海中驱逐出去，他看到那些已经死去的漂亮小鸟落在了挡风玻璃、雨伞与阳台上。保罗拥吻他的女儿，然后拥吻他的父亲，说："现在还是太冷了，你们应该等等再把那些小鸟放生，也给自己一些时间。"但是他的父亲与女儿并没有回应他，他们甚至都没有看向彼此，但是某些无法被察觉的事情发生了改变。保罗明白了：他们不愿意等待，也不想再给自己一些时间。他的父亲与女儿注视着他，什么都没有说。保罗知道虽然他们什么都没有说，但是他们什么都明白。在这件事情发生后还不到一周的时间，在毫无预兆的情况下，或者说在看起来毫无预警的情况下，保罗的父亲去世了。

保罗在没有人教导的情况下明白了何为绝对的孤独与可鄙的孤单。保罗将自己锁在密室里，锁在家中，他蜷缩着身体睡在一张床铺上，重新变成了那个不敢离开房间的、迷失了自我的大学生，因为他不明白或是他不确定是否明白该如何说话、如何行动、如何生活。对于保罗而言，露易丝应该可以成为一种宽慰。但是，保罗认为女儿永远无法庇护自己的父亲，他不希望将过多的忧愁传递给露易丝。保罗待在远处，一个人苦挨度日，保持着一动不动的姿势，什么也不去想，将整个人都放空。保罗也会哭泣，但是他总是在睡梦中哭泣，无法确定的是他到底是为自己还是为父亲哭泣，或者说无论为谁哭泣都是一样的。阿尔博斯劝说保罗："如果你还想再见到你的女儿，你就照顾好自己。"保罗去见了一位治疗师，那是一个很有能力的女人，她帮助保罗完成了恢复性治疗，帮助他重新成为一个正常的男人、一个公司的领导人。保罗非常听治疗师的话，但是在治疗的时候都是这位治疗师在不停地说话，保罗则像一个选择合适词句的孩子，如同露易丝说法语那般，艰难地回答她提出的问题。在这段时间，保罗身体的一部分正在被打碎。

最后，保罗在艾丽斯连锁旅店订了一间房间，用一种他从未察觉到的威严要求旅店工作人员将313房间给他。在电梯里、走廊里、那扇房门前，保罗回忆起一切，在那扇房门前，保罗听到过东西碎裂的声音，那可能是人发出的声音，也可能是家具，也可能是人体的骨骼，当然，还有他的心脏。保罗放任自己倒在那张可能已经不是原来的那张床上，然后钻进那些也不再是之前的被褥中。那天晚上，保罗终于找到了那具可以紧贴着他、给予他宽慰的身体，那是唯一一具可以拯救他的身体。保罗就这样生存了下来，借助疯狂，疯狂地生存了下来。

不久之后，保罗心想，那天晚上在不知道有没有沾染阻燃剂的床罩下、在小夜灯的光辉里、在重新寻回的狂热妄想中，他是不是生病了。

如同绝大多数的父亲一样，保罗也想将女儿保护起来；也如同绝大多数的父亲一样，保罗最终还是失败了。他没有办法保护女儿不受任何伤害，他可以不让她受冻，不让她饿肚子，不让她生病,不让她遭受某些不公平的对待,不让她受到某些暴力,不让她看到某些景象,也不让她拥有某些想法。但是,这一切还远远不够。总是有一些意想不到的事情发生,艺术和罪恶也总会存在。保罗不断地重复着这句话:“等露易丝十六岁时,她就准备好了。”而保罗的本意则是那个时候他自己就准备好了。然而这个世界不会等待。保罗的生活中出现过一件让他十分不快的事情,某一天放学的时候,他找遍了所有的地方都没有发现露易丝的身影。一个兴高采烈的声音告诉保罗,露易丝被她的母亲接走了。既害怕又忧心的保罗若无其事地单手掀翻了一张桌子。他说:“你们害怕我,是的,你们没错。你们不知道我能做出什么事情。”但是这一切看上去就是一个误会,他的女儿露易丝在自习室门口等着他的出现。

保罗把露易丝送到一家收费高昂的私立学校上学,学生们都要穿制服。保罗第一次接露易丝放学回家时,看到了一群喧闹的、穿着百褶裙和运动夹克的女学生,一种隐隐约约的焦虑将他震慑:“我可能会认不出露易丝,我可能会不知道哪个学生才是她。”不过,在一群挤在一起的孩子中,保罗发现了露易丝,而露易丝可能在很久之前就看到保罗了。他们的目光触碰到一起,保罗感觉自己克服了一个至关重要的难题、一个从未遇到过的困难,似乎在保罗完全不知情的情况下,他知晓的与爱情有关的一切都被涉及。而后,露易丝朝他远远地微笑着,小心翼翼地走向他,为了不让朋友们,确切地说多少可以被称为朋友的人发现她跑向她的父亲。但是,保罗清楚地看到露易丝向他走来,而他自己的双膝则因为焦急与爱意而微微颤抖。最终,露易丝和她的朋友们来到了保罗所在的位置。这些未来的女士们一言不发地打量着保罗,或许认为他是一个可怕的人。而后,露易丝转向了她的朋友们,在保罗将一只手放到了她的肩膀上时,用一种她刚好可以控制的颤抖的声音对她们说:"这位就是我的父亲。"因为这一刻需要她竭尽所能展现所有的庄重。露易丝作为一个刚刚来到这所学校的新生需要经历一些考验,需要让别人喜爱、倾慕与欣赏。保罗讨厌那些宣判自己女儿命运的女孩们,因为保罗认为她们连自己女儿的脚趾头都比不上。保罗想:这是一件多么搞笑的事情啊。但是,出于对露易丝的爱,他还是尽可能严肃认真地说:"小姐们,我很开心认识你们。如果你们愿意,请称呼我保罗。"听到这里,这一小群女孩们仿佛受到了电击一般。不过,保罗不知道自己改变了一些什么,但是那些小女孩们用一种赞许的目光看向露易丝。然后,保罗看到露易丝克制着一个胜利的微笑、一种简单的振奋。保罗完全不理解这些小姑娘们之间的事情,但是他明白权利关系发生了变化。露易丝把书包递给保罗,突然背对着那些对她来说什么都不是但又组成了一切的女孩们,说:"保罗,快点儿,咱们赶快回家吧,我一点儿也不想待在这里了。"

露易丝问了保罗一些关于她母亲的问题,但是保罗的回答一如从前:他在大学里选修阿尔博斯(阿尔博斯一直都是阿尔博斯)课程的时候认识了露易丝的母亲,他们彼此相爱,但是她已经去世了。"那么她到底是什么样的人呢?"露易丝很坚持。保罗想着:我应该什么都不说的。然而,他答道:"她是一个冒险家,或是一个探险家、一个旅行者。"保罗每说一个词,露易丝都会仔细观察他的脸,然后他就会又一次觉得露易丝并没有在听他说话,而是试图从他脸上找出一些蛛丝马迹、一些谎言的证据、一些可以证实怀疑与猜测的事情。

后来,露易丝十二岁那年,保罗发现她文胸上的忘忧草吊带很快从抽屉里消失了;当他过来的时候,露易丝会突然合上笔记本,会将手机的屏幕转到另外一边。有一天,一个男孩来到了保罗家,他脸色苍白,比露易丝还要矮一头,露易丝斜着夹在上下睫毛之间的眼睛用欣赏的眼神注视着这个男孩。保罗无比气愤,他心想:什么?这不过就是一个发育不全的家伙,一个看上去从未见过阳光的阴暗的家伙。他的耳朵是半透明的,头发跟绒毛一样。还有他的太阳穴发青,看起来太脆弱了,似乎只消一个简单的挤压就可以压碎他的头部。是的,就是这样。但是我那内心强大、不知疲倦的独生女儿居然不敢正面看他。保罗无力地观察着他们,他没有把自己关在房间里,他也不会允许自己这样做,他把自己关在那个他认为他的父亲会住的公共房间里,不过这没有任何作用,因为为了避免与他的目光接触,露易丝关上了她的房门,保罗的前额上横着一个棕色的发卷,他发誓他是故意这么弄的。保罗突然觉得他成了自己家中的陌生人,他在走廊里徘徊,在书房里走来走去,他暗暗说着:"这可算得上是一个噩梦了。无论如何,我都不会去门口偷听,也不会把耳朵贴在墙壁上偷听。"保罗幻想着自己拿着听诊器在墙面上听来听去,更可怕的是,他还拿着一只普普通通的玻璃杯,将其一端放在耳朵处来增强声音。这个阴暗的家伙!我确定他是一个哮喘病患者,保罗在心里想着。他什么都做不了,他会受到勃起的影响而萎靡地死去。爱情就是一种光学仪器,除了不安与恐惧,无论涌出多么奇怪的念头,保罗都不认为自己会有如此多的想象。他嫉妒一个金色头发的小孩子、一个早熟的小男孩,保罗思考着:对于这一点我很确信。保罗不停地来回走动,是的,来回走动,就是这个词,没有其他的词汇了。保罗发现了很多滑稽的古语。"无论如何,我不会成为那些被女儿的童贞困扰的男人中的一员。"保罗打算给阿尔博斯打电话,他很好奇,如果阿尔博斯处在自己的位置,她会怎么做。保罗闯入了突然之间不再有公共作用的公共房间,他的左手拿着一盘饼干,右手已经准备好将那具纤弱的身体从女儿那副完美的身体上粗暴地扯开。这两只小脑袋茫然地转向保罗,在视频头盔的重压下,他们的脑袋在轻轻地晃动,他们坐在沙发上,之间隔了一米的距离,他们之间相隔太远以至于双手都无法触碰到。保罗总对这些装置感到惧怕,因为它们会让佩戴者看上去像是残疾患者,它就如同一种机械赘生物、一种夹钳。当然,保罗知道这仅仅是一种感觉,因为在这个看上去有些迟钝的头盔内部隐藏着另一个世界,它比人们想象中的要大很多。偶尔,保罗也会玩一些暴力游戏,但是他不会让露易丝发现,在这些游戏中,保罗会赤手空拳地拧断别人的脖子,不让对手入侵他的领地,或是对手不让他入侵自己的领地,鲜血会从人们脑袋上的伤口处流出,将纱布染成让人作呕的红色。当保罗一个人在深夜里坐在沙发上幻想时,一把不存在的武器会出现在他的手中,他用嘴巴咬着一把不存在的刀。在诧异与激动中,保罗受到了惊吓,他感到很丢脸:在这个特定的时间,他一只手托着一盘饼干,另一只手已经做好了战斗的准备,保罗面对着两个即将进入青春期、聚在一起坐着玩游戏的、眼睛被头盔遮挡住的孩子,他们的脑袋在人工景象的压迫下摇晃了起来,他们看向保罗,却不能看到他,当然,除非那些机器可以对保罗自动识别。谁又能知道在这两个带着视频头盔的孩子不知情的情况下,这些电流会不会拥有自己的想法呢?实际上,谁又能知道到底是谁在陪着谁玩游戏呢?

“哦,对不起。”保罗说道。

他从房间里退了出去,尴尬地躲进厨房,又开始在屋里转圈。实际上,保罗过分依赖恐惧,或是正相反,不久之后,这一切又周而复始。“但是谁又能知道在这下面到底发生了什么呢?在这个人们无法辨认是否真实存在的空间里,谁又能知道究竟发生了什么?但是,如果露易丝赤裸着身体坐在浴缸里,那个男孩也虫子般赤裸着身体强势地站在浴缸里,与露易丝的嘴巴平齐呢?是不是现在的人们都这样做爱呢?”

然后,保罗惊恐地想:露易丝是否有着与她的母亲——拥有红棕色头发的阿梅利亚——一样的本质呢?

露易丝在十四岁那年离家出走了。实际上这也不是真正意义上的离家出走,而是一个误会。让保罗意想不到的是,他在父亲曾经居住过的那座城市里找到了露易丝。“露易丝,你不提前告诉我一声就来到这里应该不太好吧?”双臂赤裸的露易丝坐在公交车站,吃着一块看起来比她的脸还大的比萨,也许它真的比露易丝的脸还要大,露易丝的手里还拿着一本书,这种情况并不常见。“哦,我觉得还好吧,”露易丝一边用比萨塞满嘴巴一边回答,看起来她的心情不错,甚至是堪称完美,她继续说道,“我过来就是想看看是不是碰巧可以遇到我们的小鹦鹉,不过我想它们应该藏起来了。"保罗寻思着,虽然距离他给自己规定的期限还有两年时间,但是,在这段时间里,露易丝是不是会了解与这个世界、与可能和不可能有关的足够多的事情呢,比如暴力与残忍?一时间保罗沉默了,像平常一样,他沉默无言,他将他的外衣递给露易丝,之后才发现露易丝把一本薄薄的册子放进了他的外衣的口袋。这本册子是纳迪亚·德尔的《V生活》,保罗又把这本书重新读了一遍,他的心脏怦怦直跳,寻找着罪恶的武器,保罗认为正是这首诗才导致了很多年前阿梅利亚第一次的离开,也因为这首诗,阿梅利亚伤了保罗的心。为了给自己的弃世正名,纳迪亚·德尔如是说:"如果文学可以改变世界,那么它早就可以这样做了。"最终,纳迪亚·德尔还是弄错了,文学有能力改变世界,因为它伤了保罗的心,或是说伤害了保罗的世界,使得保罗成了现在的模样。保罗坐在家中的厨房里,重新阅读这些比他年纪还要大的、一个很久之前就离开人世的女人写下的诗句。保罗失败的人生成就了纳迪亚·德尔的艺术人生。保罗固执地认为"这是罪恶的武器",他想起了很多年前在阿尔博斯家的厨房里发现的一句话:"这要是一个完美的男孩多好。"保罗觉得自己可能会因此而死去。

然而,奇怪的是,保罗再怎么阅读、反复阅读这本薄薄的小书都徒劳无用,甚至将它翻动、抖落都没有任何效果,艺术与罪恶就像一朵干枯了的花,从这本书中掉落出来。保罗什么都没有找到,他永远都不会找到那首诗了。

露易丝在十五岁那年总是夜不归宿，保罗常常在凌晨三四点时在GPS上寻找她的身影，在地图上寻找那个代表女儿的小亮点。他在很久都没有去过的城区里发现了露易丝的身影，在一家他不知道、也不可能知道的俱乐部里找到了露易丝。保罗开车赶过去，冒着遭遇交通事故的危险，他把焦灼的目光定格在指代露易丝的蓝色的、静止不动的小点上。保罗每接近一些，比例尺都会跟着变化，似乎保罗会从高处扑向露易丝一样；保罗越是接近露易丝，这个点的位置就越明晰。在即将到达目的地时，保罗看到这个点——起着指示作用的通灵者——开始动了起来，左右摆动，更确切地说，这个点开始绕着自己转动起来，画出了一个连贯的八字形，保罗觉得这应该是一个年轻的女孩用双脚画出的图案：她伸开双臂在沙滩上模仿着飞机飞行，或是一个陷入爱河的年轻女孩的骨盆运动，甚至可能是一个在停车场里被强暴的年轻女孩头部做出的动作。保罗进入了露易丝所在的夜总会——服务生不会拦住保罗这样的人——在霓虹灯的照射下，保罗的心脏扑通扑通地剧烈跳动，他用目光寻找着露易丝，然后，他在吧台找到了她，她手里拿着一根闪着荧光的吸管，在虚无的空气中，坐在年轻男人膝盖上的露易丝为他草草画着一些让人无法理解的图案。男人的脚跟思考般地转动着，但是他并没有察觉到，这个小矮凳承受了他们两个人的重量。保罗暗暗想着:他和那时在艾丽斯连锁旅店前台接待处工作的我有点儿像。保罗感觉自己变老了。他的女儿露易丝也转动着身体,他偶尔可以看到露易丝的脸上露出幸福的表情,偶尔又看不到。这样的孩童般的幸福来自另一个孩童的幸福,虽然露易丝已然不是一个孩子了。这看起来很美好,因为人生中已经结束的部分与开始的部分可以叠在一起,随后,保罗又盯着露易丝看了一会儿,他没有过去寻事,只是心满意足地回到了车里。他在车里等着露易丝无拘无束地从俱乐部里走出来,他看到露易丝拥吻了那个男孩,但是他不确定这个男孩跟刚才看到的那个男孩是不是同一个人,因为在街道与霓虹灯的照射下,这两张面孔看起来不是很像,也没有什么特别相似的地方。保罗看到露易丝用手机叫了一辆车,她的面孔被手里拿着的手机照亮,两分钟之后,车到了,露易丝坐上了车,保罗尾随着他们。这是一辆无人驾驶的汽车,一个非常年轻的女孩坐在车子的后座;车后距离十几米远的地方,另一辆车紧紧地跟着它,后面这辆车上坐了一位司机,但是后座没有坐人。保罗在露易丝回到家后的几分钟也进了家门,而那时露易丝已经回到了自己的房间,空荡荡的房间给人一种所有事物都陷入了沉睡的感觉,保罗在想露易丝身上到底还有多少他不知道的事情,一定比昨天多比明天少吧。保罗做了一件长久以来都不曾再做过的事情:他又睡到了露易丝的床边。当他亲吻着露易丝的额头时,从露易丝的嘴里散发出一丝薄荷的香气,但是她的头发却留有前一天的味道,她的父亲无法参与她的喜悦与她的活力。从此之后，保罗只能从露易丝的肌肤、大衣与水杯边缘察觉到喜悦与活力的迹象，露易丝不时在水杯边缘留下口红的唇印，然而，保罗却从来就没有想过自己的女儿有一天会用口红。

“我闻着她的围巾与脖子的气息，有一天，我甚至惊讶地发现我会嗅她的牙刷。有时候，我觉得自己像一条狗。”他对阿梅利亚说道。很奇怪的是，在这么久之后，保罗还是控制不住想跟阿梅利亚聊天的欲望。如果阿梅利亚还在，他们应该会一起放声大笑，会因为彼此的慌乱而长舒一口气。有时候，让人更加诧异的是，阿梅利亚还会回复保罗，她说：“我们有各种各样的循环方式，从A到B，从内到外，从外到内，从内心到头脑，从头脑到内心，再到双手。所有的部位都需要循环，保罗，让露易丝安静一下吧。”当阿梅利亚通过这种方式介入时，保罗会幻想自己还爱着她，她还是那个在他全面成长时期的女人；保罗现在生活在没有阿梅利亚的世界里，却仿佛看到了她走过来，仅仅是走过来而已，在阳光下，阿梅利亚穿着一件属于他的衬衣，赤脚走在地板上。就是那么一瞬间，那是一个星期三的下午，太阳即将落山，但是阳光却依旧炽热，阿梅利亚的头发乱糟糟的。某些她不知道，或是不能够、不愿意的事情发生了:这是一个契约、一种柔情、一个存在于家人之间的可能性。

保罗思量着:“危险总是来自那个你认为不可能的地方,同时,危险也的的确确来自你认为可能的地方。”

女孩子们消失不见了,保罗忍受着出血的痛苦,不,是少女们凭空消失的痛苦:一天晚上,她们都睡在自己的床上,但是第二天早上她们不在那里了,都消失不见了。有时候,人们会发现一扇敞开的窗户,这样一来,雨水就会进入白色与粉色交织的房间里,这是人们发现的第一件事情,这是她们父亲的发现。这个介乎内外部的混乱预示着死亡,却十分美丽与诱人,落在地毯上的雨滴,似乎已经变成了水。但是雨水抹去了所有的痕迹,宵禁再一次出现,不过这对露易丝的生活没有造成太大的影响。那些女孩消失了,可能只是短暂的离家出走,也可能是拐卖,不过可能性比较大的解释是她们离家出走了。她们没有带走个人物品,却带走了各自的大衣。她们在离开的时候基本上什么都没有带走,但是,无一例外地,她们都带走了自己的大衣。

“我希望你直接回家,”保罗对露易丝说道,“我完全不喜欢这些。”露易丝抬眼看了看天空,有时候,保罗会因为露易丝与阿梅利亚太过相像而无法忍受,而露易丝的远离更让保罗无法忍受。“好了,爸爸,这只是一个传言,又不是一个罪恶。”

保罗差点儿就要回答:“这也永远不会是一门艺术。”不过他回心转意了。高中生们只会狂热地谈论女孩子们消失这件事情,直到开始出现幻觉。保罗跟露易丝打听了这件事情,露易丝打量着他,似乎在想保罗到底想知道什么,她还能告诉他什么。“好吧,”露易丝最终同意将她知道的事情告诉保罗,她说,“有一个女人,她偶尔待在外面,偶尔也待在里面,但是我们都不知道她究竟是怎么进来的。不过,她就在那里,什么都不做,按照他们的说法,她会看着你入睡,直到你消失不见。”

“你呢,你已经见过那个女人了吗?”保罗问道。

露易丝长久地打量着保罗,一言不发。

“好了,爸爸,”露易丝最后终于松了口,“你不要像个孩子一样。”

人们自以为被防备着,那是一种他们都不知道的外部力量。不过,可以完全确认的是有人从中受益。也就是说,有人可能或是非常可能使用了这种力量,还不自知地改变着这种力量。这就是某一个早上保罗的体会,因为保罗从来不为自己担心,但他一直以来都为露易丝、她的朋友们与她那脆弱的男朋友忧心忡忡，其实那个男孩并不是露易丝的男朋友，但是他最后还是得到了保罗有所保留的好感，因为保罗总是会为他那或真或假的脆弱感到震惊。从表面上来看，那是一个非常容易受伤的男孩，以至于他很容易动怒，他就如同一株生长在地下深处的绿植，他的父母怎么会允许他外出，他们难道不是只允许他从A点去到B点吗？那就更不用提他们曾经参加过的游行示威了，这些孩子的数量已经不会吓到保罗。当然，想要禁止他们去参加游行示威依旧很难也不太可能实现，不过保罗还是试图阻止露易丝参加这样的活动，他说："这非常容易就会让你走向堕落，露易丝，这是一种混乱。"已经长到保罗肩膀处的露易丝站在很高的位置居高临下地看着保罗，这个视觉点让人显得非常高傲，也非常冷酷无情，露易丝既开心又怜悯地看着保罗，是的，她的目光中带有某种怜悯，不过保罗认为这种怜悯既不公平也不匹配。保罗这才明白露易丝就是那个混乱，但是等到他明白的时候已经太晚了。

保罗在一个摄影爱好者拍摄的视频中认出了露易丝的身影，他一开始认为在这样的视频中不会看到什么实质性的内容，或是只能看到拿着摄影机的人在颤抖，仅此而已。保罗对阿尔博斯抱

怨道:“阿尔博斯,我晕船。”露易丝头上戴了一顶无边软帽,脸被一条围巾遮住了,他根本看不到她的面容,至少表面上什么都看不到,那么他是怎么认出她的呢?保罗凭借那条修长的、纤细的、有力的、戴着手套的手臂认出了她,她的手上拿着一个投射物,她小心翼翼地将它丢了出去,甚至可以说是艺术地将这个投射物丢了出去,因为,如果说投掷一粒小球是一项运动,把一个香槟酒瓶扔向镜子是一种消遣,那么,我们又该如何评论那些被人们称为“莫洛托夫”的鸡尾酒呢?仅仅在思想的操纵下,它们自我爆炸或是自我燃烧。保罗没有对任何人说过,他只跟露易丝谈论过。“露易丝,这样是不行的,你彻底疯了吧?”露易丝耸了耸肩,反驳道:“我觉得你特别特别的虚伪,作为一个天天混迹在豪华大酒店的人,你说教别人时头头是道。别否认,我都看到了。还有一件更糟糕的事情呢,那个人是谁,你亲吻的那个婊子是谁?”保罗没有流露出任何不安,他说道:“那是你的母亲。”露易丝在临走时“砰”的一声将房门关闭,保罗重新恢复体力后,开始寻找一些图片,它们可以证明那些已经发生的事情确确实实地发生过。保罗什么都认不出来了,他们的青春是人们可以看到的一切,也是明摆着的事实。这是一个荒诞的、盲目的、疯狂的青春,他无法想象自己曾经有过一段如此的经历。但是,他的身体依然保留着这段记忆与所有的一切。

保罗表现得如同什么都没有发生一样，他的事业蒸蒸日上，他雇用了一个员工，然后五个，最后发展到十个。在那些大大小小的屏幕上，整个世界都在燃烧着，被打碎，被分割。有一天，露易丝蛮横无理地看着保罗，说道："那么，最后，整个世界都在谈论的巴尔干分裂究竟是什么呢？"

露易丝和她的朋友戴维在一个受到恐吓的城市里长大，这座城市被自己的映像麻痹，被无数的监视屏幕分成了一块块，但是没有一个监视屏幕可以提前告知如闪电般迅速的袭击、冲向人群的卡车，还有在电影院里借助汽油自焚的家伙。一场发生在市中心的爆炸可能是由几天前，甚至是几个星期前就被放置在那里的炸弹引发的，策划者利用了季节性的房屋出租。年轻人首先学到的就是觉察威胁，因此，在保罗与女儿共进晚餐时，保罗认为手中的刀叉不过就是一种用餐工具，而他的女儿则将刀叉视为一种武器。然而，还是有很多新的外来人口不断地涌入这座已经不再安全的城市，他们来自南方，为了逃避某些更加糟糕、更加直接的危险，他们发现可以用一个确定的、不计其数的死亡来换取一个不确定的、不计其数的存活。从此之后，身为一位父亲的保罗决定不再去观察和理解这些事情。在他离开的、寻找野心的、幻想着阿梅利亚的这段时间里，这座城市已经被分裂了。从一方面来说，这座城市曾是或顽强要做一座不会移动的光明之城，它确实也是一块古老的富庶之地。从另一方面来说，这是一座全新的城市，轻盈、游移、凄惨、持久、富有生命力且坚决地存在于世。这是一座存在于缝隙中、阴影中、断层之中的城中城。这里是不幸的避难所，放眼望去，楼梯下方、楼顶之上都放满了床垫。野猫之城变成了绝望者的聚居之地，却又充满着希望，这个希望本身也带有轻盈、游移、凄惨与持久的特征，这个希望是一座无所谓的、贫穷的、脆弱的城市，但是它依旧有着勃勃生机，或者说是这座城市也富有生命力。每一天，这里都会出现一个新的面貌，夜以继日地描绘抛弃与暴力的地图，那些没有办法实现的承诺落到地面上。奇特的是，这两座城市，或者说这座城市的两个方面相互围困，彼此惧怕，争相角力，如同右手的五根指头弄碎了左手的五根指头。

露易丝就是在这样的紧急状态下成长起来的，但是这是一种软弱无力的紧急，带有不确定与持久的特点。一切事情都会呈现出可能的危险性，身份与忠贞也有着不确定性，前一天还是一个公民，但是第二天就可能变成一个敌人。权力与暴力变化无常，发号施令的权力非常简单地出现、消亡，甚至某种方式的恩赐也是如此。有一天，城市里到处都是全副武装的男人，他们出现在街道上、学校门口，不过第二天他们就会从这些地方消失，随后从其他地方突然冒出来。武器也不断地得以更新以适应人们的需求，在变得更加精确与可怕的时候，也展现出了如同人道主义般的轻盈。这些新型武器在普罗大众身上、在城中城之中、在城中居民的身上得到试验。对城中之城造成损害的更加灵活且便于使用的水炮击溃了命运的藏身之所,高中生们也变得愤怒异常:强有力的投射从城市的地下系统中汲取能量以便将城市制服,在人们的大腿与腹部留下一个个青色的痕迹,这些痕迹会慢慢变黄,然后消失不见。那些所谓的致命武器有着未来化的、怪异却又充满诗情画意的名字,比如闪电器和脉冲器,这种从未如此被命名过的武器会电死既定目标。但是,无论如何,人们对组成了城市灵魂的基础建设、水资源和电力有着对武装力量一般的热情。作为先锋们与青少年,露易丝与她的朋友戴维参加了游行示威。那些借助自己的权利与义务进行调查的研究者们对新世界进行着调查和研究,如同遇到了操作事故、遭遇紧急现实的化学家们一样,他们身先士卒,常常会失去双手与双眼,而双手与双眼是人们最容易遭到伤痛的所在。受伤的威胁阻止保罗稍事休息。脆弱的骨头、手腕、手掌被一只靴子踩碎,或是被一条伸缩式警棍打碎;在非金属材质的投射物的冲撞作用下,视网膜脱落;在反骚乱瓦斯的作用下,角膜被烧伤。“莫洛托夫”鸡尾酒被一些人笨手笨脚地投掷出去,要么投射的时间太晚,要么投射的角度令人不快。出现在某些人身上的某些伤口是意外情况引发的悲剧。与这个世界最早接触、进行反抗的器官被粉碎,变得鲜血淋漓。如果说想法停留在脑子里、爱情停留在心里,那么对于正义与感激的渴望则停留在极为相像且互为补充的所在:双手与双眼。

但是,这些参与游行示威的年轻人也在变革着,适应着环境。对于这些忧伤的、喜欢胡思乱想的、可能还有些暴力的年轻人来说,他们的第一件工具与第一件战利品就是伪装。偶尔,伪装也会跻身科学的行列。如何才能不被察觉地穿越一座一直处于监控中的城市呢?露易丝很愿意探讨一下这个问题,她神采奕奕地谈论着人生与健康,对此,保罗心里不免感慨:“她是多么具有创造性啊!”看不见的东西被当作一门艺术,这是多么天真幼稚、孩子气的行为,保罗想到了那块被植入女儿手臂中的芯片,但是他从来没有跟露易丝说过这件事情,露易丝也没有跟保罗提过,她不知道芯片的存在。

露易丝在长大,保罗在变老。慢慢地,保罗所熟知的世界变成了一副他不认识的模样。

“如果你看到监视镜头的话,它也会看到你。”露易丝认识到了这一点,她对保罗解释,“那么,你就会明白,最简单的事情就是不要用眼睛去看那个监视镜头,就是戴上一顶鸭舌帽。”头上戴着一顶印着一行浅蓝色小字“BALLROOM MARFA”(“马尔法舞厅”)的珊瑚色鸭舌帽的露易丝如是说。用餐期间,保罗会让她把鸭舌帽摘下来,阿尔博斯则不会这样做。露易丝从来没有去过位于美国沙漠中的马尔法小镇,在那里也没有人们所谓的舞厅,当然,如果说在蝎子中间跳来跳去也可以被算作舞蹈的话,我们也可以认为那里有舞厅。"永远都不要跟它的目光相对,不要面对面地看它,也不要看向它的眼睛,爷爷曾经告诉过我某些野兽身上也会带有相同的东西。"露易丝说道,保罗的心脏不由自主地收紧了,他很想念那些父亲从未告诉过他的事情。露易丝声称:"最简单的做法就是带上平光镜。"她戴着一副飞行员墨镜,当她进入房间后,阿尔博斯会让她把墨镜取下,但是,保罗不会这样做。"因为,这样一来监视器就看不到你了,它只能看到它自己。它看着自己,然后迷失自己,监视器并不知道自己是一个监视器,它会爱上自己,"露易丝解释道,"这就跟无人机一样,爷爷告诉我某些魔鬼也是这样。"保罗本想将露易丝的墨镜取下来看看她是不是在开玩笑,保罗觉得露易丝是在开玩笑,但是他只能从露易丝的墨镜上看到他变形的身体,还有他放在面前桌子上的手以及他手里拿着的餐刀,这些似乎都是出现在当下的事物,他的其他部分,他的胸膛与面孔(心脏、脑袋)都开始变小、变远,迷失在过去的时光里。

在游行示威中,防毒面具非常有用,理由显而易见,这是出于健康与匿名的角度考虑,不过,因为游行示威者们的背包会被检查、翻看,因此他们需要将防毒面具藏在背后。"在日常生活中,风帽也很有用。"两天后,穿着一件厚绒布套头运动衫的露易丝又补充道。保罗既开心又有些不安,他发现,在靠近运动衫折边的地方，露易丝绣了两个蓝色的圆，一些螺旋线，不，应该是天蓝色与珠色螺旋形状的线条。这应该是被镶起来的图案，但也可能是些抬起的大眼睛。保罗想："就像某些鱼类或鸟类一样。这些虚假的眼睛引来食肉动物，并借此转移食肉动物的注意力以便保护真正的眼睛。伪装是最弱小、最脆弱的人使用的武器。"想到此，他的心脏开始不停地抽搐。

保罗很灵活，但是他的动作看上去却没有那么轻盈，一个习惯性的回答又出现在他面前："还不错，不是吗？这是爷爷告诉我的。"保罗不由得问自己："人们究竟可以将多少人的人生集于一身呢？"

还有其他的东西，比如印有另一张脸孔下半部分的围巾，就像那些为孩子们准备的游戏一样，它们可以永无止境地组合、重新组合一切与人类有关的可能性；或者是印上动物的脸，比如狐狸的脸或是鸟头，似乎物种最先在想象中得以演变，不过，一切尚处于酝酿之中。露易丝已经做好准备，在她尚未成为的样子中随意切换。"如果这也是一个为孩子们准备的游戏，"保罗心想，"那么，露易丝、勒·德拉维，还有另一些人就是一些接替者、一群反对派，可能没几年，他们就会去寻找最有可能的方式来让自己进入公共空间，并在那里蒸发，然后自身的存在通过照片、自画像与视频的方式传播出去，以职业者的身份醉心于与生活有关的无休止的资料收集的工作中。但是对此感到高兴的首先是他们的父母，而非他们本人。"

后来,露易丝十六岁了,是时候知道一切了。她身上散发出的微妙味道开始发生改变,她也在不知不觉中感受到了一些事情,比方说,将那些她知道的酒精饮料混在一起可以得到不一样的味道,还有那些散发着清爽芳香气味的化学制品。现在,当露易丝迟迟不到的时候,保罗为了让自己安心——也只是为了让自己安心——会在监视屏幕上确认露易丝的位置。露易丝已经不再去夜总会与酒吧了。但是,有时候她的身影会出现在已经关门的公园与博物馆中,这非常奇怪,也最让人不安;或是出现在那些不知名的、无法确定边际的空间;出现在那些不曾对外开放的未来居民区,还有正处于建设中的楼宇里。不过,阿尔博斯摇晃着电话说道:“我觉得这个东西现在已经不好用了。”“听我说,我们就把她留在那里生活吧。”保罗说道,因为他想起了自己十六岁时的样子,他也是如此,也会到处闲逛、随意游荡,也会骑在阻止通过的栅栏上、翻越护栏,也会去那些在当时看来更加危险的地带,这会让他的心跳快得异常,他喜欢这种心脏跳动的方式。实际上,只有违法行为与阿梅利亚才能让保罗觉得自己终于真实地生存在这个世界上。露易丝的内心世界与保罗的一样。“我都认不出她来了,”阿尔博斯抱怨,“她来来去去,我觉得自己像是面对着一个陌生人。”保罗圆滑地把他的想法表达出来,但是,他其实在露易丝身上看到了自己的影子。

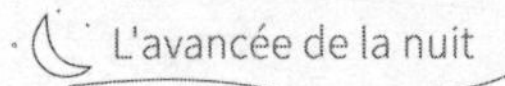

偶尔，她也会回到家里，身上带着水沫与沙丘的味道，但是，巴黎距离大海很远。保罗会跟在她后面走过一间又一间屋子，露易丝最喜欢的气垫鞋的鞋底破了，里面的气囊已经破裂，充满了不知来自何处的沙子。还有一次，在露易丝回到家时，保罗发现她的嘴唇上涂着颜色鲜艳的红色口红，看上去像是被人打伤了，眼皮处也挂着红肿，身上散发出精油的味道。

“露易丝，你过来一下，我有些话想跟你说。”所有的一切都在这里了，保罗花费了十六年的时间来寻找合适的词语，归置自己的人生并进行精炼，他只保留了人生中最主要的部分，必要时他会编造一些故事。这是最古怪的或最奇特的或最忧伤的事情：十六年后，保罗还是只能找到那么几句话。他只能想到一些简单的、每个人在日常生活中都会用到的词语。保罗只想到了两句话，但是都非常真实。保罗知道这一点，因为他知道时间到了。

“晚一些吧，爸爸。”露易丝说道，之后她就将房门又关了起来。

第二天，露易丝给保罗打了一个电话，保罗看到她的名字出现在自己的手机屏幕上。保罗想着：她终于想起来我有事情跟她说。作为父亲，他的心脏因为充满希望而开始剧烈地跳动。保罗知道电话那头的人是露易丝，但是他只听到了一声尖叫，或是一声呻吟，抑或是一声哭泣，这是一种简单如野兽般的呼叫："爸爸！"当保罗赶到的时候，满身血迹的露易丝正跪在同样满身血迹的阿尔博斯面前。露易丝尝试对阿尔博斯进行施救，但是，保罗第一眼望过去的时候就知道阿尔博斯已经死了。阿尔博斯与露易丝点了外卖，等到的却是闯进现实生活中的不真实。

"除非这是一个逆转。"遭受打击的保罗想道。至少，这是一件真实发生在这里的事情：一位妇女的胸部和前额各中一枪，露易丝身上满是鲜血。

震惊与创伤让保罗萌生出了奇怪的想法，这个想法在他将心爱的女儿揽进怀里的时候从他的脑海里一闪而过，仿佛一位父亲将孩子从世界带来的恐惧中解救出来。"露易丝简直太像她的母亲了，"保罗暗自想道，"甚至连她的眼睫毛都是红色的，人们应该从不曾见过这样的颜色。这些鲜血啊！可怜的、亲爱的阿尔博斯，可怜的、亲爱的、充满智慧的老女人，可怜的、亲爱的、迟暮的心脏。"

我们可以这么说，阿尔博斯用自己的一生来研究到底是什么在这个因为恐惧而死亡的城市中死去。

不久之后的一天晚上，保罗在深夜时分惊醒，因为他清楚地

听到了一个女人的声音在询问着他："她在哪里啊，保罗，她还没有回家，事情有些不太对劲儿。"保罗联通了用来监控露易丝位置的屏幕。他的心脏因为一种奇怪的感情而收紧，他几乎非常确定不会在监视屏幕上看到露易丝的身影。但是，并非如此，保罗在上面看到了那个代表露易丝的蓝色小点，她就在那里。起初，保罗并不明白到底发生了什么非同寻常的事情，这也就解释了他自身的匆忙与焦虑，这可能是他最好的也可能不是他最好的一半。但是，这个后来的闯入者却并非如此。"但是，你看看啊，"女人的声音出奇地愤怒，"睁开你的眼睛好好看看。"保罗也确实这样做了，他睁开了眼睛仔细观察着，因此他发现了一件奇怪的事情，他的女儿——那个代表露易丝的蓝色小点——以一种不合常理的方式在城市地图上移动着。她穿越了墙壁，保罗想。这是当时第一个也是唯一一个出现在保罗脑海中的想法。她在穿越墙壁。那个代表着露易丝身影的蓝色小点无视街道、拐角还有方向。她穿过城市、建筑物甚至是密室，什么都无法阻止她的前行，她以自己想要的步伐飞速奔走着。这个神奇的事情让保罗感到震撼，保罗暗自觉得露易丝应该在飞翔。

露易丝在离开的时候什么都没有带，只带走了自己的大衣。保罗最终找到了这个根据超自然与非自然的法则移动的信号：这是一只栖息在橡木上的松鸦，有着棕色和粉色的羽毛，以及黑色的尾巴，但是在它的翅膀下有一抹比在监视屏幕上出现的蓝色更加漂亮、鲜活、复杂的蓝色。尽管这群来自田间地头的小鸟非常惧怕城市,但是它们成双结对,适应了这里的生活,可是这只小鸟却形单影只,要么是失去了伴侣,要么就是还没有找到。保罗注视着这只被关在笼子里的小鸟,鸟笼被放在一家私人监控事务所的书桌上,这只小鸟是保罗所谓的对话者。意志消沉的保罗拿着鸟笼离开了事务所,用外衣将鸟笼遮挡着,他担心小鸟无法抵抗寒冷与路灯的灯光。保罗打了一个寒战,他自言自语道:“简直是太傻了。”

保罗在衣橱里,在这些经年累月积攒下来的露易丝的小衣服下面发现了一块纱布。纱布上还留着已经变干了的血迹,在已经变成铁锈色的血渍中,一位悲哀的父亲希望读到些什么,充满爱意的语言、承诺或是宝物地图,但是什么都没有。现在,这块纱布只隐隐约约地散发出一阵已经挥发殆尽的消毒酒精的气味。露易丝应该曾在浴室无声无息地割破了什么,她努力让自己不发出尖叫,她用刀片的一端寻找着陌生的躯体与让她不自在的干扰,她并不是完全的自己。一旦她找到了这具陌生的躯体,她就可以借助强壮的手臂将它扔到窗外。这是一个特殊的剧情,以下就是保罗闭上眼睛后看到的场景:深夜,露易丝伸出了双手,耐心地等待着那个时间,等待着一个饥肠辘辘的小生物将生存与安全的本能抛在脑后,不顾一切地啃食她手掌中的这颗种子,而这颗种子萌生出了整座城市与露易丝秘密的内心世界,从此之后,它再也无法萌生出任何东西。

露易丝和另外一些人离开了。她和那些互不认识的、生活在这个世界上的忧郁的年轻人们一起出发了。一天晚上，他们拿着各自的大衣悄悄地去了一个没有人知道的地方。不过这个世界很大，他们不可能逃出去，保罗会想到这些人，想到露易丝也在他们之间，他们可能在一片树林里，不过，更加确定的是，他们应该在属于这个世纪与上个世纪的城市里。保罗的心都碎了，但是他依旧寄希望于露易丝还活着，寄希望于露易丝那不知疲惫的心脏、修长的身体以及那把他没有再找到的刀，因为他知道，露易丝想把刀带走，的确，除了那把刀，露易丝什么都没有带。

到了夜晚，保罗失眠了，他知道阿梅利亚来讨债了：她的孩子，保罗曾经试图用尽一切手段从阿梅利亚那里夺过来的女儿。保罗知道凡事都有秩序。他必须为自己的背叛付出代价。

“看管好她，”保罗只想着，“求求你，看管好她。”

3

露易丝想起了自己如同故事一般的童年,其中某些部分非常重要,被用一种外语讲述,而且是在她的睡梦里。这些片段叠加起来,偶尔,它们也会自相矛盾,时间顺序似乎是错乱的。露易丝没有见过她的母亲,然而她确信自己了解母亲。此外,当露易丝想起她与保罗一起度过的那些看不到尽头的年月时,她有时能感觉到保罗似乎在想一个梦幻的、迷人的故事,但是她无法确定这样的故事会以何种方式并且又会多么深刻地影响着保罗。一种与想象中的不一样的危险,一条并不是很坦率的信息,还有一座让人赞不绝口的建筑物。在这个建筑物里,醒来的小女孩儿待在床上,她们的父亲守在床头,这座建筑物也是一个将现在与模糊的时间融在一起的空间。最后,露易丝还觉得这座建筑物也可能是一幅巨大的错视画,甚至还有可能是一个陷阱,又有谁能知道呢？有时候，他们之间的关系是父女，有时候，又是保罗与露易丝。他们身处在一个不可思议的世界，这个世界完完全全建立在一个威胁之上，环绕着一个空无一物的中心。露易丝对此一无所知，或是她自认为不知道这件事情。但是，她记得一切。

露易丝被保护着长大，她没有受到过来自这个世界的伤害。保罗说露易丝安全地长大了。露易丝认为是“在安全中”，因为她的父亲不知道也不能理解糟糕的事情会到处流窜，渗透各个角落，触碰所有事物的深处。“我们不需要其他人，我们不需要任何人。”保罗这样说道。在那些年岁中，露易丝重复着保罗的话：“我们不需要其他人。”现在，她对这句话不再那么确信了。在这样的世界中，所有的一切都很重要，剩下的其他人也都同样重要，因为只有这样，这对父女才可以完美地一同生活。这就需要正义，外界的环境不应该变成或一直都是如此黑暗与野蛮的所在。外部环境也会渗入内部，外部和内部之间存在一个致命的混乱，对露易丝来说，即是两堵墙壁之间的一个本可以抵抗一切的密室，但是人们却从来不会去到那里。这两平方米的空间从套房中、从他们的生活中被隐去，完全奉献给灾难。从走廊看过去，人们无法发现它的存在，但是，露易丝知道它就在那里，如同在一个童话故事里，它一直在梦里纠缠着露易丝；就像是在一个童话故事中一样，露易丝需要失去一切，父亲、生活的城市还有自己的倒影，她需要穿越整个地球，在那些最无法确定的血腥区域内进行冒险，借此推开一扇房门，准确地说是一堵墙壁，她就在附近长大。

她并没有跟那些忧伤的年轻人一起离开，而是梦想着去其他的地方。不久之后，露易丝才会跟他们汇合。不久之后，如果露易丝可以安然结束她的旅行的话。

最后，露易丝是唯一一个聆听阿尔博斯讲述明日之城的人。人们可以说，穷极一生，阿尔博斯——这个智力超群的女人的头脑都游移在空气之中，就这样，如同祭献品、演出、食粮一样，她的头脑被丢给一代代的学生。“明日之城，”阿尔博斯说，“明日之城应该是一座荒废的、背弃的城市，在这里，没有人会在夜晚降临之后外出，不过一直会有很多监视镜头来回旋转。或者，明日之城也会是一座建好了的城市，完全可以在几周的时间内就破土而出，比方说，一座商业中心、几个住宅小区，但是没有人会去那里生活，那里徒有其表，完全没有舒适的感觉，那里既没有水也没有电，只是一个被倡导人废弃的计划，它突然从一片荒芜之中涌出，不会带来任何回报。或者，明日之城是一座空洞的城市，由于天然气或是毒气外泄，所有居民要么死去，要么背井离乡。或者，明日之城是一座被浸入水中的城市，完全被水库中贮藏的水吞噬，或是沉入一片因气候变暖、冰川融化而导致海平面不断上升的汪洋。或者，明日之城只是一座徒有其名的城市，因为在很久之前，它就已经经历了炮火的猛烈轰炸与袭击，以至于当时任何有生命的物体都无法在那里生存，也不敢在那里活动；也许只有无人机会掠过已经成为废墟的街道、建筑与房屋，向我们展示一个没有人类生活的世界，不过，这里也是一个有着人类存在的所在，盈满了人类的作为与黑暗的欲望。”

“这就是人们无法理解、不愿意去理解的东西，”阿尔博斯继续说道，“明日之城就是一座幽灵之城。”

露易丝的目的地就是那座已经被摧毁的城市。她的父亲希望将她严密地保护起来，但是她的父亲不明白，也不愿意看到：无论露易丝身处何处，她都在无数的倾覆与爆炸、废墟与死亡、残存与逃亡有关的场景中长大。她从来没有进入任何一间没有屏幕的屋子，所谓的屏幕就是瓦砾废墟、充满血污的脸庞与空洞的目光、如同陷阱般被封起的街道、垂直轰炸或是水平负荷，因为这个世界实在是太宽广，人们无法从中逃离。

现在，露易丝越过了那道边境线，在为人们所熟知的那场战争期间，为了躲避战乱，无数男女老少越过了这道边境线，他们想躲避战争，躲避一种微妙状态的死亡。对于那些绝望的生者来说，他们心中的某些东西已经死亡，对于那些亡者来说，他们心中的某些东西依旧鲜活，就是这样，这是一种模糊的暧昧，是属于本世纪的最大发现，或是属于露易丝的最大发现，她只身一人逆行而上，穿越了这些人曾经穿越过的边界与边境线。

为了来到这个边境线每天都会发生变化、每天都像一颗慌乱的心脏一样扩张或收缩的国度，露易丝需要一次转乘。在这两次飞行中，她自始至终都在读着一本科普杂志的增刊——这是保罗很喜欢的杂志类型。露易丝仔细地一页一页地翻阅，像是在完成一种仪式。这一期增刊与记忆有关，结论是记忆不是独一无二的。它们存在于不同的地方，可以在此时此刻，也可以在过去与将来存在于大脑的这个区域，过去就是为了未来而存在，每一个记忆至少有两面性。当然，对记忆的这一发现需要以某种借助电流甚至是光线的形式出现（露易丝并不确定是否完全理解这一点）的暴力，是的，也许就是一束简单的射向那片完美黑暗所在的光线：大脑骨骼构成的隐蔽之所。光线可以激活或是钝化某些记忆。人们可以在此时此刻重新经历或是让别人再次经历某些冲击或粗暴的言行，也可以忘记或让别人忘记它们，除非记忆长期受到损害。无论露易丝是否相信或是否愿意相信，她都有可能想起或是想不起关于冲击或暴力的记忆。不过，露易丝确信自己可以抓住那些可以带来美好和高雅的突破口以及与恐惧有关的记忆。简而言之，露易丝很好奇那些先驱小白鼠们的想法：受到惊吓的小白鼠在被电击之后，又被一道光线再次在大脑中激活了惊恐。

那么露易丝为什么要来到这里，要经历这一切呢？她将在不知不觉的情况下再次经历一个经过精心策划的悲哀事件、一个野蛮残暴的仪式。露易丝合上杂志，闭上双眼，暗自想“这并非无用功。因为，如果十分顺利，在这样的仪式结束后，知情人就会发现一种存在——和平或者是一种存在——这种情况并不罕见。也许一切依旧会回到原来的状态之中。也不乏知情人在仪式的过程中死去。”露易丝闭着双眼心里默想，这些非常野蛮且暴力的仪式常常令人无法理解。

一个十分年轻的女人出现在一个经历着战争的国度、一座幽灵之城，她寻找自己的母亲，一直以来在别人口中已经死去的母亲。

亲爱的保罗：

请原谅我给你写这封信，我觉得我们已经不再适应彼此。但是在空间与时间的作用下，我怀疑自己知道的一切是不是已经发生了。偶尔，我感觉在已经发生的事情中还存在着别的事情。我相信这就是人们所说的懊悔，即便我已经忘记了这一切，那些词语就像树叶从树上落下一样离我远去，让我没有任何隐瞒地告诉你吧，对我而言这是一种解脱。

你知道吗？从一个艾丽斯旅店到另一个艾丽斯连锁旅店，人们可以环行世界一周，经历那些看起来真实的一切。你知道吗？在东京的艾丽斯连锁旅店里，一个打扫客房的女人给我讲了一个她所谓的真实的故事：一个在旅店前台工作的男人杀死了一位女客人，然后又将她的尸体折进旅行箱中带出了旅店。你知道吗？在墨西哥城中的艾丽斯连锁旅店里，我又听到了一个情节相似的故事，有所不同的是，在这个故事中，一个在前台工作的女接待杀死了一位男客人，然后又把他的尸体折入行李箱带出了旅店。这些可能既真实又虚假，但是，无论真假，它们流传开了，这是我唯一可以确定的事情。有各种各样可能的输送方法，从A点到B点，从内到外，或从外到内，从内心到头脑，或从头脑到内心，最后再到双手之间。

简而言之，我在环游世界，或是在绕着自我环行。属于我的记忆也在旋转着，突然，它们就消失不见了，我不清楚它们究竟是消失不见了，还是去了别的地方以别的方式继续生存。

我又回到了萨拉热窝，因为那是属于我的城市，至少我自己是这么认为的。实际上，发生战争的正是我的城市，但是我来得有些太迟了，它已经将我变成了现在的模样。这里是塑造我人格的一个模板，从某种方式来说，也构建了我们现在所生活的世界，我个人认为如果还可以给这座城市加上一个头衔，那就是被围困的城市。我又回到了萨拉热窝，但是在这里我无法辨认出属于自己的一切。市场里面满是黄铜管座，偶尔被细致地或充满艺术情调地刻上一些风景。人们可以从中认出城市的轮廓,这座被围困的城市。这些风景之所以特别,绝对是因为它们既没有被画在画布上,也没有被画在画纸上,而是被雕刻在一个中空的金属上,也就是说它的骚乱与毁灭都已结束,两者是同一事物:抛射物的速度带来了致命的影响。那么,这个以粉末形式存在的死亡又在哪里呢?一颗被射出的子弹本身也是一条轨迹。就在眨眼的一瞬间,在心脏跳动的那一瞬间,生存与死亡的区别就出现了。

那些闪光的管座大小尺寸不一,但是现在,它们包含的那种死亡又在哪里呢?内部消失的死亡被外部的一个影像——一种奇怪的对等物——所替代。最奇怪的是,出现在市场上的如此多的货物需要每天在周围的大山里或国外生产、制作和加工,这又有谁能知道呢?你可以看到我最终希望自己成为的样子,我要么属于幸存者,要么属于旅游者,对我来说,没有其他的选择。

最让我感到开心的就是那些燕雀。有人告诉我,因为气温回暖的缘故,它们改变了迁徙的路径。它们的出现是一个非常例外的现象。它们的迁徙规模巨大,借助数学智慧组成了一片片的云状物,看起来异常壮观。这个世界就是这样,也许,不久之后,它们就会一直向北飞到巴黎。你可以注意一下它们,不过,它们会将粪便弄得到处都是,搞得臭气熏天。

我会跟着它们到南方去,去寻找崩塌与战争的所在,对我,以及对其他人来说,只剩威胁与危险还没有经历过。至于剩下的一切则都风平浪静:我不再想你了(除非在我忘记自己不要去想你的时候)。而我们的小女儿,即便我明天可以见到她,我应该也认不出她来了,或是她认不出我来了,这真的是你给我们的最美好的礼物,对于她和我而言都是如此。

我会尝试着不再给你写信,你已经拯救了我身上某些根本不值得挽救的方面;而我则毁了你某些本不应该被摧毁的方面。

照顾好自己。

阿梅利亚

露易丝将这封信折了起来,放进自己的护照里,就好像这是一个特殊的优待、一个安全行驶证,而就某种方式而言,它确实如此。在颠簸的吉普车中,露易丝没有办法将目光集中在这些字迹上,这并不重要,因为她已经带着一颗破碎的心熟读了这封信件。

据一些流言蜚语所称,艾丽斯连锁旅店曾经是中央情报局在萨拉热窝的基地,但是露易丝认为这只是一个传说。留着短发的露易丝将自己打扮成男孩子的模样,她在这里找到了存在于童话

故事中的朴实却过时的魅力。20世纪七八十年代，萨拉热窝针对卫生与中立做出的决定使其成为突然出现的流浪人群的集中点；按照阿尔博斯的说法，这种中立决定了建筑物的冷漠与麻木，人们在这里最终会失去一切，像失去痛苦一样，人们会失去舒适，直到失去自我。自相矛盾的是，人们在艾丽斯连锁旅店多少会感觉更安全些，因为它明目张胆地表现出与帝国主义势力相互勾结，从20世纪70年代起，享有免税特权的艾丽斯连锁旅店成为人们怨恨的目标，同时它还享有一个特殊的名衔，那就是至今人们还会不时地说到的初期反美主义。威胁、炸弹警报、自杀式袭击还有冲压车炸弹袭击都被这个不安定的地中海沿岸城市记录在册。当然，在中东地区，艾丽斯连锁集团早就抛弃了这个唯一的试验性的堡垒，将这座前哨遗弃给了当地部队与沙漠，后者以一种几乎可以被称为超自然的方式出现在每个角落。沙漠是露易丝在探险的时候看到的第一个事物，这里的景象美好而疯癫，还有一个名字已然消失不见的美国旅店，屋顶已经塌陷，在旅店里一阵看不见的风吹起了几条浅淡的槽沟，它们的颜色如同屋外那已经开始落山的太阳一般，一堆堆小沙丘出现在可调节的家具下面，隔板上还出现了些许小洞，在那里，植物开始占据领地，畏畏缩缩地爬上墙壁，而墙壁只能借助它们的支撑而存在。

露易丝剪短了头发，把自己打扮成男孩子的模样，但是这个伪装并不能让她变得像个男孩子。更奇怪的是，露易丝在街上碰到的女人都会看出她是一个女孩子，是她们中的一员，她们保持沉默,以此保护着她,保护着她的秘密和脆弱。但是,男人们却对露易丝女孩子的身份一无所知,反过来,露易丝也应避开他们的目光,她难以相信这一切看起来竟是如此。但是,并不是为了安全,他们——露易丝与她的朋友还有被认为无足轻重的同龄人——才训练了那么长的时间。她和戴维寻找的正是和平,是被人类建成又摧毁的对世界的看法。他们寻找黑夜,以及黑夜对城市、城市的公园与博物馆做出的一切。一切变得更加扑朔迷离,看起来更加不受拘束。他们希望可以变成猫咪、影子,这样就可以逃避那些无时无刻、无所不在的、注视着一切的目光,似乎在勒令他们将所有的一切都解释清楚,让他们在自己并不希望经历的斗争中选择一方阵营。

露易丝越是陷入当代人的黑暗内心,就越觉得人类愈发疲惫不堪。沙土深深地陷入他们面部的皱纹、皮肤的褶皱之中;粒状物会永远黏在他们上下唇间的连合处,出现在他们的眼角,形成一颗颗不会落下的眼泪,成为眼睑的俘虏;持续不断的机械的泪珠就是或可以成为荒凉之地的光学仪器,是人们生存下去的助力。露易丝心想:“那些没有流下的泪水最后会变成什么呢?会变成侵占了世界上最微小角落的沙子吗?这些沙子会将世界上仅存的湿润都驱赶走吗?会将人体内的水分都消磨殆尽吗?人们会变成化石或是珍珠吗?所有的人都很懒惰,都依赖枪支,有时候,他们同时拥有三个不同的武器。”

一开始,露易丝选择对话者,或根据长相,或根据某些让她想起过去的面部线条,比如,如果一个人身上带有如同她父亲保罗那样的和蔼的话,她就会选择那个人作为对话者,因为在所有人中,露易丝最爱自己的父亲。再比如,她还会根据一束阳光照亮一缕发丝或一块耳鼓的方式选择对话者,因为这会让露易丝想到昔日的一位朋友、童年的某个见证。露易丝身体的另一部分在思考着从前的过往。后来,她将睡袋铺在沙漠中,她用低沉的嗓音说出来的话语缺乏总结性的回答,她变了,适应了新的生活,变得冷酷无情,放任日子一天天地将父亲与朋友的面孔从自己的记忆中抹去,她不再去想他们,她相信他们会在夜里、在她的睡梦里找到自己,就像她寻找的这个女人知道如何找到自己的父亲一样。就像其他的男人们一样,露易丝的父亲也会在睡梦里呻吟。从此之后,露易丝会根据武器来选择对话者。某些枪支看起来会比其他枪支让人显得更加明智。一块以某种方式放在枪托上的手表现出了信任与严肃。就这样,露易丝一边忘却自己对这个世界的认知,一边跨步向前。

祖父的话语从露易丝的内心上升到了头脑之中,并且在这里、在这种情况下成为她最好的伙伴。她经常会想起已经不在人世的祖父,想起某一天他曾经对自己说过的一句话:当你在树林里的时候,你最需要的不是一位好朋友,而是一把好用的刀。

她思忖着,在荒漠里是否也是如此。

她思忖着,她是否能在自己选择的人生中存活下来。

4

阿梅利亚有六个助推器和一个世界。这是一个山峦起伏的被荒芜撕裂的世界,没有生命会在这里生存;这是一个处于战争中的世界,但是战争甚至都在此停滞不前,变得十分抽象。尽管如此,这是属于她的世界。

那是阿梅利亚生命的最后一段时间,对此,她知道吗?除去悬垂与飞行,她不知道这个世界上还存在其他更好的事物。她像鸟儿一般,将自己至关重要的一部分时间放在了广袤的天空。在这里,什么都没有,只有战争:这种组合,这种一无所有,这场战争,是唯一有利于阿梅利亚发挥特长的所在。在危险中,她喜欢空想;在空想中,她喜欢危险。她不会去想已经被自己抛弃的生活;但是,这段生活却可能会想到她。很明显,她现在的生活比以前要好很多,但是这种好是冷漠、自卫,是存在于世界上的一种几何的、非人类的关系。

阿梅利亚喜欢属于同一种类型的强烈感觉。她喜欢脱离实际的环境。她喜欢所有的一切,但是她什么都看不到。她喜欢托付权利,喜欢自己眼中目光的延伸,也就是说她喜欢自己的延伸。如果说其他人会被其内心、生殖器官或是胃部指引,那么,在阿梅利亚身上,她的意识器官就是视觉神经。自从阿梅利亚离开了家人,远离了城市之后,她就生活在那些未定型的区域,生活在那些满是确定或不确定冲突的灰色区域:要么因为她被自己对暴力的喜好冲昏了头脑,要么因为以散射状出现的不确定且几乎未言明的暴力会借助不同程度的潜伏与强度出现在各个角落。从一个非法区域到另一个非法区域,人们可以环游世界。在这个过程中,或近或远,人们从来不会经历与和平有关的事情。

这很适合阿梅利亚。

阿梅利亚将自己的本领与才干——她从来不将其称之为艺术——用于服务那些找她拍摄纪录片的专业人士身上。阿梅利亚的眼睛本身就可以自主游移,可以看到四百米开外的地方,她的眼睛与她本人没有任何关联,也与她的视力没有任何关联。无人机完全不受人类视野的限制,借助它的功能,阿梅利亚可以一览无余地看到水平线上的风景。只有在极端分裂的状态中,她才能感觉到自己的存在,而这种分裂,这种与自我的切分,既是吞噬她的症状,也是唯一可以维持她生命的事物。当无人机在天空飞行的时候,阿梅利亚就会指引着它,不过她什么都看不到,或是看不到什么特别重要的东西:然后,在无人机安全着陆的时候,她会导出无人机在飞行的时候拍摄的照片。虽然她会坐在电脑前花费很长时间来仔细检查这些在天空中拍摄的照片,但是人们还是会说她把自己的大部分时间都花费在了天空中。这很适合她。

阿梅利亚正在进行一项考古工作的边缘任务,她要将那些很少被记录或从未被记录的遗址拍下来,这些遗址都受到了可能的或是逼近的战争的威胁。尽管从表面上来看,这是一个不适合任何文明的地区,但它也曾人口密集。然而,对于那些历尽千辛万苦探险至此的人们来说,他们无视人类存在的迹象,也不想看到这些迹象。在谈到自己的工作时,阿梅利亚说她致力于反对两种形式的破坏:时间的破坏与人类的破坏。她不会说明和平利用无人机的目的是加速破坏的进程。她在她所在的地区和人群之中传播一种理念,即无人机是一种没有威胁的技术,可以服务于人们在一般情况下所说的“善”。有一件事是确定的:阿梅利亚让人们的认知得到了发展,她在因工作而去的那些地区使用无人机进行研究——年轻一代后来将之称为一种未完成的档案,档案的潜力未定,关乎充满威胁或遭到威胁的未来。阿梅利亚可能很快就会失去工作。随着卫星拍照技术的进步,自动装置技术的日益增强,阿梅利亚很快就会被抛弃。她的本领会被普及,会失去价值,所有人或一个机器都可以从事她所做的工作。她可以待在公寓或旅店一部接一部地观看电影,就像她童年生活结束时那样,就像她在两次任务之间的间隙所做的那样。她并不清楚这些平淡无奇的电影会给自己带来或不带来什么。她总是把窗帘拉起来，因为她很确信她被监视着，但是她不知道到底是谁在以何种方式监视自己。阿梅利亚思量着："危险不会从你认为的地方来临。与此同时，危险也的的确确会从你认为的那个地方来临。"

从一个男性的高度，或从阿梅利亚那样拥有中等身材的女性的高度，他们常常无法看到城市废墟，他们的肉眼可以看到的只是一片荒凉山地、沙石、沙尘或绵延不断的峭壁。奇怪的是，一座业已消失的城市竟与一座即将诞生的城市如此相似：这里一无所有，就像一幅在尘土里绘成的图画，像是用脚尖在沙土上留下了一串串痕迹。这是一个游戏、一种欲望。不过考古学家们不会弄错，指挥着无人机的阿梅利亚也不会弄错，只有从高空，人们才能发现昔日城市的轮廓以暗淡的线条显露出来，而这些线条看起来像是从深处一跃而上。是谁在谈论着过往的时间，谈论着废墟与平安或与水源的关系？但是，所有的这些都是假的，是一个错觉。阿梅利亚没有与她合作的团队住在一起，她住在外围，也不会跟他们建立任何重要的联系，她只会与那些她需要依赖的向导、翻译、司机、雇员还有老板联系，因为她百分之百地依赖他们。若她没有对这些人给予盲目的信任，她就会不知缘由地前行直到筋疲力尽，如同蒙上双眼向着天际出发。阿梅利亚的向导们通常是一些蓄着茂密胡须的男人们，她与他们住在同一屋檐下，相安无事，体现出了一种效率。他们偶尔交谈，偶尔保持沉默，偶尔一起放声大笑，随后，他们三三两两地又恢复持重谨慎。

自从阿梅利亚抛弃了家庭之后，她感到非常轻快，甚至会觉得自己不存在。一切都变得更加简单，因为她不再战斗了，她做出了让步，生活在一个只属于自己的世界里，不再与任何人分享，不再抗拒那些虚幻景象中的离奇之处，她知道自己输了，失去了一切，知道自己来来往往的世界完全来源于她不愿意看到也不愿意知道的一切。阿梅利亚依靠她拒绝接受的遗产生活，依靠文献诗歌生活，依靠尘封在几十年前的一只老旧硬纸盒子里的可怜片段生活，依靠卑鄙无力的词语和诗句生活，似乎只有词语和诗句才会卑鄙且无力，它们并不是为了阅读，并不是为了取悦他人的眼睛、头脑与心脏才存在。不过，那些秘密的指导原则，那些黑暗的真实的承载者威力无比。曾经拒绝承认这一切的阿梅利亚从此之后要承受这一切带来的痛苦。尽管她不了解纳迪亚·德尔，然而她却成了纳迪亚·德尔，这就是对她逃跑的一种讽刺。在几个月之后或几年之后，当她越过一扇窗户纵身跳下，坠向低处的水泥地时，她最终将会知道自己的母亲——不喜爱自己或不太喜爱自己抑或不够喜爱自己的母亲——变成了何种模样。

阿梅利亚生活在天地之间，她经历的那些瞬间看起来像是来自一个梦境或一个噩梦，在这些瞬间中，最遥远的过去会与现在发生碰撞，但是阿梅利亚认为这样的现在像是未来，时间自身似乎发生了倾塌。她看到自己在工作时用到的机器，那个由她控制的、用来拍照的无人机似乎在天空中迟疑了片刻，在颤抖——当然这是阿梅利亚本人在抖动，似乎她只能通过这种方式、这种细微的动作表现自己——在空旷阴沉的天空,一只猛禽扑到了无人机上,它张开的双翅宽阔得可怕,它的爪子与嘴完全是为了斗争与捕猎而生——这是物种进化给予它的珍宝,这种珍宝就是暴力。阿梅利亚想唤回无人机,但是没有成功,她似乎觉得这架无人机被某种鲜活的无法与之抗衡的力量卷走了,那是一种无言的智慧,专为劫持所用。猛禽卷带着无人机迅速消失了,阿梅利亚觉得这正是猛禽存在的原因与生存的方式。

她将这一幕告诉了向导,她觉得没有人会相信她所说的一切。阿梅利亚用手势模仿着发生在天空中的遭遇,向导也曾用手势提醒阿梅利亚小心炸药及其引发的爆炸,他们借助几个动作表明生活在同一个世界,奇怪的是他们完全可以相互理解。他们用英语来说事情,用手势表达沉默、情感与思绪、危险与让人震惊的恐惧。他一定会认为我疯了,阿梅利亚心想。但是,事实并非如此,这个身兼向导、翻译、司机与亲信四项职务于一身的男人交叉双臂,长舒了一口气。他很乐意相信阿梅利亚,对她解释说,这个地区以捕鸟者而闻名,在距离这里不远的地方,男女老少都会说猛禽的语言,有着猛禽的想法,他们与这些猛禽一起生活,似乎同属一个种族。阿梅利亚反诘:"这是一群什么样的男人?什么样的女人和孩子?"阿梅利亚从来没有见过他们。向导说:"但是他们见过你。"这些人见过阿梅利亚,见过这个有着红棕色头发的可怜女人,这个女人相信自己可以借助一架无人机构建他们与生物之间历来的联系,他们看到这些生物出生,给这些生物喂食,他们理解彼此的叹息。但是，现在该是阿梅利亚叹气了。“他们真不会养鸟，”阿梅利亚说，“掠走我的无人机，简直太荒唐了！”继而，当阿梅利亚想到“无人机的骨架外面只有一层表皮”时，她露出了一丝扭曲的微笑。“恰恰相反，这些鸟被养得很好，”向导说道（他边说还边打手势，因此阿梅利亚明白了他的意思），“这不是一个意外，而是要扣留人质。”阿梅利亚惊讶地发现他把手臂放了下来。即使人们自认为已经了解了他们生活的世界上的某些事情，我们也完全可以打赌说人们其实知道的并不多。

阿梅利亚问道：“我们该怎么办呢？”随后发生的事情就更加超现实了，很久之前，很多年前，那时的阿梅利亚还很喜欢跟保罗聊天，给他讲述这些瞬间。向导耸了耸他宽厚的肩膀，放下了强壮的手臂，在空气中画着些什么，是一个正方体，还是一个盒子？不，是一张纸。他们可以做一个寻物启事，就像阿梅利亚丢了狗时做的那样，她开始觉得这件事情非常有趣。张贴寻物启事，给一定的报酬，对于阿梅利亚而言仅仅意味着兑换美金、欧元与德国马克，并不算什么。但是，对于这些没有见过面的男女老少而言，这是一大笔财富，在一场战争刚刚结束，并为提防下一场战争的发生做准备时，这笔报酬可以帮助一个人或一个集体生存下去。

在那一瞬间，她看到了自己站在那里，穿着一件驼色的连帽滑雪运动衫，一条淡粉色的披肩遮住了她那已经有了几缕银丝的头发，手里拿着一摞纸，那是寻物启事；一个有着六个推进器的无人机图片代替了一张人脸，甚至是一张动物的图片。又一瞬间，阿梅利亚觉得这个场景非常荒诞,她仿佛看到了自己或她的一个后代在未来的样子,然而她却生活在当下。向导借助其一贯的才干完成了寻物启事,却没有墙壁可以张贴,在这片广阔无垠的荒凉土地上,他们又该将这些启事递给谁呢?阿梅利亚认为所有的一切都像是一个已经过时的、有些奇怪的、让人感动的未来主义。

在接下来的几天中,什么都没有发生,尽管向导在寻物启事上用阿梅利亚看不懂的字母写下了承诺的报酬,对于这群人来说,这样的物质补偿可以让他们吃饱饭。阿梅利亚什么都没有做,她在等待。慢慢地,她感觉到或认为自己感觉到在这座山里有上百只眼睛存在。等待是一种美德,对于阿梅利亚这一代人来说,等待是一门已经被遗弃的艺术。终于,某一天晚上,一个男人出现了。他带来了一片飞行器的残骸,阿梅利亚沉重的心脏又跳动了起来。如此依赖一件物品真的合情合理吗?然后,她发现那不是她的飞行器,没有一丝惊讶。

之后的日子里,又来了一些人,他们从四面八方带来其他一些物品:有些物品让人说不出是什么,也认不出是什么;有些物品上可辨认出一些文字,比方说,德国联邦国防军空军的缩写字样;甚至还有十到六十公分长的残骸。半信半疑的阿梅利亚把它们都买了下来,徒留向导以她的名义艰难地与这些人协商,因为作为一种最起码的礼貌,向导要把价值作为尺度,以免这些人知道他们索取的报酬对阿梅利亚而言不过只是一个微不足道的数目而受到伤害。阿梅利亚将这些残骸全部买下,按照时代、尺寸、政治阵营或被推定的大陆将它们分门别类。她用飞行器的残骸在她的周围重新组合成神圣的圆圈。尽管身处沙漠,她却觉得位于整个世界的中心,她表面上的放弃也的确只是一个表象。

无所事事并没有战胜阿梅利亚,反而点燃了她思想的火苗,在她的关节处、脚踝处、纤细的手腕处以及红肿的指尖处燃烧。在这缓慢燃烧的火焰中,阿梅利亚看到了过去的生活,看到了她所有的错误。在不工作的时候,她会因为自己不曾说出口的话语、不曾做过的事情而火热沸腾,对于一个已经放弃了整个世界的女人而言,这是一个很危险的状况。无论如何,过去的生活披上了一件她从来不曾读过的片段的外衣,披上了一件她从来都不曾给予他人的爱抚,又一次回来了。对于阿梅利亚来说,这是一种火热的情感,是因为火热的情感在她身上,所以才在她的周围燃烧,还是恰恰相反?她很难相信这件事情,但是她知道:某些人在同样的环境下生活,他们并没有像自己一样提出这么多的问题。她等着人们将她赖以生存的无人机给她送回来,但是只收到了一些金属和线路的档案,还有一些年纪甚至比她还要大的破碎的飞行器,它们来自那些已经不复存在的国家与地区——这是一个由已经被人忘却的战争、陈旧事物和废弃物组成的地区政治史。某些碎片被沙土打磨光滑,另一些碎片依旧锋利。阿梅利亚还在等待着,向导也是如此。

有一天,在沙土和尘埃构成的云雾中,在这荒芜的环境下,一辆吉普车驶入了基地。“真是无风不起浪啊。”阿梅利亚一边按摩着疼痛的指骨一边想着。在吉普车带来的黑暗光环的作用下，人们看不到这辆车，也无法立刻看到究竟是什么人从车上下来，徒步爬上了通向营地的峭壁。阿梅利亚眯起眼睛，自言自语着："一切都还好！"但是，她那颗被吞噬的心脏开始强烈地跳动起来。因为，在那么一瞬间，她仿佛看到了只有十八岁或二十岁的保罗的身影。不过，这个身影要比保罗更矮小与纤弱，阿梅利亚暗自道："这也许只是我的错觉吧。"第一个出现在她脑海中的想法并不能被称为一个想法，而是一种情感，一种她从很久之前就在反思的孤僻的爱——这是一个惩罚、一种反射——她要给这种情感找到它应有的所在，也就是说一个尽可能小的并且几乎不会被人怀疑的所在。不过，或许无法实现，这种情感就像是某一天可能会导致她失败的小石子。阿梅利亚的第二个想法就是保罗已经死了，然后又变成十八岁或二十岁时的模样回来找她算账。阿梅利亚发现，在那件过于宽大的连帽滑雪运动衫下，在黑色的小卷毛下，在淡灰色的呢斗篷下，一个年轻的女人向她走来，自然不是保罗，对此，阿梅利亚放松又失落。不过，这个女人应该跟保罗有着某种关系。当然，阿梅利亚明白了这是怎么回事。

5

她们既像又不像。当然,即便她们并不相像,也还是可以认出彼此。她们交谈了许久,这位不是母亲的母亲,与这位别无选择只能成为女儿的女儿。阿梅利亚不知道应该如何与一个孩子交谈,但是,在与露易丝交谈的时候,她感觉是在与自己对话。

“我不曾想过你会找到我,我甚至不曾想过你会来找我,我以为你会更聪明,我担心你也有着红棕色的头发。更糟糕的是,你像我一样荒唐。我本希望你可以继承你父亲的聪慧。保罗一直知道在这个世界上应该如何保全自己。那么,阿尔博斯呢？她有没有给你强行灌输一些东西呢？我知道她已经去世了。”阿梅利亚接着说道,“她是被杀的吗？是在她家里被杀的吗？”露易丝颤抖着,因为她记了起来,她记起了一切,她记起了轮胎的沉闷轰鸣,记起了挚爱之人的身体倒在地上的声响,还有血,满地的鲜血——露易丝用右手摁住阿尔博斯头上的伤口，用左手摁住她胸口上的伤口，在阿尔博斯的身体变得冰冷之前，露易丝根本不敢移动——随后，她只给父亲打了一个电话，这个电话是在阿尔博斯的身体变得冰冷之后打出的。不过，她没有把这一切讲给这个女人听。这是她与阿尔博斯之间的事情，当然与保罗也有一点儿关系。

“她是被火葬了吧？我觉得她希望这样，不过这一切都太遥远了。”阿梅利亚说道，但是，露易丝并不赞同她的说法，恰恰相反，这一切都很近、非常近，还没有过去。“那么，好吧，”阿梅利亚继续说，“我希望你可以有一个不一样的结局。有时候，我也会想到你，特别是在最初的那几年，每当我闭上双眼的时候，我就会觉得看到了你，看到了你最初的小秘密，看到了你最初的几个朋友，看到了你最早的几个男朋友。是的，我相信自己可以远远地看到你，这种情况出现过一两次，我感觉自己又回到了那间可怕的公寓，那间保罗差一点儿就没有让我离开的公寓，我很想知道保罗是不是真心想放我离开（露易丝想到了自己孩童时期的恐惧）有那么一两次，我会从睡梦中惊醒，不知道自己身处何方，梦到自己看着你入睡，你不要认为这会很痛苦，我从来没有做过比这更可怕的噩梦。还有一次我梦到了保罗，梦到了我和保罗，但是我们没有待在家中，对我来说，这是一个多么大的宽慰呀；抑或是，我们其实就是在家里，不过那是在最初的时候，我生活在旅店里。他应该把这一切都告诉你了，这再好不过了。实话实说，接下来发生的事情不过就是一个可怕的错误。总之,这一切就是发生了。”

露易丝沉默了,她想起了保罗,她时而会听到保罗在梦中喃喃自语,每当那时,她都会光着脚溜进他的房间,试图听清保罗说了些什么,或者试图将保罗唤醒,但是,她没有成功。她的父亲在这个朴素的房间中,或是蜷缩在这些素净的床单里,或是躲在挂在衣架上或是放在椅子上的深色西装中,对着空无喃喃自语。但是,对于露易丝而言,这一切都如同一个没有被人发现的犯罪现场一样。

“我找到了你的照片还有信件,”露易丝小声说,“无论如何,你是给他写过信的。”

啊,对了,那些信件,那些她执意手写的信件。“我很清楚本不应该留下任何痕迹。但是我过得不好。后来我就停止了。我不再写信也不再寄信,因为这样做没有任何作用。你知道的,我非常了解保罗。每当我闭上眼睛的时候,我就可以看到他装出一副高雅的样子,用道义和野心武装自己。我非常了解他,我就是在他的大脑里说话的那个人,我会对他说一些他并不想听到的事情。我打赌,他现在一定很像我的父亲。”阿梅利亚轻蔑地说道。露易丝觉得这种轻蔑像是打在自己脸上的一记耳光,像是一种控诉。她想要诉说这次分离。不过阿梅利亚没有听到,也不想听到,阿梅利亚打断了露易丝:“你在这里什么都做不了,真的。这里既危险又荒谬。你没有朋友吗?没有情人吗?你应该有十多个情人吧？睁开眼睛看看吧，你很漂亮。当然，你长得跟你的父亲很像。对不起，但是我真的没有办法直视你。”

“但是，我的父亲究竟做了什么可怕的事情呢？”露易丝低声问道，只有她的骄傲支撑着她不让自己像孩子一样哭出来，因为她不再是一个孩子了。“人们究竟做了什么可怕的事情呢？”阿梅利亚耸了耸肩。露易丝第一次接触到耸肩这种残忍的表现形式，她之前并不知道它的存在，因为她的父亲用尽一切手段将她严密地保护起来。为了表达一些事情，为了保住自己的颜面，露易丝问道：“那你呢，这么多年你又做了什么呢？”阿梅利亚看着露易丝，而露易丝则在阿梅利亚的脸上看出了对她的腻烦。露易丝想：人们会认为那是一个噩梦吧。最后她弱弱地说：“别人告诉我说你很喜欢艺术。”

“我也喜欢保罗，是的，我喜欢艺术。但是，这都是很久以前的事情了。我之所以会离开，是因为我无法成为一名母亲。从某种方式上来说，为了可以离开，我把你当作交换给了保罗。因此，我们可以这样认为，如果没有你的话，我无法成功地离开。我喜欢保罗，但是这又有什么用呢？对于彼此而言，我们都只会让对方感到疲惫。是的，所以我离开了，我居无定所地生活着。”阿梅利亚对这个自己拒绝拥有的孩子说道，“我最终接受了父亲给我的钱，就像所有人一样，这些钱不多，但是足够让我艰难地生存下去了。你知道钱是从哪里来的，不是吗？你不知道吗？你瞧，我做得很好不是吗？无论如何，你被保罗保护得很好。你没有见识过我的家庭,你不知道它是什么样子的。它就是一个敲诈。无论如何,金钱来自沙土,而沙土又是制作混凝土的原材料。当然,父亲不会为此而夸耀什么,他就是一个强盗、一个小偷。他很坚持,因为他只会做这种事情。成千上万吨的沙土,建造一所房子需要用三百吨沙土,修建一条公路需要用三万吨沙土。后来,沙土开始短缺。虽然人们不说,但是我也知道。特别是在这里,人们是不会说什么的。但是,现存的采石场已经到了枯竭的程度。那些首当其冲被涉及的人们,也包括我的父亲,他们提出的解决办法之一就是开发海上资源。巨大的船只、高效的水泵、成百上千升被盲目抽出的海水,植物、动物、珊瑚都消失不见了。在通常情况下,另一种解决办法就是偷盗。清晨,巨大的卡车从世界各地的海滩上满载而归——亚洲、非洲、美洲、欧洲无一幸免。这种行为带来的后果就是,全世界的海滨都变得更加脆弱,开始向外推移,三角港受到了崩塌的威胁,土壤变得贫瘠,某些情况不太稳定的岛屿几乎完全消失不见。这就是我的家庭的所作所为。现在,这也是你的家庭了——你属于这个家庭。那么……艺术,在我看来,艺术的未来就是这些海滨的未来。但是,艺术又能有什么作为呢?我喜不喜欢艺术又有什么意义呢?艺术在消失,所有的一切都在消失。只有罪恶还存在于这个世界。我的父亲跟你的父亲一样:他们都是在持续地发明创造的男人。最近这几年,我的父亲兴建了不少人工岛屿。从天空向下看,这些岛屿在死去的海洋或是正在死去的海洋中勾勒出了一幅图画。棕榈树、星星或病毒，这些简单通俗的形式满足了一个同样简单通俗的品位。岛屿在逐渐减少，这是大自然给人们的一种讽刺；然而，这也是工程上取得的业绩，是它的代表作品。然后，海平面上升。偶尔，我也会想到不久之后，地球上存在的陆地也只有那些岛屿了吧——那些既愚蠢又毫无价值的形式，就像一个已经变得贪婪的孩子的玩具一样。我在这里、在战争中感觉良好，至少战争是一件很纯粹的事物。拍摄照片会让我感觉更好。我让自己尽可能少地投入其中，但是，我有一个弱点，我更愿意相信这里还是有某些事物的存在，而非一无所有。这就是我所做的一切。为那些已经消失或即将消失的事物进行航空拍摄，为不太可能出现的情况做准备——人们也许会重建这些世界。”

她疯了，露易丝想。她喝了一口热的加了牛奶的甜茶，这是阿梅利亚最主要的食物，露易丝扪心自问，阿梅利亚究竟是不是自己的母亲。露易丝刚刚赶过来，身上满是沙土，头皮里，指甲中，甚至是耳朵中那精致如同迷宫般的轮廓里都是沙土。但是让她感觉到不适的，妨碍她与母亲重逢的——露易丝梦想中精妙的力学——就是抽象的沙土。“抽象的沙土”是阿梅利亚提到的某种诗意的说法(然而，这是一部既黑暗又绝望的诗作)。

“是的，我丢弃了一切，因为所有的一切都变质了。你父亲、我、所有的一切。而最具讽刺意义的是，因为这个世界实在太过于辽阔，以至于人们都无法从中离开。也许，在试图摆脱这种变质与腐蚀的过程中，我只是将它们传播开来。至于你，我想把你保护起来,但是我并不确定自己是否真的做到了这一点。”

“不,你没有。”露易丝说道。不,阿梅利亚没有成功,甚至是完全失败了,因为她没有真正地离开。露易丝给阿梅利亚讲述了自己在一个幽灵的陪伴下度过的童年,这是一个奇怪的存在,它不会一直持续不断地出现,但是它会分离般地往复出现,会在某些夜晚造访露易丝。“我觉得很奇怪,如果我不是疯了的话,怎么会看到这样的场景呢?”“抬眼望向天空的阿梅利亚是不是一头怪兽呢,”露易丝寻思,“还是她将自己装扮成了一头怪兽?我觉得好像是有人将手指弯曲,在一间儿童房的墙壁上用手影做出狼的样子一样,不是吗?她不会听任自己受到别人的威胁,她还是会继续自己的选择,她是一个非常固执的人。”露易丝说道:“现在我知道自己的父亲是一个什么样的人了,他非常怨恨你,但是同时,他也很想念你,他让你出现了。这与词语和选择没有任何关系,这是一个关于爱情与痛苦的问题。人们也会被别人的痛苦所传染,即便这个人已经被杀死。最好笑的就是,很久以来我一直都在怀疑保罗是不是把你杀害了。你能想象吗?谋杀犯保罗。”露易丝放声大笑起来,阿梅利亚却没有,她皱起了在阳光的照耀下变得黯淡的眉毛。“当然,事实并非如此,保罗让你活着。在这段时间里你一直活在这个世界上,即便人们从来没有跟我说起过你,我也相信自己了解你,这都是因为保罗。”

露易丝看着这个陌生的、略显老态的女人。阿梅利亚看起来要比实际年龄小一些,也许这与她不愿意给予爱有一定的关系,似乎这样一来，她就节约了一次或者是多次生命。这不就是一个与信誉或是欠债有关的问题吗？“难道我真的完全错了？”露易丝问自己，她不惜一切代价，用尽一切努力来到这里，“不过，我这样做既不是为了她，也不是为了我的父亲，而是仅仅为了我自己，为了不让自己带着一颗并不完整的心脏如行尸走肉一般生活。”

一种让露易丝喉咙一紧并且渗入言辞的酸涩涌上她的心头，突然之间，她感到非常疲惫、伤心，她没有什么好说的了。一切都是徒劳无功，她为什么不待在舒适安逸的家中？她如同一只小鸟一样被父亲关在了一个笼子里，她为什么不待在那个处处燃烧着激情、被称为基础世界的地方？正是在燃烧的激情之中，露易丝了解了何为友情。如果说她的自由是虚假的话，那么，与之相反的就是，她的友情是真实的，她很清楚地知道这一点。现在，露易丝因为自己的发现而失望，可能还是极度的失望，她祈求自己的朋友，那位从来不曾说谎的朋友，那位充当着她的同谋、知己的朋友，他就是勒·德拉维。他们曾经手挽手地走在游行示威的队伍之中，他们的步伐几近宗教色彩，似乎从他们的肩膀、胯部与梦想的摩擦之中突然闪现出某种事物，比方说，一簇火花、一个更好的世界，或者是公平公正。现在，露易丝知道了这是一些何等愚蠢稚气的想法。不过，她很怀念曾经那些她觉得思虑不周的冒险，那时的她尚不知道什么是真正的危险。一方面，那些冒险是她为自己制造的儿童游戏；另一方面，也是战斗的前奏，如同一个故事具有其两面性。她把头放在勒·德拉维的双膝上，勒·德拉维的眼睛因为催泪瓦斯而变得红肿，流出的冰冷可贵的液体以及矫揉造作的泪水，清洗着让他们看到了一切的虹膜。他们互换角色。该露易丝了，勒·德拉维将自己那如同古罗马雕塑一般的头部（雕塑已经钝化，仿佛被遗失在沙土中很久之后才被发现，人们已记不清他的名字，不知道他曾拥有过何种权利，也不知道与他有关的神话故事了）放到露易丝的膝盖上，而露易丝的手中拿着一个装满药剂的小瓶子。这是一种清洗仪式、一种友情仪式，是另一个可能的世界。

“只要你跟我说，我就会跟你一起去。”勒·德拉维话不多，但很会说话，而且干脆利落。“我感觉自己像只猫一样。”露易丝抗议道。勒·德拉维丝毫没有犹豫：“只要你跟我说，我就会跟你一起去。”而露易丝则认为这趟旅行必须由她独自完成。也许确实如此。现在的露易丝就在一个糟糕的、不幸的地方，在一个应该是疯了的女人身边。露易丝站了起来。阿梅利亚说：“天黑了，你最好留在这里。”不过，她本人似乎并不这么认为，说话的是存在于她身上的荒凉的礼貌。年轻的女人拒绝了，她要回到原来她待过的地方，她要把睡袋沿着化为废墟的一面墙铺开，那里距离她现在所在的地方不过只有两个小时的路程。露易丝不敢想象自己如果再耽搁下去会发生什么事情，她觉得自己可能就这样死去。不，她更情愿回到那个她留下了标记的地方，回到那群士兵、逃兵和雇佣兵之间，因为他们中的某些人与露易丝同龄，也与勒·德拉维同龄。如果人们仔细想想的话，这是一件非常疯狂的事情。

在这个或许不能被称之为房间的地方,露易丝睡得很不好。她把自己的脑袋裹在一条薄薄的披肩里,这让她看起来更像是一位新娘或是一个养蜂人。她这样做是为了在睡梦中不受其他人的注视,同时也保护自己不被蚊虫叮咬,不会满头沙土。她的梦都很奇怪,就像很久以前生活在曾是一片海洋但后来却干涸许久的地方的珊瑚和海胆一样,偶尔,这样的场景还会萦绕已经睡着的人,或给予他们安抚。

不过,第二天,阿梅利亚重新回到了陆地,回归了自我。她沉思着自己那陈腐的想法。她真的来了,在路上奔波两个小时之后,阿梅利亚面对着那个年轻的女人,不管怎么说,她都亏欠了这个年轻女人一些东西。阿梅利亚在来的时候很费劲儿,在说话的时候也很费劲儿,她先是在这个已经被人遗弃的旅店里转了一圈,像一头走失的动物一样嗅着周围的一切,与其说是不安,倒不如说是好奇。露易丝什么都没有说,只是一动不动地待在那里,看着阿梅利亚。最后阿梅利亚走近她,在天与地之间坐了下来,她对露易丝说："你说吧，我听着。"露易丝开始讲述自己的故事，与其说她把自己的故事讲给了这个陌生的女人听，不如说她在讲故事给自己听，给即将到来的黑夜听。她说了一些在之前本不认为可以独自做成的事情，这些已经转变为话语的事情看起来不仅仅是转变了状态，更像是改变了本质，就像一株与种子完全不相像的植物一般。也许，这就是露易丝寻找的东西，这个声音应该是她自己的。露易丝诉说着她对保罗的爱，她爱得非常激烈，甚至给保罗造成了压力，她的爱就像是一条被子一样，在被子的下面，空气一点一点流失，尽管人们尽力呼吸，但是情况还是逆向发展，成了一种窒息。直到现在，露易丝从来没有如此大声坦露过这件事情。"我不太尊重他，"露易丝说，"我恨他，整个世界都沸腾了，但是他给我的感觉就像什么都没有发生一样。在我的人生中，他一直都在欺骗我。他一直都在我的旁边，但是他一直都在欺骗我。在做饭、吃饭、游泳的时候，在街上以及所有的地方，他都在欺骗我。在睡梦中，也只有在睡梦中，他才是真诚的。"

阿梅利亚思考了很久，露易丝本以为她是没什么好说的了，也找不到什么可以说的了。然而在一次简短、干涩的呼吸后，阿梅利亚说："你对你父亲的评价有些过分了，不过，更可怕的是你弄错了。在我离开你们的时候，保罗给了我自由的选择机会。他跟我发誓说永远不会跟你说起我，这是为了让你不会拥有一个跟我一样的童年。我希望可以为你而死。我甚至无法成为一个很糟糕的母亲——我根本无法成为一个母亲。你已经看到我是一个什么样的人了，不是吗？你瞧，在我看来，世界上到处都是糟糕、可怕的事情。这不应该是一个孩子应该承受的。其实是我害怕，我特别害怕自己不知道应该如何爱你，也许，我也害怕在你的身上看到这种糟糕可怕的一面，它吞噬着我，也吞噬着整个世界。对此我会感到痛苦。但是，如果我能把这种痛苦传播出去的话，我就会将这一切遗忘，包括糟糕可怕的事情与痛苦。恰恰相反，在完全没有怀疑阴影的影响下，我知道自己的精神状态并不正常。我可能比较有远见，但是这并不正常。我也想提醒你，其实保罗一直很尊重我的意愿，从某种程度上来讲，这是我最后的意愿。在这件事情上你一定不要弄错了，此外，这是一件非常明显的事情。但是，在夜幕来临时，人们看不到什么东西，几乎什么都看不到，我完全就是一个迟缓的人。

"是的，你误会了，忘记昨天我跟你说过的一切吧，至少不要把我说的话太放在心上，一直以来，我总是会犯一些相同的错误。实际上，这么多年，我一直都在想念着保罗，想念着你们。在这里，夜幕降临时，我的想法会变得更加清晰，终于，我看到了这一切，看到了一个一直在时间中后退的场景，不过，对于我而言，我们之间的空间距离没有发生任何改变，那个场景实在离我太远了，以至于我没有办法过去，没有办法触碰它，没有办法把它拥在怀中，把你们拥入怀中。但是，这个场景又足够近，我可以用目光来拥抱它。我看到的就是这样的场景：保罗看到了这样的我，真实的我，他爱上了我。他还在爱着我。尽管他可能不愿意承认这一点;实际上,承认也没有什么意义。但是,一个有能力做这种事情的男人,一个可以真实地了解另一个人并且还可以爱上这个人的男人,即便是背叛、离开与抛弃,他都值得爱与尊重,因为他的内心与整个世界对抗,在这个时代,他像一个逆流而上的游泳者一样前行。在一个已经结束或是即将到来的世界里,如果你无法看到这个男人,或不能感受到这个男人的话,那么抵抗就已经在那里了。”

露易丝看着这个身影消失在黑暗中的女人,这个在自己热泪盈眶的眼睛中消失的女人,她的身体对某些事情产生了反应——是暴力还是宽慰?——因为这个她并不熟悉的女人将完全与她没有任何关系,这个女人通过自己的选择与可能的疯狂,或仅仅借助高深的本真与她斩断了联系,这个女人不知道,或不愿意,抑或无法无视这一点:她刚刚将露易丝的父亲,露易丝唯一拥有的整个家庭,还给了露易丝。我很想知道她是不是欺骗了我,露易丝想。我才开始试图理解她,我可能会花费全部生命来理解她。但是,这样一来,我的生活就不是我的生活了,而她则会有两种生活。一个女儿被自己的母亲纠缠着实不是一件好事情。夜晚流进了已经变成废墟的旅店,它透过窟窿、没有玻璃的窗户,还有周围遍布破碎玻璃的窗户流了进来,像一件珍宝、一张床铺、存在于内外之间的极端混淆一样。夜晚进入旅店,触碰了露易丝,而她从未曾见过如此的黑暗、完美的漆黑。不过,甚至在这样的黑暗中,人们的眼睛在不久之后就可以看到其他事物。是的,人们可以看到某些事物，它们沉默不语，即将到来的战争在它们之间酝酿，变得清晰明了。露易丝认出了或是相信自己认出了那些图案与轮廓，它们就像孩子们的画一样，在这些画中，人们需要将一些点连接起来。在这里，在荒漠之中，在这个正处于酝酿阶段的战争之中，露易丝明白了，这些点便是一种对天空与即将到来的黑暗的初步理解。

6

保罗的不适在他的女儿离开不久之后就爆发了出来。他说那些光线令他很不舒服。光线渗透进来。他清空了卧室中所有的屏幕,然而当他再次醒来时还是躲到了床下;即便如此,他仍在抱怨:“我感觉到了,我看到了屏幕上的蓝色数字还有它的二极管。我知道屏幕就在那里,它还在闪着亮光,我实在无法忍受。”西尔维娅从包里拿出一个人们在飞机上使用的夜间面罩,保罗尝试戴着它睡觉。然而,光线还是找到了一条路径直达保罗的视觉神经,这让保罗非常生气,保罗让人装上了遮光窗帘,就是那种摄影师才会使用到的窗帘,以便隔绝路灯的模糊光圈与那些偶尔从塞纳河上传来的多彩光束,不过,那个时候,保罗还是很喜欢这些光束。但是,这一做法没有任何作用:那些无处不在的微光,还有那些出现在他眼睑处的微光,都是保罗所无法逃避的。“我觉得我生病了。"保罗最终对西尔维娅这样说。保罗穿着一条短裤躺在医疗床上,他的周围飘散着一股淡淡的消毒水的味道,他置身于暗淡的霓虹灯光之下。他做了人们可能永远不会做的事情,他借助自己的方式打听到了各种消息,他知道了许多与光污染有关的事情,比方说,光污染对哺乳动物的影响,某些与夜间工作或与他从小就避之不及的暗蓝色光芒有关的癌症;他也知道了那些不知所措的小鸟们会迷失方向,撞到桥身上,甚至撞死在桥墩之上。

保罗做了一些检查。人们向他提出了问题,他也尽自己所能回答了这些问题。当人们问起他的年龄的时候,他知道自己应该如何回答,可从他嘴里吐出的数字在他看来却十分荒谬。就像是一部小说。问题愈发古怪,与他陈述的具体内容有关。保罗问道:"怎么会是这样呢?"他想到了阿梅利亚的微笑,想到了露易丝的微笑,为什么他要为此付出这么多呢?这些问题与某些化学物质有关,比方说:"在您的认知中,您曾经是否经常接触阻燃剂呢?"这一次,保罗不知道该如何回答,他耸了耸肩膀,就像他父亲曾经做过的那样。在X光照片上,保罗看到了自己的胸腔、一条胳膊还有一条腿,但他几乎认不出来。身体的阴影被一些光点侵袭了,而保罗的直觉却告诉他,它们本不应该出现在那里。保罗想起自己曾看到过相似的影像,如果这与影像有关的话。他想起自己曾有过一个假设:正是光线或是光点杀死了他的母亲。但是,这一切都太遥远了,都埋藏在儿时的记忆之中,而他并不喜欢自己的童年,甚至都不希望将自己与这段童年生活联系在一起,他觉得自己已经忘记了。老实讲,在生病之前,保罗已经想不起某些事情了,但是,在生病之后,这些已经被他忘却的事情又重新回到了他的记忆之中。

这样一来,是不是一切都结束了呢?保罗寻思着。在这道永恒的光线中,在这道永恒的暗淡的光线中,保罗努力用自己的一生在逃避,在摆脱,但是,现在又是什么从内部啃噬着他的身体呢?

保罗犹豫着要不要接受治疗。勒·德拉维恳求他接受治疗,并且最终说服了他。这个年轻的男人对保罗有一种特别的好感,或是他收到了一些明确的指示?在露易丝不在的时候,勒·德拉维来到保罗家,他会买一些东西,他似乎知道保罗的口味,但是他从来没有就此问过保罗。每次勒·德拉维来保罗家的时候,保罗都会跟他说"至少留下来吃晚饭吧",可这个年轻人会在道歉之后立刻离开。不过,有一天晚上,他在保罗家里耽搁了一会儿。保罗说:"我能问你一个问题吗?"勒·德拉维在经过了短暂的犹豫之后,同意了。这是一个非常忠诚的人,正直且忠诚,人们对他赞不绝口,但他有些胆怯,保罗如是想。"在你第一次来我家的时候,你和露易丝在玩什么游戏呢?"一开始,勒·德拉维表现出一副什么都想不起来的样子,但在保罗的坚持下,勒·德拉维垂下眼睛,最终说道:"我们戴着视频头盔,你知道的。"他那躲藏在近乎白色睫毛之下的眼睛中透露出一丝笑意,接着说,"你不会嘲笑我吧?"

"我向你发誓,不会。"

“我们是一群动物。我们是一群野兽，生活在沦为废墟的城市之中，生活在流水和树木侵蚀的城市之中，生活在一个已经变得荒芜的地方，那里曾经是我们的学校，而现在只残存了一片坍塌的屋顶，我们将那里变成了自己的藏身之所。”

“什么动物？”保罗问道。

“哦，是些野生动物，比方说狼、狐狸，有时候是鸟类。我们通过这些动物的眼睛观察着世界。有时候，我们需要花很长一段时间才能明白自己究竟身处何处。比方说在自己家里。但是，我们的床铺却被野草吞噬，还有一大群昆虫生活在墙体中，生活在泥土里，甚至还生活在书本中。”

“但是，为什么这样做呢？”保罗问道，“这会给你们带来什么呢？你们又学到了什么呢？”

“我不知道，”勒·德拉维坦承，“也许我们知道了自己并非这个世界的中心。也许，即使没有我们，一切仍会继续运转。但是，事实上，我什么都不知道。”他沉默了一会儿，然后接着说道，“您知道吗？这只是一个游戏。”

保罗经常会问勒·德拉维他们究竟在策划些什么，他和露易丝，以及其他一些人。这些年轻人逃离了保罗所认识的世界，最后消失不见。要知道，戴维从来都不曾对保罗想知道的事情做出回应。“戴维，如果我给你拍照的话，照片上的你会是什么样子的呢？”保罗有一天晚上问道。戴维想要克制自己的微笑，但是，他失败了，他爽朗地笑了：“我已经很久没有试过了，您知道的，这与我们的原则背道而驰。”保罗原以为他会说“信仰”二字。

保罗吐露:“我累了,戴维,我非常累。”勒·德拉维不动声色地打量着他,问道:“我有什么可以帮助您的吗?”“我不知道。”保罗说道,他经常会在自己的密室里睡觉,这也是他的坟墓;但是,即便是在密室中,光线依旧会让保罗不得安宁。“怎样才能帮助您减轻些痛苦呢?”戴维道。保罗被这个与他没有任何关系的年轻人的关切感动了。“没有什么能帮助我减轻痛苦,对此,我感到惧怕。”保罗,这个企业家,这个权威人士说道。但同时,保罗也是一个被情人抛弃的男人与被女儿抛弃的父亲。“或许我们需要将黑暗还给夜晚。”保罗无意识地说了出来,他不知道这句话是谁说的,是出自自己之口,还是出自别的什么人。保罗为此感到一丝羞愧。勒·德拉维郑重地认可了他说的话,就仿佛在这个世界上,再也没有比保罗所说的更加合乎情理的了。这是保罗可以记起的最后一句话,随后,光线完完全全地侵蚀了他的视线,他失去了意识。

保罗再次醒来,他觉得自己身在旅店的一个房间里。他花了一点儿时间才明白他是在医院。通过一扇三角玻璃窗,他看到了一棵树,一棵可怜的、有点儿娇弱的树。在树的后面,是一座灯火闪烁的城市,一座有毒却美丽的城市,让人无法抗拒。

“我,我知道,”保罗的脑袋里——一个完全被光线弄得疯掉的区域——有一个声音说道,“所有人都在抱怨,他们的头发脱落了,牙齿也掉光了。人们更换了照明,所有的一切都回到了应有的秩序之中。”保罗不敢转身,最起码不敢马上转身,这个声音继续说:“在其他地方,情况则完全相反。一切都很顺利,直到有一天人们更换了路灯的照明,突然之间就出现了交通事故、自杀与谋杀事件。”

“你胡扯。”保罗说道。

“不,完全没有。”这个声音感到不快。

这个声音越来越近,保罗聆听着它的靠近。这个声音的主人坐到了床上,躺到了他的身边。那么,他们的肩膀、腰部与梦想的碰撞又能迸裂出什么样的火花呢?在这个已经被光线啃噬的世界,他们可以摩擦出更多的火花。

“你又来了。”保罗说道。

“我又来了。”阿梅利亚回答。

保罗握住阿梅利亚的手,感受着她的血管、肌肉与纤细的手指。他知道阿梅利亚的年纪,就像他知道自己的年纪一般。但是,这些数字就如同一部科幻小说一般,他们要比自己的实际年龄更年轻:他们的年纪就是他们彼此相爱的时间。从此之后,他们的爱情就是另一件事情了,或者是一个记忆,一个幽灵,一个尚且不为人所知的力量,也许还是一条出路。这个奇怪的事情发生了，就在外面城市的灯光突然熄灭的时候。它并非一下子全然爆发，而是分好几次进行的，黑暗一点一点地入侵了每一个区域，又一次次夺回自己的权利。这样一来，在这个晚上，除去一个黑黢黢的完美的三角形之外，什么都看不到。

“这是一个完美的场景。”阿梅利亚说道。

“这是一个完美的场景。”保罗说道。

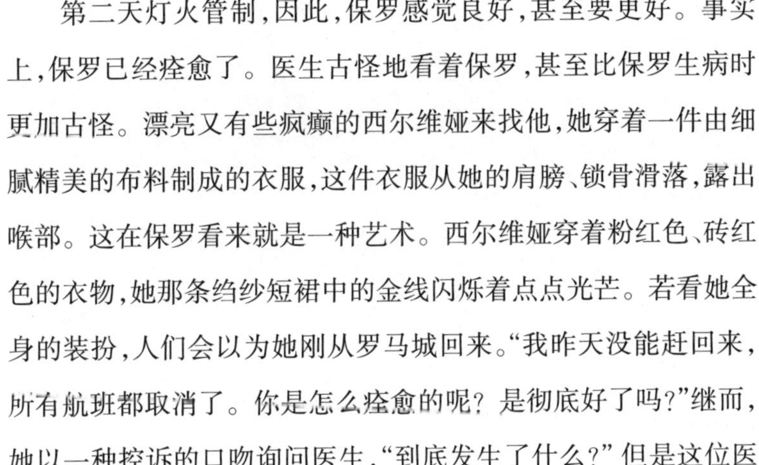

第二天灯火管制，因此，保罗感觉良好，甚至要更好。事实上，保罗已经痊愈了。医生古怪地看着保罗，甚至比保罗生病时更加古怪。漂亮又有些疯癫的西尔维娅来找他，她穿着一件由细腻精美的布料制成的衣服，这件衣服从她的肩膀、锁骨滑落，露出喉部。这在保罗看来就是一种艺术。西尔维娅穿着粉红色、砖红色的衣物，她那条绉纱短裙中的金线闪烁着点点光芒。若看她全身的装扮，人们会以为她刚从罗马城回来。“我昨天没能赶回来，所有航班都取消了。你是怎么痊愈的呢？是彻底好了吗？”继而，她以一种控诉的口吻询问医生，“到底发生了什么？”但是这位医生也不知道该如何回答这个问题。

7

晚上，保罗和西尔维娅躺在床上。就在那天晚上，他听说了那个跳跃，听说了阿梅利亚·德尔纵身一跃。在阿梅利亚回来之后，他们见过几次面。还一起去看望阿尔博斯，更确切地说是阿尔博斯的骨灰。他们把阿尔博斯的骨灰撒在了这个她曾经思考过、深爱过、最后又把她抛弃的城市之中。他们再也感受不到阿尔博斯的存在了，但是阿梅利亚说，他们可以“呼吸”阿尔博斯。阿尔博斯的一部分已经存在于他们的肺里。保罗十分震惊，并着迷于这种“存在”，然后他笑了。他觉得这是一件更加值得欣喜的事情：在这个世界上，更多一些的阿尔博斯出现在他的身上。

他们谈到了露易丝，谈到了这个世界。在阿梅利亚看来，露易丝将会比这个世界更加美好。无论是在谈论露易丝的时候，还是在谈论这个世界的时候，阿梅利亚都像在谈论一种观念或是一个抽象的想法。但是，对于保罗而言，他女儿的微笑、身上的香气还有嗓音是这个世界上最最重要的东西。“我不会感到遗憾的事情就是，她跟你很像。”他们对着彼此说道。话音刚落，保罗就笑了。在每一个时刻，他们都在自己与对方之间保留了一个尊重的距离。

保罗想着，也许他们还可以成为朋友，但是，他也清楚地知道，这一切与做朋友没有任何关系，这从来都不是他们之间存在的问题。也许，阿梅利亚也知道这一点，因为不久之后，阿梅利亚就从自己的小公寓里跳了下去。两个目击者声称他们看到了阿梅利亚脸上露出的微笑，还有那个场面展现出来的怪异的美丽与疯狂。一个身材高大的女人赤裸着双足，站立在扶手上。她的肩膀漫不经心地倚靠在一面墙上，站在那窗框之中，就像站在门框里一样。她面带微笑，那头依旧棕红色的头发在阳光的照耀下洋溢着美丽的光泽，她穿着一件男士衬衣。“她在微笑着，似乎她希望被别人看到，”其中一位目击者说道，“她的双手在颤抖着，她在微笑着，就好像是她需要在公众的注目下结束自己的生命一样。”“但是，实际情况并不是这样，”另一个目击者说道，“她并没有对着我们微笑，她在对着自己的前方微笑，更确切地说，她是在面对着一个比她高了一头的人微笑，不过，当然，在她的前方除了天空就什么都没有了，那个时候正值日落时分，夕阳的余晖洒在地上。”

保罗明白了这就是阿梅利亚唯一的作品，这就是她展现艺术的形式，这是一种最终的、持续的修复形式，除了保罗之外，没有人可以理解这种形式。这是只为保罗一个人呈现的作品，保罗知道，阿梅利亚是在对着他微笑。

她在对着三十年前的保罗微笑，那时候保罗正在他的岗位上睡觉，正在艾丽斯连锁旅店的接待前台睡觉，因此，保罗没有看到阿梅利亚的离开。

她在对着二十年前的保罗微笑，那时候保罗买下了那间巨大的空空荡荡的公寓，他唯一的乐趣就是看着阿梅利亚赤裸着双足，披着他的衬衫，在一道阳光中于这间公寓里走来走去。

她在对着保罗微笑，那个时候，她生下露易丝后刚刚醒过来，她看到了保罗，保罗的怀里抱着露易丝，她注视着他们。

就这样，阿梅利亚回忆着，她想起了一切。

终于，保罗知道了自己曾被阿梅利亚爱过，也一直被爱着。

致 谢

我要感谢那些以自己的方式帮助我完成这部小说的人们,感谢给予我资助的国家图书中心,同时也要感谢美第奇别墅,正是在那里,我开始了,继而放弃了这部小说的创作。后来,我在加泰罗尼亚的法伯尔公寓(la résidence Faber)完成了这部小说。我要感谢摄影师拉斐尔·达拉博尔达(Raphaël Dallaporta),感谢他提供的关于无人机的故事。本书中阿梅利亚·德尔口中的《玫瑰里的宇航员》来自2011年由安固尔特出版社(éditions Inculte)出版的《仰望星空》(*Le ciel vu de la terre*)一书,这是这个故事的最初来源。关于诗歌文献方面,我要特别感谢我的母亲与她的作品,她用另一种方式继续着自己的创作。至于本书中纳迪亚·德尔最初的几部作品,我的灵感来源于美国历史学家詹妮弗·罗伯斯(Jennifer L. Robers)的一篇文章《冷漠的风景:罗伯特·史密森与约翰·

罗伊德·施特芬斯在尤卡坦半岛》(*Landscapes of indifference: Robert Smithson and John Lloyd Stephens in Yucatán*)。关于发生在南斯拉夫的战争，彼得·安德烈亚斯(Peter Andreas)的作品在我创作这部小说的时候给了我很大的帮助。我多次在萨拉热窝市小住的时候，所获得的所有直接与间接的明证异常珍贵。

当人们试图辨认本书中提到的各种事件时，他们会发现，这些事件被我有目的地改变了方向，进行了调整。因此，书中人物与现实生活中真实存在的人物若有雷同，则纯属巧合。除非这个人是我本人。

本书中的艾丽斯连锁旅店集团纯属虚构。

真实+虚构=小说。